U0905582

大魚讀品
BIG FISH BOOKS

让日常阅读成为砍向我们内心冰封大海的斧头。

钢琴的重量

[美] 克丽丝·坎德 著
袁田 译

The Weight of a Piano

图书在版编目（CIP）数据

钢琴的重量 / (美) 克丽丝 · 坎德著；袁田译. —
北京：北京联合出版公司，2019.11
ISBN 978-7-5596-3493-1

Ⅰ. ①钢… Ⅱ. ①克… ②袁… Ⅲ. ①长篇小说—美
国—现代 Ⅳ. ①I712.45

中国版本图书馆CIP数据核字（2019）第156660号

著作权合同登记 图字：01-2019-4456号

钢琴的重量

作　　者：［美］克丽丝 · 坎德
译　　者：袁　田
责任编辑：李艳芬

北京联合出版公司出版
（北京市西城区德外大街83号楼9层　100088）
河北鹏润印刷有限公司印刷　新华书店经销
字数207千字　880毫米 × 1230毫米　1/32　印张9
2019年11月第1版　2019年11月第1次印刷
ISBN 978-7-5596-3493-1
定价：46.80元

致我可爱的萨莎

1

在罗马尼亚高山间的密林深处，冬季尤其酷寒漫长，这里的云杉可以用来制作钢琴，这种精巧的乐器以音色柔和著称，深受舒曼和李斯特之流的喜爱。只有一个人知道如何选木。

当树叶飘落、积雪覆盖大地之时，朱利叶斯·博兰斯勒就从莱比锡坐火车上路，独自穿过森林。因为高海拔与酷寒的关系，那里的树木生长得很慢。在恶劣条件里傲然挺立的树木，纹理中富含树脂。博兰斯勒经过小树时频频点头，偶尔摩挲树皮打声招呼。他要找的是更大的树木，树枝高得他够不到的那种，直径要够粗，粗得就算有熊站在树干的背后都看不到的那种。他用拐杖叩敲树木，凭直觉把耳朵贴在树皮上，去聆听木头里隐含的音乐。他比任何钢琴制造师都听得更加清晰，甚至胜过伊格纳茨·贝森朵夫、卡尔·贝希施坦和亨利·施坦威[1]。当他找到自己想听到的东西时，就用一段红毛线在这棵树上做标记，因为红线在雪地里尤为显眼。

1 皆为世界著名钢琴制造商。

然后他请来的伐木工人就会砍倒他选中的树，博兰斯勒在一边密切观察，他能从树木倒下的样子看出哪几棵是上品。只有每厘米至少有七圈年轮、所有间距均等的木头才会被装上雪橇，拉出森林，然后运回德国国内。当中那些最好的木头会变成音板，在他的钢琴名品里像心脏一样跳动。

为了防止劈裂，木头抵达锯木厂前要一直保持湿润。原木在那里被锯成四段，开启最纯净的音调，然后再被锯断，刨成统一的木板。碎片被加进熔炉，为锯木厂供热，给蒸汽机提供动力。由于在切割过程中会暴露出节瘤和其他缺陷，很多珍贵的乐器佳木最后也进了熔炉。能够保留下来的木板几近完美：色泽白亮、轻巧灵活，依稀的年轮痕迹间距密集，在音板木材的表面平行分布。这些生板要储存至少两年时间，先是被覆盖，然后敞开晾晒，直到湿度下降到14%左右。

等准备就绪后，马车把木材从锯木厂运到莱比锡西区的博兰斯勒巨大工厂，工人把木板晾在工厂热室靠近天花板的架子上，一放就是几个月。即便如此，木材还不是制作乐器的料。为了确保一块声板有朝一日可以表现出博兰斯勒钢琴无与伦比的黄金音色，木材还得在露天场地晾几年直到干透。

1905年，一位助理筑琴大师[1]带着敬畏之心，选中了几块精选的风干木板，把它们的边沿胶合在一起形成一块整板。他把这块整板切割成合适的形状，刨到合适的厚度，确保其韧性足以振动、强度足够顶住超过两百根钢弦的压力。经过精巧的制作工艺之后，这块音板又被送回暖和一些的房间继续烘干，直到它的底面可以固定细细的棱条，与纹理线垂直才可。然后，音板吸收了少量水分，足以在顶部隆出平缓曲线，上面可以放置低声部和高声部的琴桥，琴桥向下的压力

---

1 原文为德语Klavierbaumeister。

与反向曲线的顶点相会，仿佛箍着一个大桶。筑琴大师惊叹于自己的作品：完美相配的木纹平行线，顶点的精准曲率。就是这块声板，将为工厂出品的第66825架钢琴献上琴心。

琴箱的骨架由其他工匠打造：五个后置立柱要足够结实，可以承受音板和铁架的重量。切割出弦轴板与之相配。搭钩安装在铁架上的高度会决定琴弦的发声长度，然后系上琴弦，敲进调音钉，安装并固定活动装置。在木头音锤上厚厚地垫上一层层冷压的锤毡，精巧的高音部分相应变薄。接下来安装制音器以及整套抑制系统：踏板和杠杆，暗榫和弹簧。内部构件装好之后，琴箱要经过无数层表面处理，被漆成乌木色。精整工卷起的袖子下面鼓起结实的手臂肌肉。

这件几乎完工的乐器先需要调音，220根琴弦，每一根的张力都被调试到正确音高。然后是校准，这一步骤仔细调试触击和动作引起的反应，直到手指在琴键上的姿态可以正确传达到敲击琴弦的音锤上。

最后经过许多专家之手数年、数月又几周的共同努力，这架钢琴被送到最后一站试音。大师[1]提起覆盖钢琴的亚麻罩子，一只手抚过闪亮的黑色琴顶。这架钢琴凭什么特别？每一架都很特别，有自己的灵魂，有独一无二的个性。而这一架富有内涵却不摆架子，神秘却真诚。他让亚麻布落在工厂的地板上。

“你要对这个世界说些什么？”他问这件乐器。

他要让一根根的音锤表达自己，他聆听每一根琴弦，一次又一次精密地修整毛毡，给它通风。他就像个诊断医师一样，敲击病人膝下的神经，度量反应的程度。钢琴每次都顺从地呼喊回应：“你好啊，你好啊。”

---

1 原文为德语Meister。

"完成[1]。"工作结束后，他说。他用袖子抹掉额头的汗水，从脸上拨开几缕白发。他退后远离钢琴，端详这个全新完整的实体——经过恰当的调适后——它能实现难以置信的成就。头几年最难预测，但随着时间的熟成，它会开放自己，凝聚出一段独特的历史。现在它就是一件完美的乐器，最大的特点在于潜力。

大师一边拍松围裙，一边坐下，他坐在一个借来当座椅的木桶上舒展手指，在考虑哪支乐曲可以为这架钢琴施洗。舒伯特，他最喜爱的作曲家。他可以演奏舒伯特的倒数第二支奏鸣曲——《A大调奏鸣曲》：开场旋律很优美，有种希望与喜悦的情感，随之是更多哀思与躁动的情绪发展。用这支曲子作为这架锃亮的黑色博兰斯勒66825号钢琴的揭幕曲，十分完美。

"听啊！"他喊了一声，但在工厂的噪音环境下，没人能听到他说话。"她诞生了！"

然后他用手指按下升C键，也就是回旋曲的第一个音，努力聆听，这个音带着孩童第一声啼哭的纯真与力量响起，与他相迎。和他希望中的一样纯粹，他开始弹奏奏鸣曲的其他乐章。他要用最大的乐观来送别这架闪亮的新琴，他深知它一旦被未来主人极其局限的人类之手碰过之后，将永不复此时的童贞。

---

1 原文是德文Fertig。

2

克拉拉·朗迪朝一辆1996年的雪佛兰开拓者老车的前胎踢去一张踏凳，然后甩开肩头的深金色马尾辫，不让它挡住眼睛。她拧开溢流阀的盖子，按下阀门时把一条车间抹布盖上去，捂住漏出来的汽油。管道排空后，她把抹布塞回后兜，走向工具箱拿出16毫米和19毫米的扳手，还有快速接头零件。然后，她像运动员般纵身一跳，消失在修车坑的黄框里，这样就能从下方作业。她去掉车身悬架，松开弹簧锁装置，先从过滤器的出口侧拔出橡皮软管，以防止燃油滴进她的眼睛里。很久以前，她在姑父的汽修铺里吸取了这个教训，永远不会忘记。

“嘿，克拉拉？”车行老板三个儿子之一的彼得·卡帕斯，也是她的朋友，看着下方的她。傍晚阳光的光晕勾勒出他壮实的身形。“那个修过齿条和齿轮的家伙又回来了。他说还是有杂音。”

“同样的杂音还是新的杂音？”

“是爆音。很可能是螺栓的问题。”

“你能帮他修吗？我这儿还没弄完过滤器。”

“我答应过雪佛兰柯威特车主，5点前能修好。”

克拉拉把新的过滤器塞进悬架。“好吧，给我15分钟。我一会儿把它弄出来看看是怎么回事。但如果是固定螺栓的问题，你就得再校正一次了。你有时间吗？”

“为你吗？”

“住嘴。”

他举起胳膊：“开玩笑啦。嗯，我可以。”

她把所有螺栓上紧，检查完线路之后回到地面，启动系统。她把钥匙拧到【打开】，等着油泵打开后关闭，然后再把钥匙拧到【关闭】。她这样试了好几次，坐着的时候瞥见后视镜里的自己，震惊地发现自己看起来比26岁的年纪还要老，好像一夜之间老去了10岁。尽管上了一点妆，她的眼皮还依稀有昨夜大哭过的红肿。她的嘴巴抿得很紧，细纹都从嘴唇上蔓延开来——她一直在咬紧牙关。当她放松下巴后，苍白的脸蛋似乎松垂了下来，嘴角也向下耷拉着。她的额头上有一点油污，很可能是刚才从眼睛上拨开过长的刘海时留下的，那点油污与已故父亲的胎记很像。她看着自己，看着遗传自他的浅棕色眉毛和淡色睫毛，两人一样的高颧骨，看着镜子里这张意料之外的他的面孔，感觉像被一拳打在肚子上。旧痛加上新伤。

她把钥匙拧到底，开拓者的引擎完美地发动起来。

“克拉拉！你的电话！”有人的叫喊声盖过了车行的噪声：液压扭矩扳手和空气压缩机的声音、滑动又砰地关上工具箱抽屉的声音、不间断的金属碰撞声、角落里那部油腻的手提音响永远在播放的希腊莱柯[1]民俗乐，还有希腊语和英语的叫喊声。

她一边用脏毛巾擦掉额头上的污渍，一边走向挂在墙上的电话。彼得的弟弟泰迪一只手握在她的小臂上拉住了她。

---

1 原文为laïko。

“是莱恩的电话，”他说，“你还是去办公室接吧。”谁知道他们怎么说她和莱恩。彼得的母亲安娜能从克拉拉的脸上读出心事，仿佛她是自己的女儿似的，安娜能把个人见解变成一个一般讨论的话题——我觉得这个莱恩不适合你。克拉拉发现自己总是在并无打算的情况下提供很多辅助信息，然后整个卡帕斯家族很快都知道了她的私事。她倒是不介意：他们是很久以来最接近真正家人的人了。

克拉拉点点头。办公室不过就是一张书桌，靠墙放在饮水机和咖啡机之间的等候区。毫无隐私可言，但此刻等候区里没有客人。她经过安娜身边时，安娜正在台面上填零件订单。安娜对她挤挤眼睛，带着浓重的口音说：“我给你私人时间。”

克拉拉坐下，尽量不去看电话上闪烁的“对方等待接听”灯。她反而盯着墙上的希腊斯波拉泽斯群岛照片：这家人的刷白别墅、弧角的岩石海滩、不真实的松石绿海水。等不能再逃避时，她深呼吸一次，接起了电话。

“嘿。”她说。

“你不接手机。”

“我在工作。”

“随便吧，克拉拉。听着，我要离开几天，你可以收拾一下你的东西。我真的想让你周末之前搬出去，可以吗？”

“什么？等等。我以为我们还在讨论。”

“克拉拉，你昨晚没听见我说话吗？我厌倦了等你下定决心。你就是不想要我想要的东西。”

“我从没说过我不想要，我只是需要时间。”她把身体转向墙，“莱恩，求你。”

“我知道你需要时间，我也尽力给你时间了，但我不能把你的需要摆在第一位。我已经准备好向前走了。我要一个家庭。我想和你一起组建家庭，但如果不能的话……好吧，我有什么选择呢？”

“喏，莱恩，我爱你，你知道我是爱你的，但婚姻是一大步。我们为什么不能只是在一起呢？为什么一切都要这么急？”

“安定下来为什么会把你吓成这样？我知道你爱我。你为什么就不能说‘好’呢？”

克拉拉叹了口气。她本可以用一个字改变这场谈话，改变她的整个人生，但她做不到。“我不知道。对不起。”

“那我们结束了。我需要你搬出去。我的生活需要往前走。”

“所以你真的要赶我出去？在一起两年的时间，你就给我多少天？四天搬出去？你指望我怎么做到？而且我要上哪儿搞到搬家的钱？”

“你知道我不会把你丢到大街上的。我在贝克斯菲东区给你找到一间公寓。我已经预付了第一个月和最后一个月的租金。我想这能让事情容易一点。”

“老天爷，莱恩。我们就不能先聊一下这件事吗？贝克斯菲东区？”

他生气地说：“你真的介意住在哪里吗？你好像只在乎待在那个破汽修厂里。”

她把螺旋电话线团成球，攥在拳头里，同时压抑再次想哭的冲动。她是为失去他而哭吗？失去了家？还是为自己的犹豫不决？

“租约和钥匙在厨房的餐桌上，”他说，“出去的时候，你可以把你那把旧钥匙塞进投信口里。”

克拉拉把额头抵在墙上呼气：“就这样结束了？”

“嗯，结束了。”他停顿了一下，两人都在停顿，她不知道他会不会说出以前通话结束时总会说的那句话。你是我的，你知道的，对吧？她说不出话。她无法放手。她期待地探身向前，等待着，渴望着，然而不愿让步。

“祝你好运，克拉拉。我希望你能想明白自己到底想要什么。我真心希望。我只是很遗憾那不是我。”莱恩说完挂断了电话。

她把电话贴在耳朵上，听着自己的心跳，直到忙音信号开始嘟嘟地响起。她转过身时，彼得正站在门口。

“你还好吗？”他问。

她没有马上回答。或许她终究没有真正爱过莱恩，准确地说，肯定不是他想要的方式。但她习惯了跟他在一起，习惯了家里有人等她，而且跟他在一起生活很轻松。“你能帮我搬家吗？”她问彼得。

他摘掉他的球帽——“金富力润滑油。保护要件”——手指拨弄了一下浓密的黑发。“当然，”他说着又把帽子戴上，“你知道我当然会帮的。”

克拉拉拒绝了安娜的提议——叫她提早收工照顾好自己，又拒绝了泰迪的邀请——喊她去一趟福特早期车型V-8俱乐部的旧货交换会，帮他挑选几个修复工程要用的扁头引擎部件。她往脸上泼了几把冷水，就回去工作了。她告诉过彼得她会搞定齿条、齿轮的活儿，她就会做到，尽管她知道在这种情况下，他会乐意自己来做。

她结束工作后，把工具放回墙边一排柜橱的原位，上方是一架子奇尔顿出版公司的汽车维修手册，然后收起脏抹布丢进抹布桶，跟每个人说“晚安”。

彼得连续几个大步跨过修车坑和油腻的水泥地，在敞开的车库门旁跟她照面。“我们晚点去喝啤酒，”他说，“想来吗？”

“谢了，但我得开始打包。”

“要帮忙吗？”彼得问。每天至少一次到两次，只要他做完了自己手上的活儿，就会溜达到她工作的地方看能不能帮上忙。莱恩出城的时候——他总是出城，彼得就会出现，怀里抱着用保鲜膜密封的盘子，盘子里都是他母亲做的菜，要不就是比赛门票或是一张DVD。

最近一次森林火灾时，他还违抗疏散命令开车到她家，说服她跟他去南方的海边。克拉拉一直为自己保持矜持而骄傲，这是她母亲赞美的品格，叫禁欲风。即使在她生病、寂寞、闷闷不乐的时候，她也对每一个问起她的人说“没事”。然而彼得就是能看出她有事，而且他都会在，像狗一样忠诚，从来不要求回报。这让她烦躁，觉得自己很依赖他。她允许自己喜欢某些人，但不能扩展成需要他们。尤其是他。

“不了，你们去吧，”她说着微微挥了一下手，“我好好的。明天见。”

外面，尽管太阳已经西沉，空气中沉滞的暑气毫无缓和。没有微风打西边来，吹散从汽车颤动的引擎上升起的有形热气，或吹动在路边的铁丝网围栏旁排成一排的蒙着灰尘的稀薄棕榈树。克拉拉站在一堆旧轮胎边上，轮胎把卡帕斯极速润滑油车行的入口与隔壁的拖车公园隔开。她在眺望街对面空荡荡的灰地上过路的卡车。一直悬浮在贝克斯菲空气里的烟尘和臭氧今天似乎格外厚重发黄，好像天空被沾染了什么似的。

她跟自己玩一个游戏：如果她转身看到有人站在那里看她的话，不管是彼得还是他的兄弟，她都会回去跟他们说，好，我们去喝啤酒。她会推迟回她与莱恩合住的出租屋，反正不可避免，那里有另一把钥匙在等候她，开启某个未知的地方。她可以喝一两瓶啤酒，或者三瓶，来忘却自己又要重新开始的事实，独自一人，再次开始。当她回头时，泰迪正从汽修厂里拉下最后一个车位的卷帘门，她把那当作一个征兆。交通出现间隙时，她慢跑到街对面开自己的车。

她顺道走进墨西哥人的杂货店，那是她和莱恩最初认识、后来一起购物的地方，但马上就后悔了。挂在天花板上的彩饰陶罐和喇叭里播放的班达舞曲似乎太喜庆，不适合她这一趟差事。她问一个正在上货的人有没有空箱子，他去找箱子的时候，她漫不经心地在酒品区里找啤酒。莱恩对酒很挑剔，尤其是啤酒，还自命不凡地讲究什么苦度、基调和尾韵。他从来不对瓶喝，坚持说那样会减弱啤酒的绵密度和口感。克拉拉大步走过精酿和进口啤酒的陈列区，拎起一盒六罐装的帕布斯特蓝带，然后走到收银台付款，拿起工人为她留在那里的一叠压扁的纸箱。

3

“卡佳，来。我给你看样东西。”

叶卡捷琳娜·迪米特里耶伏娜先是看看父亲，又望向母亲，她正在揉面团做晚饭——又没有肉和黄油吃了。母亲微笑着点头。卡佳放下娃娃，拉着父亲伸过来的手，他们走过这栋四层战前公寓大楼的门厅，穿过卷心菜的气味和婴儿的哭声，经过破烂的宣传海报。丰功伟业等待勇者创造！面包——献给祖国母亲！权力交给苏联——赫鲁晓夫！她好累——他们都好累——但对她来说，是因为她躺在小床上彻夜未眠，一直在等三天前开始停止的音乐。

“我们去哪里，爸爸？”

“嘘——嘘——嘘。你会知道的，是惊喜。”

不过随着他们接近德国老瞎子的公寓，卡佳紧张起来。他是父亲的老相识，是个客户。父亲拜访他的次数比其他客户要多，因为他的钢琴动不动就走调。“他弹得太用力了，”迪米特里告诉他女儿，“他把所有的悲伤都投入了曲子里。这对钢琴很不好，但对我来说是好事，对吧？”

从卡佳记事以来，这个德国人就一直在砰砰地砸琴。他多数时候是在半夜弹琴，就是楼里的小孩想要睡觉的时候。音乐让小孩不安，让母亲恼火，但她们敢怒不敢言。在她们的想象中，她们知道他会用生硬的声音低吼些什么：对我来说一直是黑夜！他很少离开房间，就算他出来了，也是一边拖着巨大的体格蹒跚走过门厅，用拐杖敲墙，一边大声地用德语发牢骚，空洞的蓝眼睛游离于一切。他在她们的想象中变成怪物，邻居们彼此嘀咕关于他的传言，或真或假：维尔姆·克雷奇曼不是他的真名。他志愿加入过纳粹党卫队。他有一半的犹太人血统，不是希特勒的雅利安优等民族[1]，但他还是杀了几百个犹太人和游击队员。1941年，他在自己的族裔被发现之前从所属的党卫队帝国师[2]叛变，在莫斯科战役期间溜出他在纳罗-福明斯克的部队——希特勒本该处决他的，因为“亚人”不允许加入党卫军，即使他们自愿杀人。他躲在一个纺织厂里，被列为失踪士兵，直到纳粹国防军被苏军打退为止。他可能是被弹片炸瞎的，又或是被蒙蔽了双眼。谁知道他怎么摸来了札格尔斯克[3]？他靠当包工头或者小偷挣了些钱。他的夹克口袋里还装着自动连续发射的毛瑟枪。音乐就是他饱受折磨的证据。他是个怪物，是恶魔、食人魔。

但卡佳爱他。

第一次跟随父亲走进德国人的公寓时，她6岁。门虚掩着。她溜进去，贴着墙壁蹲下，单薄的后背靠在污秽剥落的墙纸上，必要时随时逃跑。父亲没看到她，他正弯腰探进琴箱里。德国人笔直地坐在一把旧椅子上，像个士兵，目光茫然，耳朵偏向钢琴的方向。卡佳担心

1 原文为德文Herrenvolk。

2 原文为德文Das Reich。

3 现名谢尔吉耶夫市，是莫斯科州的一个城市。

他能听到她的心跳，她的心跳得太快了，就像他弹的一支乐曲，于是她双手抱膝让心跳安静下来。静坐几分钟后发现没人注意到她，于是她大胆起来。她朝他吐舌头，没事。她又吐舌头，然后做鬼脸。德国人无动于衷。只有当卡佳憋住咯咯的笑声时，他才转向她。之后她就安静了，注意力转向那架吞没父亲脑袋的黑亮钢琴。

接下来的几个月，她一次次偷溜进去，在德国人听她父亲给钢琴调音时看着他。她最想看他弹奏她夜里听到的音乐。和大楼里的其他人不一样，她喜欢他公寓里传来的那些陌生又复杂的摇篮曲。她想知道那些曲子是怎么出来的。

“拜托，你可以弹一下琴吗？”在一个下午，这种渴望终于让她壮起胆子说出了口，话语从她刚掉落的两颗门牙缝隙里不清不楚地发出来。她刚刚庆祝了自己的7岁生日。父亲转过身来，尖厉地叫出她的名字。“你在这儿干什么？”但德国人只是抬起一只手，仿佛在赐福，还招呼她从门口站的地方过去，她就朝他走去。“我想知道那是你来我这儿的原因吗？”他说，声音完全不像食人魔。

他付钱给她父亲，叫他坐下，然后领着卡佳走到钢琴就近的一端，大手扶在她的肩上，温暖而些微颤抖，告诉她就站在那里。他自己摸索到琴凳，沉重地坐下，把手搁在膝上。卡佳屏住呼吸。过了一会儿，他的手优雅地飘到琴键上方，停顿了一拍，片刻的沉默，然后慢慢飘降，触碰琴键：小心，缓慢，温柔。卡佳想起自己沮丧和睡不着时，母亲爱抚她头发的柔情。

但这是什么音乐？这可不是他夜里砰砰敲打的狂野音乐。这更像细雨，像掠过头顶的云和雪精灵的舞。像一个她从没听过的故事在娓娓道来。她暗自把手按在光亮的木头上。她看着这个德国老人的手指在琴键上流动，几乎没有碰触，感受音乐从她的眼、耳、手、脚注入整个身体。他一曲弹毕，她的罩衫已经泪湿，当他站起身时——动作再次生硬起来，因为年迈和眼盲而颤抖——他的脸上也有泪水。

“为你弹了一首俄国人的曲子，”他带着奇怪的口音说，“亚历山大·尼古拉耶维奇·斯克里亚宾的升G小调第二钢琴奏鸣曲，第一乐章。你知道他吗？”

她摇摇头，忘记了他看不见她。

他把拇指贴在她的脸蛋上，感觉到泪水。

“Blagodaryu,”他说。俄语的“谢谢”。

她的父亲理解这句话是逐客的意思，于是拉起卡佳的手带她出去。“谢谢。”她对身后说，“谢谢。”

她一直希望他会邀请她回访，教她点什么，但他从来没有，而她又太过敬畏，不敢自己偷偷溜进去。过去三天的夜里，她一直没听到他弹琴，当她和父亲走进德国老人的公寓时，里面已经空了，只剩下那架光亮的博兰斯勒大钢琴。“他人呢，爸爸？”她问，“他的椅子呢？他的床呢？”

“嘘——嘘——嘘，平静下来，小卡卡。他走了。但有件事情。他把钢琴留给你了。”

“走去哪儿了？”

“他死了。我以后会解释的。他给我们留下了一封信。”

卡佳没注意到他手里有东西：“信里说什么？”

“只说了他要你接受这架博兰斯勒钢琴。他吩咐我帮你保管，还有就是，你应该学琴。他说连瞎子都能看出你的心里激荡着音乐。”

卡佳的父亲和三个邻居把钢琴推过门廊，推进小小的客厅。两个新家庭搬进德国老人的公寓，开始抱怨说有鬼。邻居们低声细语说，他用那把毛瑟枪把自己的脑袋打开了花。他回到食人魔和恶魔的老家去了。我们很开心摆脱了他！

但没有了德国人和他的音乐，卡佳只有把脑袋枕在他的钢琴下面躺着才能睡着。她的头发缠在踏板里，她梦到雪精灵在跳舞，还有细雨和无忧无虑飘过头顶的云。早晨，她努力模仿那些声音，辨认出一个个音符，学习它们的秩序。父亲也鼓励她，倾己所能地教她。他说那个德国人的礼物就是人性本善的证明。对她来说，这意味着在如此特别的一架钢琴里，魔力有待发现。

她的确发现了。

那是她一生中第一次伟大的爱。

4

在克拉拉12岁生日不久前，还与她的父母——爱丽丝和布鲁斯——住在圣塔莫尼卡的一个社区，步行就能走到她的小学和海滩，离UCLA[1]也只有十千米远，爱丽丝和布鲁斯都在那里教书。从外面看，他们家的房子很有画面感：大小适中的工匠风格小别墅，漆成浅黄色，被实木的白色尖桩栅栏包围。屋子里全是书、艺术品和阳光，还有一种勤勉的寂静感，但由于客厅里的马兰士复古立体音响一直开着，也就无人理会——母亲听国家公共广播电台，父亲则听古典音乐电台。他们两人工作很忙，在家里也是，克拉拉就读书，看电视，或者在客厅里编排体操动作。

音响也掩盖了其他沉默——那些父母吵架前后出现的沉默，或者从两人各自书房里渗出的沉默。饭后，他们在里面一待就是几个小时。母亲书房的门经常关上，克拉拉能透过门缝闻到她的维珍妮女士烟味。父亲书房的门半开着，有时他让她在红色的哈萨克小地毯上写

1 加州大学洛杉矶分校。

作业，而他则用她听不懂的语言朗读。不过，他们的沉默最为响亮。“嘘”，他们说，“我很忙”或者“等一下吧”或者“我忘了”。

然而，克拉拉很肯定家里不是一直那样的。她有过闪回的记忆片段，那是快乐时光的微弱证明：日落时，他们三人抱着炸鸡全家桶走向海滩野餐，或是坐在后院的小露台上打牌。他们死后，这些就是克拉拉最鲜活的回忆片段。油腻的炸鸡，露台上嘎吱作响的柳条家具，清新的海盐味空气，她走在父母两人中间，同时拉着他们的暖意。

她仅剩的家人就是父亲的妹妹伊拉以及伊拉的丈夫杰克。她和父母去过他们在贝克斯菲的家几次——是节日和爷爷奶奶葬礼的时候——很明显，这几趟拜访是种义务，而不是冒险。只要他们进入市区，母亲就会对着车窗外面的阴暗天幕边摇头边说：“布鲁斯，我还是无法想象你怎么会在这片荒地上长大。”而他则会从侧面看着她回答：“别这么苛刻，爱丽丝。”

父亲说伊拉有神经紧张的状况，而爱丽丝的冷漠会加剧她的紧张感。伊拉指出自己在烹饪、家务和阅读习惯上的缺陷，谈话出现冷场时就过度地东拉西扯。有一次他们在那里吃饭，她打翻了一个水杯，看起来就像要哭出来，还一直为毁坏桌布而道歉，爱丽丝冷淡地安慰了她好几次，说只是水而已，没事的。另外，杰克倒似乎不介意自己朴素的穿着，也不介意自己没受过良好的教育。他就穿蓝色的旧牛仔裤，衬衫已经磨得柔软，他有善良的蓝眼睛和一口慢吞吞的南方口音。他有一个车库兼汽修铺，就在家的隔壁，已发展成了稳定的生意。他天性好奇，喜欢听爱丽丝对政治有什么看法，他也经常找布鲁斯给他推荐书目，即使他没有真的采纳。他总是问克拉拉学校里的事，每次要离开的时候，他都会跟她握手，说“再次见到你真的很高兴，小姐”，她知道他说的是真心话。

父母的追思会结束后——没有遗体下葬，大火几乎烧尽了一切——伊拉和杰克开车把她从圣塔莫尼卡带去贝克斯菲。姑姑一直在哭，反复说这件事有多可怕，像她这样失去了一切多么糟糕。克拉拉没说话。她从后窗望向外面，天空在变暗，她熟知的一切都在倒退，直到她的眼睛干涸，因为她既没有眨眼也没有哭，直到跪在座椅上的膝盖开始疼痛。她穿着崭新的黑裙子蜷缩起来，漆皮鞋很挤脚。在剩下的似乎永无止境的两个小时的车程里，她的脑子里只有自己多想回家，但她知道她那个家已经没了。

她在姑父车库的阴影里学会接受失去。姑姑想用软弱无力的闲聊以及她自己对悲痛的不断表达来安慰她，杰克则能理解克拉拉需要安静。他为她在汽修铺办公室角落的一张旧书桌下布置了一块舒适的地方，她可以在里面休息，或者只是躲起来，但他们能彼此照看。等她终于从震惊中恢复过来后，他教她如何检查轮胎压力，如何加满挡风玻璃的洗涤液，如何启动电量耗尽的电池。她在新学校报到，认识了新人，然后结交了几个朋友，但她总是被汽修铺的安全与舒适吸引。几年下来，她学会了如何修轮胎、换机油，之后可以做简单的发动机调校和处理汽车检查，后来还学会怎么排除故障和修复电气系统。整个高中阶段，她每周可以工作20个小时，尽管姑父一直鼓励她多跟朋友在一起，还要考虑一下大学和自己的未来。他从贝克斯菲加州州立大学拿回一本宣传册，但当她看到专业设置那张没完没了的列表时，就恐慌了。

“克拉贝尔，”他说，“听着。你就是我跟你姑姑一直想要的小孩。我很高兴能抚养你，你知道的。但这不该是你的生活。”他的胳膊在空中一挥，指的是这栋房子、这个汽修铺，甚至这座城市。“你不需要留在这里。你想做什么都可以。”唯一的问题是，她不知道自己还想做什么。

然后，在刚满20岁时，她遇到了博比，一个UCLA大学的哲学系学生，开车北上去弗雷斯诺看朋友的途中路过贝克斯菲。他的捷达车开到99迈就一直死火，引擎故障灯亮起来时，他开进了杰克的汽修铺，这是他能找到的第一个维修点。克拉拉调整了他的节流杆，把钥匙还给他时笑了一下。他也回报以微笑，然后当天晚餐就是他们一年恋情的开端。他比她大几岁，庄重地讲起他对几个新兴公司的理念，说他毕业之后想自己开公司。她喜欢他为她开门，在看电影和走路时牵她的手，喜欢她讲话时他一直注视她。原来他住的地方离她在圣塔莫尼卡的家不远。在她的要求下，他们在海滩上共度了一个周六，她曾经认为那片海滩就是她的，然后他带她开上那条她和父母住过的街道。“慢慢开。”她说。他照她说的做，没有在她经受那段极其艰难的过程时笨拙地试图鼓励她。

不过几个月后，他开始劝她去读UCLA。“你这么聪明，不读大学可惜了，”他告诉她，“你喜欢车，那就读机械工程。这样我们会有更多时间在一起。”她耸耸肩，说自己做机修工就很开心，她喜欢这件事，而且也擅长，姑父把她培训得很好。博比很快就因为她一直对上大学提不起兴趣而不满，说出一些伤人、犀利的话，比如“你不认为你的父母会想让你读大学吗？”终于，他告诉她，他不想跟一个这辈子除了换机油不打算做更有意义的事的人在一起，于是就结束了。这使她原本残破的心第一次真正的心碎。

在22岁生日后的几个星期，她在一个酒吧里认识了弗兰克。当时杰克已经被诊断为晚期喉癌，而她需要逃避伊拉姑姑绝望的歇斯底里的状态。姑姑更有可能趴在克拉拉的肩膀上痛哭，而不是提供安慰。弗兰克是个调酒师和飞蝇钓鱼爱好者，身上的文身从手腕开始，消失在卷起的衬衣袖子里，然后再次从领口冒出来。克拉拉第一晚醉醺醺地接近他，问他能去哪里文身，比如文个套筒扳手或者一个心形图案来纪念姑父。弗兰克告诉她，她会后悔文身的，然后把她的威士忌调换成热茶。她趴在酒吧醒酒时，他在调侃她的熟客面前维护她。灯光大亮时她醒过来，弗兰克一做完清理，就把她带回他家，安顿在沙发上睡觉。

他们刚开始恋爱时，伊拉死于心脏骤停，然后杰克被转移进疗养院。克拉拉为了支付所有的账单，不得不把杰克的汽修铺连同房子一起卖掉，从12岁起，那栋房子就一直是她的家，这时弗兰克在他的单身小公寓里为她腾出地方。她需要一份工作，他就把她介绍给自己的朋友彼得·卡帕斯，卡帕斯给了她一份在他父母车行里的工作。姑父死后，弗兰克帮她安排葬礼，牧师念悼词时他用手搂着她的肩膀，她在卧室里大哭时他不来打扰。他是一个贴心得体的男人，比博比慵懒，但远没有那么苛刻，她还以为他或许不会伤她的心——直到他把一个名叫薇洛的女孩带回家，告诉克拉拉如果能看到她们两个搞起来，他会有多么欲火中烧。

她没有很多朋友，于是她请彼得和他的兄弟们帮她搬进一个新公寓。之后，彼得约她吃饭。她说她愿意去，不过是以朋友的身份。她拼命把头向后仰，看着他的眼睛告诉他，“我喜欢你。我们别毁了这份友谊”。

她有过几次随意的约会，不过没有哪个人让她想见第二次。她有一条不跟顾客有私交的原则，而且鉴于她不喜欢去酒吧和咖啡馆打发时间，就很难遇到新人。不工作的时候，她大部分时间要么独自一人，要么跟彼得在一起。

然后她遇到了莱恩，他当时一边泰然自若地推着购物车走过杂货店的过道，一边对顾客和员工微笑。高高的大脑门，鹰钩鼻，肚子微凸——他不算特别帅气，然而克拉拉留意到人们都转身看他。他经过克拉拉时朝她点头致意，她明白了：那短暂的祝福目光感觉就像一种眷顾。等他走开后，她望着他的背影，觉察到寂寞与渴求同时浮现。

他停在一个展示区，收下一杯健康果茶[1]的样品，她把自己的购物车推到他的隔壁。雇员递给她一个小纸杯，莱恩转身带着口音对她说“干杯”，她很快得知那是南非口音。

他们在果汁吧旁消磨时光，两人的购物车靠在一起。他是个自由职业飞行员，为空中急救服务公司开“空中国王”机型，把捐献器官投送给受赠人，或者把病人送去医院接受移植手术。他说，他尤其喜欢能帮助小孩。他说话的时候，她注意到他不规整的牙齿和深蓝棕色的眼睛，立刻有了爱慕之心。她告诉他自己是个机修工，本来担心他可能会缺乏共同兴趣，但他一拍大腿说，“太酷了！”这让她松了口气。然后，她一反常态地主动问他能不能带她飞行。

五个月后，她搬进他租来的两居室房子。现在，几乎两年过去了，她即将再次搬出去。

她把那摞纸箱放在大门口，环视这间薄暮中微明的房间。对她此行的任务来说，顶灯的光线太刺眼，太不正常了，于是她“啪”地打开一罐啤酒，让眼睛调节一下。正如之前说的，桌上有一份租赁合同和一把闪亮的金钥匙。紧挨着还有一张字条，上面只写着：“我祝你一切顺利。莱恩 P.S.：别忘了留下你的钥匙。”她把它揉成一团，丢进了垃圾桶。

没什么好打包的，只有她的衣服、书和CD，还有厨房里几样东西。她送给他当生日礼物的日式火钵[2]，他也一直没装过。几盏台灯，姑父心爱的工具，还有一本姑姑做的家庭影集。大多数东西她都能塞进丰田卡罗拉：自从十四年前开始孤儿生涯之后，她一直没有养

1 原文为西班牙语agua fresca。

2 Hibachi, 木炭加热的小烹饪炉。

成囤积东西的习惯。但有几样东西她还是需要找人帮忙，还要一辆卡车：能当床用的日式床垫沙发、一张小桌子和椅子、她的单车，还有钢琴。

她又打开一罐啤酒，晃进客房。她的博兰斯勒竖式老钢琴靠在墙边，没有人弹，通常被人无视，自打她搬进来时就一直这样。莱恩没有抱怨它占用的空间，也没有催她重新开始试上钢琴课。他像接受爱人的情史纪念物一样接受这架钢琴：一开始慷慨大方，当分歧不可避免地出现时，他的恼怒程度也开始加剧，直到最终，钢琴成了两人之间最失败的象征。

“你为什么就不能处理掉那个东西？”他在近期的一次争吵中恶狠狠地说。他的35岁生日就在几个月后，他想把客房改造成一个婴儿房。“你甚至都不会弹。”他加了一句，声音里流露出不可原谅的厌恶。

“开飞机去地狱吧。”她告诉他。他大步走进他们的卧室，把门猛力一摔，她的牙齿都能感觉到那股怒气。那是两周之前的事。

她现在坐在凳子上，又痛饮一大口啤酒。她光脚去踩压踏板，聆听微弱的空音，是制音器从琴弦提起但没有维持音符的声音。就像踩下油门想要启程——但是能去哪里？——你坐在一辆不能开的车里。

5

无轨电车一声尖啸停下来，三角形拉环在乘客的脑袋上方懒散地打转。“Извините[1]。”卡佳一边说，一边冲撞着擦过老妇人穿着长袜的膝盖，与疲累男人无聊的眼神交错而过。她该在15分钟内赶到青年剧院的，现在几乎要迟到了。

她尽可能地加快脚步，偶尔猛冲几步，脚卡在她找室友借来的高跟皮鞋里疼痛难忍，她不得不慢下来。她用活页乐谱的薄文件夹扇风，让汗水晾干——至少天气还没有太热——她快步经过外交官格里博耶多夫的雕像、一直延伸到派厄尼尔斯卡娅广场中心的整齐长方形草坪、沿着林荫人行道推婴儿车的母亲、假装花哨美国人的年轻潮人[2]，他们穿着紧身裤和亮色衬衫，一边抽烟，一边对彼此的笑话捧腹大笑。

“卡佳！”她在列宁格勒音乐学院的朋友鲍里斯·阿布拉莫维奇

---

1 俄语，Izviníte，“不好意思”。

2 原文为俄语，*stilyagi*。

一边大声喊着，一边小跑过来拉住她的手。“我以为你改变主意了，我还在担心呢。”

“没有，当然不会。是电车的问题。又晚了。”

“苏联的时刻表毕竟没那么精确。”鲍里斯说，几乎是在拖着她走，身为舞者的他，步幅是她的一倍半。

“不要那样讲话，小鲍。隔墙有耳。”

他优雅地朝阴云密布的天空做了个手势。“我们可是在散步啊！你不该一天到晚这么严肃，你知道吗？放松一点。”他放慢脚步，想去解开她衬衫的领扣，但她打了他的手一巴掌——倒是没用力，仿佛在赶走一只家蝇。他哈哈大笑。“而且，现在美国总统杰拉德·福特会用разрядка[1]解救我们啦。”

她喜欢鲍里斯，但他活在自己想象的世界里。他在音乐学院学编舞，她则是器乐演奏艺术专业攻读专业学位的三年级学生。钢琴系学生有时会被邀请去排练和在表演场合给芭蕾舞演员伴奏，甚至为他们的编舞作曲。他们就是这样认识的，尽管她爱慕他的舞蹈和才智，也喜欢有他陪伴，但他似乎对一切都充满热情，这一点能累死她。天气晴好、剧院广场周围交通堵塞、好消息甚至坏消息都能激发他突然起舞。有一次，他们在等地铁的时候，他沿着整个萨多瓦娅站台表演脚尖旋转。

去年冬天，他邀请她跟他去另一个学生家的公寓开派对，那个学生的父母不在。她不愿意去——她听说过那些学生派对的故事有多么疯狂吵闹——但他说服了她，说她老是一个人待着练琴。“你会变成蘑菇的。”他说。在派对上，有黑市买来的爵士唱片、喧嚣的笑声、廉价香烟甚至更廉价的伏特加，在陌生人中跳舞接吻，络绎不绝的情侣轮流在套间里寻求几分钟的隐私。鲍里斯把她拖进一个喝酒游戏

---

1 俄语，razrjádka，同法语中的détente，指政治局势中的缓和政策。

里，她输了之后，在门边的一堆外套里找到自己的那件，然后偷偷溜走，隐入相对安静的黑夜。独自一人让她如释重负，她甚至懒得去担心走在丰坦卡河边的其他市民是不是克格勃[1]。

“你邀请谁来看表演了吗？”鲍里斯问。当时他们正靠近大楼背面，盯着转角处一小群聚集在底层楼梯前的人。他已经安排了人把一架三角钢琴从剧院里搬到混凝土平台上，那里也充当他的舞台。演出是鲍里斯的主意。一个教授要求他重新诠释一场经典芭蕾舞剧，他选了《驼背小马》，这场舞剧根据一则耳熟能详的古老童话改编，讲的是一个名叫伊万的蠢男孩与一匹神奇小马的故事，马儿帮助他赢得了美丽沙皇少女的芳心。传统上，这场芭蕾舞剧要以庞大的演出阵容和盛大的场面来呈现，配以感伤的音乐，跟随伊万进入水下冒险，后来直到世界边缘。但鲍里斯想做截然不同的东西：一个舞者，一件乐器，室外露天场地，而且还想让卡佳作曲。

“不行。这是你的表演，”她告诉他，“我只是帮忙的。”

他看了她一眼，假装伤心了。“什么？你就不想在你的朋友面前炫耀一下我吗？”

她对他翻白眼。

“逗你的啦！”他说，“不过你确实应该发出邀请。你的音乐太了不起了。整个管弦乐团由一件乐器体现。你比我想象的做得更好，卡佳。”

她脸红了，微微别开目光。“只是一幕而已。”

“是，但这是最好的一幕。”他对她挤挤眼，拉开裤链，“到时间了。我们走。”

他轻轻用手肘推她上前，她小心地走向钢琴。她坐下时没有掌

---

1 克格勃：全称“苏联国家安全委员会”，是苏联的情报机构。

声，因为没人知道将发生什么事。然后她弹出一个和弦，鲍里斯昂首登上舞台，身穿肤色紧身衣，脚穿同色的拖鞋，头戴尖顶毡帽，夹着一根橙色的大羽毛和一个玩具棍马。有几声笑声，多是孩子发出来的。他鞠躬致意，对卡佳点点头，示意开始。

鲍里斯一个人在临时舞台上变成了伊万，被命令前往大山，找到神话里的火鸟和想象中沙皇的女儿。他的肢体动作折叠又舒展，盘旋又扭转，明明在楼柱间独舞，却传达出所有必要的角色，随着他把戏剧生动地演绎出来，卡佳觉得舞台一直在后退。路人持续加入围观，观众们突然从混凝土台阶上被推走，淡入远景。在更远处，无轨电车和汽车停在轨道上，阴郁的河流停顿在波罗的海里。列宁格勒，又或许是整个苏联都静止下来——除了音乐没有别的声音。如果用她的博兰斯勒弹奏会更好，她心想，但仍感觉如入魔境。

卡佳飞升离开琴凳，皮鞋也不再挤脚，离开了薄片铺路石。她乘着音符飘进灰蒙蒙的天空，琴键上的手指是她与物质世界的唯一牵连。现在云开雾散，灰霾逐渐消失，悲伤与衰微的城市气息也没有了。卡佳闭上眼睛。她跟着火鸟一路翱翔到沙皇女儿的山顶，有这么多的颜色在她的周围打转，她以前见过那些颜色吗？到处鲜花怒放，天空闪闪发光。然后是那位公主，正对着世界上空的明亮阳台甩动裙摆，发出沙沙声响，她对刚得到的爱情紧张不安。这是那个发现她的傻瓜，在说服她跟他回首都去。她几乎目眩神迷，太美了。

卡佳只有在弹琴时会有这种感觉。

舞蹈持续了7分钟，眨眼间就结束了。鲍里斯把手放在卡佳的背上，催她起立鞠躬时，卡佳的魂还被音乐包裹着，在舞台上空徘徊。她如梦初醒。观众的掌声持续近1分钟，一边叫着“Браво[1]!

---

1 俄语，同bravo，“太棒了”。

Браво!”，最后渐渐散去。然后鲍里斯舞到后台，去见他的导师和几个朋友。卡佳被独自留下，她紧抓着打开的钢琴作为支撑，尽量把自己重新塞进有所欠缺的身体，身边的时光重新变得沉滞。

终于回过神来后，她注意到一个年轻人站在台阶上看她。他每一口烟都吸得很长，每次都会眯起眼睛，然后把方脑袋偏开一个角度，从嘴角的一边吐烟，仿佛想避免直接把烟喷到她的身上。她不知道他是谁，但这一明显的顾虑举动让她印象深刻。

他吸最后一口烟用了漫长的好几秒钟，其间一直没有从她的身上挪开视线，然后他轻轻弹掉烟头，用脚跟碾灭，以有条不紊的沉重步伐走向她。他个头适中，有领衬衫内的身体很壮，皮带上方的纽扣附近有点绷紧。然而他走动的样子，仿佛重力在他身上的作用比别人要强。这让他看起来很严肃——甚至像头骡子。他直接站在她的面前，双手插口袋。

“我认为这首曲子在乐旨上凝聚感很强，”他扬起下巴说，“不错。我喜欢。结构里有主题的不同方面，对吧？”他的声音比她猜想的更深沉，低沉的音调让她想起沙皇宫廷里的极低男低音传统[1]。

她惊愕地看着他。他看起来既不像音乐理论家，也不像音乐人，但她懂什么呢？“是的。”她说，声音又小又嘶哑，她清清喉咙，“谢谢你。”

“不客气。”他说。他又点着一根香烟请她抽。

她摇头拒绝。她试过一次抽烟：要那样端着手指她觉得很烦。但她不想让自己谢绝香烟的举动终结他们的谈话。“你是音乐学院的人吗？”

---

1 Oktavist，俄罗斯东正教合唱音乐中典型的男低音歌手，音域极低，甚至比低音谱表还低。

“不是。”他说，再次扭头吐烟，不过一阵暖风还是携着烟雾吹到了她的脸上。“我准备做一名工程师。不过，我理解曲式结构。有时我读申克[1]的书。”

她也读过海因里希·申克的理论，不过是因为她必须要读。她心想，不管这个年轻人是谁，他一定很聪明。靠近来看，他的眼睛是运河的颜色，脏灰色打着旋涡。她看到那双眼中倒映的自己，像一轮残阳浮在水面。

“你想跟我喝杯茶吗？”他问她，“我有几张埃斯特拉达的唱片……”

她20岁。做个处女，这不尽然是她的选择。高中时，她与一个男孩几乎要认真发展下去，在扎格尔斯克，他和她住在同一栋公寓大楼，但当他抱怨她抛弃自己去读音乐学院时，她结束了那段关系。她的父亲松了口气，母亲则大失所望。你得考虑自己的未来，小卡卡。你应该有个丈夫，有个家庭！而我呢？我只有你。你让我当外婆我就谢谢你了！

鲍里斯喝醉时亲过她一次，如果不是他在她的肩头昏睡了过去，她应该会跟他上床的。类似的机会还没有自然出现，而她又太羞涩，不敢主动献身。从她两年前来到列宁格勒，再没有别的男生对她表示过一点兴趣。

“我不认识你。”她温柔地说。

“我是米哈伊·泽尔丁。”他没有来跟她握手，只是继续以评价的眼光看着她。然后他耸耸肩，微微露齿一笑，“你现在认识我了。”

她咯咯地笑了。她觉得他的自信很吸引人。她喜欢他看着她的样子，仿佛他知道她有时会寂寞，就像他也会寂寞，尽管他不像那种会

---

1 Heinrich Schenker，维也纳音乐理论家和评论家，擅长音乐分析。

承认寂寞的人。“好吧。”她说。

他转身开始下楼，仿佛他已经忘记自己刚刚邀请她去喝茶。她快步赶上，再次感觉到鞋子很紧，然后他放慢脚步，让她能走在他的身旁。他们基本上沉默同行，卡佳觉察到两人之间悸动着一种陌生的张力——尽管他们几乎没说什么话，又或许正是因为这样。

他领她走进广场附近一栋昏暗的黄色楼房，走上他在三楼的公寓，他解释说他跟列宁格勒工业学院的另外三名学生合租两个房间，他在读土木工程。“我的专业是道路工程，”他说，“非常重要的工作。”沙发边的地板上有成堆的衣服，窗台上摆了一排脏杯子，烟灰缸已经堆满，当他们走进房间时，房间里弥漫着一股淡淡的酸臭味。他没有为这些道歉。他们脱了鞋后，他只是示意她坐下，然后走向小厨房烧水。

她挪开沙发上的一沓印刷物，暂且坐在边沿。她心里萌生了过去帮他的本能，不知道是出于母性还是多情，她把纤长的手指塞在屁股下面，控制自己别去收拾这个可怕的房间。

“你知道卢芭·瓦西列夫娜吗？”他问。

“那个歌手吗？”

“还能有谁。”他从封套里抽出一张唱片，小心地放在唱机转盘上。立刻，一把高扬的柔和颤音压过唱机的噼啪爆音，歌唱赞美起祖国来。米哈伊闭上眼睛跟着点头。卡佳对这种类型的音乐不太感冒，然而她喜欢看他听歌的样子，如此明显的崇拜，不知道早前他有没有这么专注地听她弹琴。或许他能理解她弹琴时的感受，借着音乐神游体外，能听到颜色。她有一秒钟想起那个德国老人，他对全世界闭目不见，但仍能看见音乐。米哈伊站在那里，变得越来越有魅力，尽管他似乎再次忘记了她的存在。水壶尖叫时，歌曲刚好停止，空气里有种狂乱的感觉。

"她很不错，对吧？"

"她很爱国。"卡佳说。这是她能想到的最善意的话。

"我喜欢背景音乐里的摩斯电码。"他递给她一杯很浓的甜茶。"卢芭·瓦西列夫娜。"他意犹未尽地说，然后摇摇头，挨着她一屁股坐在沙发上，仿佛他们已经是老夫老妻了。他又说了一遍那个歌手的名字，声音更轻，尽管卡佳知道卢芭·瓦西列夫娜体形庞大，已经有老年斑，浓黑的眉毛让她看起来比列昂尼德·勃列日涅夫[1]更没有女人味，她还是感觉到一种强烈的无名妒火。

"顺便告诉你一声，我叫叶卡捷琳娜，"她说，"如果你想知道的话。"

他仔细地看了她很久，然后放下杯子，跟其他杯子放在一起。"我现在想亲你，"他告诉她，"卡佳。"

她喜欢她的名字从他的嘴里发出，深沉慎重的声音。那是茄子的颜色，尽管普通市民吃不到那种异国情调的东西，她还是想尝尝茄子，于是她把自己的杯子放在他的杯子旁边，让他贴靠过来。他的唇压在她的唇上时，她的心脏以稍高的音量[2]跳动起来，她能感觉到他的心跳也在加速。他跟她一样紧张吗？他把手搁在她的肩头，就好像不知道还能把手往哪儿放，这种不确定的表现让她更有勇气。她准备好摆脱贞操的负担了。她的手指穿过他的头发，轻轻地在他的脑袋上敲出拉赫玛尼诺夫第三钢琴协奏曲的拍子，然后把舌尖探进他的嘴巴。他发出微微的喘息，然后手从她的肩膀滑到腰间，把她抱得更

---

1 Leonid Brezhnev（1906—1982），1964年到1982年任苏联共产党中央委员会书记领导苏联。

2 原文为意大利语音乐术语，in rilievo，指示一种乐器奏响的声音稍大于其他乐器，以便在合奏中得以突出。

近。他们先是试探性地亲吻，不诉诸语言地彼此征询默许对方更进一步。随着他们的嘴唇和双手更加自由、更加激情地游走，身体周围湿热蒸腾，直到两人几乎在对方启开的嘴里剧烈喘息。

卡佳开始意识到自己两腿之间有种悸动，是种从来没有过的感觉。她自慰过几次，通常是在弹完一首很长或者很吃力的乐曲之后，但总是以指定动作飞快地结束，就像挠痒一样。她现在的感觉近乎强烈的渴望，不只是抚摩的需要，是需要被米哈伊抚摩。她把他的一只手从她的乳房挪到大腿内侧。

"哦，卡佳。"他开始呻吟。

"米沙。"她也喃喃回应，用名字的爱称唤他。

他们没有中断亲吻，相互把对方拽到地上的那堆脏衣服里，一边解开彼此的衬衣。她的手抚过他的胸膛和腋下，他则亲吻她的耳垂、喉咙凹处、她的乳头。他沿着她的肚子一路向下吻去时，她的腹部肌肉收缩起来。他停下来解她的裙子，她帮他一起拽开裙子，脱掉自己的丝袜和内裤。他以近乎敬畏的神情看着她，所以她并没有因为自己的裸体而局促，反而慢慢把膝盖移向一侧，向他打开自己，让他看得更加真切。然后他做了一件事，她从不知道还有这种可能：他跪在她的两腿之间亲她那里，直到她以为自己就要爆炸，然后真的爆炸了。

"米沙。"等她终于缓过呼吸，又唤他一次。

"嗯？"他正在亲吻她上下起伏的小腹。

"你以前这样做过？"

"我现在想不起来了。"他对她微笑着说。

她哈哈大笑，坐起来吻他的嘴，然后解开他的皮带，把手滑进他的裤子。她感觉他硬邦邦的地方欣然跃向她的抚摩。"来吧。"她说，把他拉到她的身上。

他们刚开始亲吻时，她头脑里开始演奏的那支拉赫玛尼诺夫的乐曲有超过29,000个音符，从头到尾弹奏一遍需要将近40分钟。她和米哈伊在那堆脏衣服上、沙发上、他睡觉的窄床上彼此探索发现再探索时，她在想象中把那支乐曲完整地听了两遍。等他们终于累得无法再继续时，已是深夜。

他们起身穿衣，米哈伊去烧一壶新茶，卡佳带着微笑接过她的茶杯。他们重新穿上衣服后，她反而再次羞涩起来。是的，她仍然欢喜，但也涌起一丝羞耻感，仿佛对自己的举止几乎难以置信，这多么有别于她。或许这意味着，她终于找到了自己该爱的男人。通常，人们先相爱再做爱。这个次序也能颠倒吧？她似乎要尽道德责任了。

她看着他把指针放到另一张唱片上，因专心而皱眉。根据她在单单一个下午对米哈伊的了解，她喜欢他。爱他又会是什么感觉？

6

克拉拉缓慢向后倒退，稳稳地托着钢琴，彼得、泰迪和他们的另一个兄弟亚力克斯则在后面推琴，他们走在铺砌的人行道上，穿过她新公寓的小区。“有凸起。”她提醒他们。他们慢下来，喊着“一二三”，把手推车翘起来，推过人行道上的一块凸起。克拉拉感觉到钢琴的重量在衬垫毛毯的下方倒向一边，她不知道自己更怨恨哪件事：是她付不起钱请专业的钢琴搬运工，还是自己居然真的在搬琴。

“小心。”她说。他们正在转弯，灵活地沿着一条弧线拐到通往她二楼公寓的楼梯间。克拉拉仔细端详着这栋暗淡的灰泥楼房，掉了几片红瓦的屋顶，阳台栏杆上的碎裂油漆，但至少她在这里还能看到社区泳池，她后面的单元向外望去是沃尔玛的停车场。她从胸腔深处长叹一声：“我感觉我们就像山脚的西西弗斯。”

“但愿我们不用永远搬下去。”彼得说。他看她的时候，她知道他言下之意不只是搬琴这件事。他用卷起的袖子抹了一把额头，然后眯眼看着梯阶，嘴巴嚅动地数到十四。“楼梯平台真够小的。”

“可以的，”克拉拉说，“我量过了。唯一有难度的地方就是顶层的转弯。”

他们从搬家卡车上取下两尺长、四寸宽规格的木板，把它们平行地铺在楼梯上，与钢琴腿的宽度刚好吻合，然后把博兰斯勒掉转方向，这样键盘的一面就朝向楼房。彼得说：“亚力克斯，你和我到前面去拉。泰迪和克拉拉，你们从底下推。”他把一根又长又重的尼龙皮带绕在钢琴上，活动的一头缠在自己手里，另一头交给亚力克斯缠在他的手上，这样就算重量转移滑落，整架钢琴也不会一路滑到底。

“我们要是有吊车的话，这事儿就容易多了。”泰迪说。

“或者你多长一点肌肉。”亚力克斯说着捏了捏二头肌。

“别废话了，”彼得说，“克拉拉，你留在这里，挨着楼房，泰迪到你的右边去。泰迪，你那边更沉，所以要小心。亚力克斯和我能承受着大部分重量，但是我们需要你俩往上引导方向。”他们都就位了，彼得和亚力克斯在第三级楼梯，宽阔的后背已经紧张就绪，泰迪和克拉拉在下方。克拉拉检查脚轮和木板是否校准，然后用力摇晃几下楼梯两边的金属扶栏，检查是否结实。

“准备好了吗？”彼得问。

“可以了，”克拉拉说，“走吧。”

“跟着我。”他回应她。

他们成功地推到半途，所有人几乎都同心协力地哼哧着，然后亚力克斯说：“停一下。我需要重新调整位置。”他把皮带在手上缠得更紧，手指都被勒白了。“好了，准备走。”

在下一级楼梯上，泰迪或许是要向他的兄弟们或克拉拉证明什么，把他那一侧的钢琴推得过于用力。彼得只能踩空一步来平衡重心的移位，亚力克斯则本能地尝试配合，但脚底打滑了。五百斤的钢琴偏向一边，克拉拉用左手抵住扶栏来支撑自己，准备用瘦小的身体保护这件乐器。如果博兰斯勒要开始轰然滚下楼梯坠落在地，必须先轧过她才行。

“撑住啊！”她大喊。

彼得和亚力克斯站稳脚跟，阻止钢琴移动，但钢琴先是偏向右侧，然后矫枉过正，又往左侧偏得更加厉害了，狠狠地碾轧克拉拉的手，把手挤到扶栏上。她尖叫起来，声音又高又憋，钢琴仿佛开始怜悯她，也从厚厚的裹层里发出一连串刺耳的音符。

“泰迪，你个浑蛋！”彼得说，“往后倾斜，让她出来！”

克拉拉尽力紧紧地闭上眼睛，直到眼冒金星——那是她止住眼泪的窍门。男人们用希腊语对彼此叫喊，成功纠正了钢琴的位置，把它拖上楼梯平台，他们的肾上腺素暂时替代了克拉拉的作用，她则待着没动，突突直跳的手几乎漫不经心地耷拉在扶栏上，她自言自语：“没事的，没事的，没事的。”

她的舟状骨断裂了，就是左手手腕拇指上方的那根小骨头。急诊室的医生说不算严重，但为了确保让骨头能长正，他想给她打上石膏，一直打到手肘一半的位置。

“我不能打石膏。那样我怎么工作？”

“好吧，你做什么样的工作？”

“我是个机修工。”她举起自己的那只好手证明——皮肤粗糙，而且指甲里永远有油垢——不过他看她的眼神像是她在告诉他，她是个驯兽师或者一条美人鱼。这种反应并不罕见。新客人看到她吊装轮胎和更换零件时都会很惊讶，但她身材结实，并且对自己的工作很在行。

“好吧，”他一边说，一边让惊讶的眉毛落回原位，“那样的话，你可能得休个假。”

“哎哟，妈的，克拉拉，”她走回接待区时，彼得说，“我真的很对不起。该死的泰迪。我早该料到他会搞砸事情。”

“不是你的错，”她说，“也不是泰迪的错。是我的问题。你们是在帮我。”她用另一只胳膊把石膏托在绷带上，试探地动了动肿胀的手指。

“那个东西你要打多久？”

“他说六周。或许会短一点。几周以后他想再做一次X光看看。”

“我可以帮忙，”他说，“我送吃的过来，你需要去哪儿我就开车送你。”

“我没事的。”

“我知道你没事。但你不用一个人扛。”他拉住她右边的好手，另一只手也盖了上去，仿佛在握着一只他不想放飞的萤火虫。他的手好大，可以完全包住她的手。她闭上眼睛，只有一小会儿，让手掌贴着他的掌心伸平，直到感觉到她自己也有满手的老茧。太容易想象在他的怀里，让自己重新振作起来。她尽可能轻柔地把手抽回来。

“有你这样的好朋友真好。”她说。

彼得开车把克拉拉放下后，她站在通向公寓的楼梯底层，感觉热气从水泥地上辐射出来，她笨拙地把打了石膏的手倚在扶栏上，然后开始慢慢地爬楼。屋里，一层新漆在旧墙上看起来过于光亮，感觉像是别人的公寓。一道不熟悉的光线从东向的窗户射进来，照亮狭小空间里旋舞的微尘和杂乱无章的纸箱堆。但那不就是她从头开始的感觉吗？一切似乎都不对劲，至少一开始如此。有时永远都不会对劲。

这里的沉默让人不安，但她没心情把箱子翻个底朝天去找移动音响。她反而走向博兰斯勒，男人们已经把它推到门边挨墙放好。她提起琴凳的上盖，抽出一张她的旧乐谱：贝多芬《月光奏鸣曲》的简化版。第一乐章主要用右手弹奏，而且幽灵般的悲哀旋律很符合她现在的心绪。她坐下来调整琴凳，然后提起琴盖，把指尖放在开始发黄的琴键上，并回忆第一位钢琴老师告诉她的话：把手指弯成弧形，仿佛各握着一个球。

在第一节课上，克拉拉就计划好专攻一个任务，要学会父亲最爱的一段乐曲：俄国作曲家亚历山大·尼古拉耶维·斯克里亚宾的降E小调第14号序曲，他在家里的CD机上反复播放这段音乐。她的老师告诉过她，这首曲子从开始到戏剧性戛然而止的结尾，一直充满狂野的能量，连很有造诣的钢琴家都很难弹好。艾比·弗莱彻身上一直有好闻的泳池味，她说她很钦佩克拉拉的选择，但建议她不要急功近利。“斯克里亚宾是很奇妙，而且碰巧他和我一样喜爱肖邦，”弗莱彻夫人说，“事实上，斯克里亚宾弹奏《为左手而做的前奏与夜曲第9号作品》时，人们把他称为‘le Chopin gaucher’——‘左撇子肖邦’。亲爱的，或许有一天你可以弹奏斯克里亚宾，但现在我们还是专注基本功吧。”

克拉拉弹出奏鸣曲的几个音，同时原谅了这架完全跑调的钢琴。它毕竟刚经历了大难不死，逃过一场坠毁。她试探着继续，但因为既记不住曲子，也没有专业技术，她无法让眼睛只盯着乐谱或只盯着键盘，不得不两边来回扫视。结果就是一阵一阵不和谐的断音，给她的感觉甚至比刚才的沉默更糟。另外，她的左手也疼痛起来，因为要尽量张开拇指和小指，跨越一个八度来演奏低音部分，于是在第七小节的中间，她一把扯掉谱架上的纸，把它撕成两半又两半，直到受伤的手疼得再也撕不动为止，然后用力把纸片丢向她的纸箱，看着它们像大片的五彩纸屑一样飘动，最后落在地上。

她俯身靠前，把胳膊整个地压在琴键上——制造出短暂的不和谐音——额头抵在坚硬的石膏上。象牙白的琴键开始失焦，她闭上了眼睛。或许莱恩一直是对的，如果她不会弹琴，要它有什么用呢？她上过几年的课，为了成为父亲极度期望她成为的钢琴家而勤奋练习。但她弹的东西听起来就是不对。15岁时，她开了第一场独奏会，弹的是一首“俄罗斯小曲”，弗莱彻夫人的改编让它听起来比实际上更有难度。弹完之后，她的姑姑和姑父都热情鼓掌，同场表演的其他小学生的父母也是，完全不管她犯了多少错误。即使她能弹到所有的音符，出来的效果还是十分呆板，没有乐感。当时，她已经跟着杰克在汽修铺里工作，所以她知道自己的手擅长一些事情，然而她永远不能用手指诠释出一首乐曲背后的情绪。只要她察觉到音乐老师已经对她放弃希望，她就去找新的老师。然而，她经过屡屡挫败，终于也放弃了。博兰斯勒几乎沦为一个钢琴形状的镇纸，压住她仅有的童年记忆不至飘走。

如果她把那么些年用于钢琴课的花费存起来，且不提调音和搬琴的费用，肯定能负担这六个星期的强制养伤休假了。现在她不得不借债生活，直到能再次工作为止。她把自己从键盘上挪开，然后用小臂的袖管抹掉琴箱上的污渍。在拥有这架钢琴十四年的时间里，她对它又爱又恨，她把好手握成拳头，就像一把木槌一样用力地砸向琴盖。

如果早前他们没能稳住钢琴会怎么样？如果它在摇晃过程中蓄积了足够动能，他们没法阻止它倾倒，然后它撞破扶栏掉到下方的混凝土路面上会怎么样？——多高来着，三米？三米五？——它会像汽车在碰撞测试中那样整个崩塌吗？还是会撞成碎片？那听起来会是什么声音？所有困在里面的潜在乐音都会消失在乌木琴箱粉碎的哗然巨响中，沉重的内部装置摔出来，永远哑去。

博兰斯勒坠落死亡的画面让她心惊肉跳，很像她有过一两次站在某个地方的边缘，毫无逻辑地想跳下去的感觉。眼看着自己的钢琴摔裂，数不清的内件——她都叫不上名字——撒满一地，会是什么感觉？她当然会不知所措，会战栗，但或许她也会在支离破碎里发现别的东西，也许类似于解脱的东西。如果博兰斯勒没了，她就永远不用再搬琴，再调音，再去忍受它的沉默。

她从没有过的一个念头出现，并平静地落实下来。她拆箱取出笔记本电脑，找到一个在线拍卖网站，然后发布了一条新的信息：

出售：古董博兰斯勒竖式钢琴一架，大约1905年出厂。乌木色琴箱状况良好——具体留痕请见照片。需要调音，可能也要更换新琴弦和音锤。要价3,000美元。

她的一位钢琴老师告诉过她，这种博兰斯勒钢琴在俄罗斯和英国可能很常见，但极少有人把沙俄时代的竖式钢琴进口到美国。他警告过她，如果她哪天决定卖琴，千万不要通过中间商：他们可能会付给她一个低估价格，然后转手就以相当高的利润卖掉它，而那本该是她的。他说，专业钢琴家只想要三角钢琴，不过她有很大可能把这架钢琴以1,000美元到3,000美元的价格卖给收藏家，因为这架钢琴十分罕有，而且状况非常良好。不过与现成的新型设计相比，她的老博兰斯勒太大也太丑了，在一般市场上对别人来说都不值钱，也没有吸引力。

克拉拉真的不知道要价3,000美元合不合理，因为她在市面上找不到可比性。她选择更高的售价不是因为她需要钱，尽管她确实缺钱，而是为了减轻自己的愧疚感，她在上传用手机拍摄的照片时就已经开始愧疚。

她关上电脑，放下琴键上的键盘盖，开始单手做不开心的事情：拆箱。

7

早晨9点，米哈伊站在潮湿的灰色雪地里排队等着买东西，让卡佳在家里陪宝宝。他们的儿子只有六周大，还不能全天待在寒冷的室外，尤其现在流感像瘟疫一样盛行。队伍已经很长，绕了大楼一圈，议论慢慢向后传开时，人们怨声载道："香肠已经卖完了。他们说一个小时内关门——时间根本不够排到我们所有人。有人贿赂了屠夫，收银员就让他买走了整箱培根。"偶尔有人试图插队，声称有朋友在帮他们排队，更后面的市民就会冲他们大吼："回去！别以为自己很特殊！"米哈伊通常是吼得最大声的那个。

终于，将近5点的时候，他乘电车回到污秽的七层赫鲁晓夫水泥楼房，他们住在一个三居室的公寓里。当时已经天黑，他几乎冻僵了，而且网兜[1]里只有几样东西——他一直带着备用网兜，以备万一有东西可买。至少公寓里有暖气。这一点他要感激苏维埃政权。

他悄悄地开门进屋。只要他隔门听到卡佳在弹琴，就喜欢趁她

1 原文为俄语avoska。

没注意时偷看她一会儿。宝宝包在襁褓里，正在她穿着拖鞋的脚边地板上睡觉。她深色的头发放下来，随着音乐摇摆，像悠悠清风中的窗帘。她看起来很纤瘦，尽管生过孩子的腹部仍有隆起。这让他感觉愧疚，尽管他更愿意把他们所有的烦恼都怪到党的头上。

“我在呢。”她弹完后对他说。他摘掉羊毛帽，她起身亲吻他的脸颊来迎接他。

“你带回了什么？”她细看网兜里的东西。一袋米、香烟、肥皂、一条印着蓝色和赭黄色野花的抹布、两根香蕉、四罐青豆，一份肉。“没有牛奶吗？”

“他们卖完了。我明天再去试试。”

“你明天要上班啊。”

“那就下班再去。”

她点点头，把网兜拿进厨房。米哈伊打开橱柜，拿下来两个杯子和一瓶伏特加。

“妈妈呢？”

卡佳点着煤气灶烧水泡茶。“在休息呢。她今天感觉不舒服。”

“喀秋莎。”他低声说。她转向他。“我们必须走。我坚持不下去了。”他倒了一指高的伏特加递给她。

“我做不到。宝宝才……”她说着转开身子，“拜托，我们现在不要讨论这件事。”

他往自己的杯里倒了更多的酒，一口闷掉，然后给自己又倒一杯，看着酒沉淀下来，直到像上冻的涅瓦河一样静止。他的脚指头马上恢复了知觉。他一屁股坐到厨房的金属椅子上。“我们必须讨论这件事，卡佳。听我说。我们可以在美国过上新生活，更好的生活。去暖和的地方。我们随时都能买到农产品、肉、牛奶和黄油。”

“不行，”她温柔地说，还是背对着他，“不行。我一直跟你说。列宁格勒是家，美国不是。”

“列宁格勒是个美丽的城市，但现在是可怕时期啊。这里感觉不再像家了。对我们没有好处。”

“那我们的父母怎么办？我们的朋友呢？”

“伊丽娜和皮欧特也去。”

“怎么去？我们甚至换不到钱。皮欧特说了他们要走吗？还是你编的？”水壶开始尖鸣。

“有办法的。我一直在四处打听。”米哈伊站起来，把水壶从煤气灶上拿下来，手环在卡佳的腰上。“你记得我们刚遇见的时候吗？我们有那么大的梦想！那么多的计划！你会成为著名的音乐会钢琴家。我会是一名顶尖的工程师。但是你看看，你现在只能为国家演出公司[1]弹琴，你弹得这么好，却一分钱也挣不到。你去读音乐学院不只是为了弹克里姆林宫允许的音乐吧，不是吗？是你教我的啊。勃列日涅夫凭什么是最高音乐权威？你已经25岁了，卡佳。我们必须考虑未来。”

她挣开他的怀抱。“我们的未来在这里，米沙。在列宁格勒。”她想到柴可夫斯基国际音乐大赛。每四年举办一次，就像古典音乐界的奥运会。下一次就在两年后，1982年。她已经开始为比赛练习。

“我没法升职，”他说，“我是这里最好的工程师，但我现在升不上去。他们叫我‘Zhid[2]’，你知道吗？那个垃圾瓦西里，到处跟人说。混蛋克格勃。我甚至没有我父亲那样的鼻子，但他们还是知道了。你现在指望我怎么往上升，卡佳？我们养活自己都难。何况现在

---

1 原文为俄语*Goskontsert*。

2 苏联说俄语的人对犹太裔的贬义称呼。

还有了宝宝。你懂吗？”

“不懂，”她说，“这不公平。你这么说不是因为格里沙。你想去只是因为你自己。”

米哈伊两手合十，摇晃着恳求。“不是的，都是为了你们，卡佳。你值得过上比这里更好的生活。这会是一场冒险，我们重头来过。在一个更幸福的地方安一个新家。我们在美国会更幸福的。”

“我不想去。”她告诉他。

“我在这里不会有作为的，你难道还不明白吗？我是个犹太人——我们是犹太人！——现在我不会得到应得的职称！”他从桌子下面踢了一脚椅子，椅子撞到墙上。公寓太小了，声响惊动了宝宝和睡在卧室里的米哈伊的母亲。

“米沙，求你了。”她在乞求。

“你不能对我说不。”尽管他压低了声音，话音里还是压抑着沉重的失意。“反正有一段时间你不会有弹奏演出。你得照顾格里沙。等我们到了美国，到时他会长大一点——然后你也能弹琴了。可我呢”——他用拳头捶胸——“我得照顾所有人，这一点你无话可说。”

“为什么由你来做选择，米沙？你为什么不考虑我？”

“我就是在考虑你！你没在听吗？”

卡佳的婆婆抱着孙子走进厨房，但当她看到翻倒的椅子和儿子脸上的表情时，她把宝宝交给卡佳后快步离开了。宝宝开始哭，于是卡佳扶起椅子，坐下来喂奶。

“而且，”他默默地说，“现在已经太迟了。我昨天已经提交了申请。”然后他挨着她坐下，宝宝在吃奶，他把手放在儿子的小脑袋上。“他们让我辞职。”

“辞职！”宝宝吓了一跳，小手在脸旁挥舞，仿佛是在自卫。“他们会控告我们当寄生虫的！”

“规定就是这样。因为我们在接受审核。”

“批准出国要好几年时间啊，米沙。你以为我不知道什么情况吗？在这么长的等待时间里，我们会变成国家的敌人，人民的敌人。我们会失去朋友，我们会没水、没电。那样我们该怎么照顾宝宝，嗯？！我们怎么挣钱？”

“我存了一点钱，不算多。不过你父亲不是做得不错嘛。钢琴调音这行似乎一直不错。如果我们需要钱的话，你可以找他要。”

“爸爸跟我们一样穷！我不会找他要钱的！”

米哈伊耸了耸肩。“那我们就另想办法。”

“怎么想办法？扫大街吗？去要饭吗？”

“住嘴！那太自私了。我不接受这种谈话方式。已经太迟了，我告诉过你。”

尽管两人的开始很温柔，在他们三年的婚姻中，她已经学会不要在他愤怒时越界。她让自己的声音平静下来，但心脏仍以更快的速率[1]跳动着，就像以前充满激情时一样；现在只在充满恐惧时发生。“我们要等多久？之后会怎么样？我们去哪儿？”

“我听说是先去奥地利。从那里去意大利，等到美国给我们发入境签证为止。或许要一年，或许会更久。”

“我们到了这些地方要做什么，米沙？我们住在哪里？我们吃什么？还有我的钢琴该怎么办，嗯？走到哪里都背在身上吗？”

他耸耸肩：“我跟其他也在等待离开的人聊过，有代理机构可以帮忙，犹太机构可以帮我们找到需要的东西。我们可以带几件东西，或许一个人带三四个行李箱，但不能带钢琴。”

“不能带钢琴！”她从椅子上一跃而起，宝宝的嘴巴还在吃奶。

---

1 原文为意大利语的音乐术语，ravvivando，用于指示加快乐曲的速度。

她几步跑进小前厅，博兰斯勒占据了这个房间的大多数空间。她坐在琴凳上，仿佛想把它留住。自从那个德国老人把琴留传给她以后，她多少次坐在这张凳子上，她在琴键上弹过多少音符，一开始是一个一个地弹，后来是美丽复杂的乐章，能把她传送到一个脑海里的地方，其他别的事情都做不到。从8岁起，博兰斯勒就一直是她的忠实伙伴。在过去的十七年里，她几乎每天都弹琴。当她搬出父母在扎尔格斯克的家去列宁格勒的音乐学院学习时，她也坚持要把它带上800千米的旅程。除了家人以外，这是她唯一的宝贝。就算要逼她离开，这架钢琴也是她无法——也不能——忍心留下的东西。

米哈伊走到她的身后，把一只手搁在她的肩上。“卡佳，我会想办法的。我们带上钢琴，好吗？你在听我说话吗？我爱你。”

过了一会儿，她点点头。她闭上眼睛，捂脸哭泣。然后她的手指抚过睡觉的宝宝，这是对贝多芬第24号钢琴奏鸣曲《致特蕾莎》的沉默演绎。那首乐曲里有太多重升记号，满篇的十字架能填满一片墓地。

8

克拉拉坐在一个大舞台上，穿着一条正式的黑色连衣裙坐在她的博兰斯勒琴旁。她的雪白色石膏在闪光灯下很夺目，她有种想把它藏起来的冲动。一大群观众成排噤声坐着。她的父亲坐在最前面，屁股坐在座位的前缘，一边鼓掌一边吹口哨，声音回荡在圆形剧场的弧形空间里。母亲在父亲的身边一遍遍地叫他安定下来。克拉拉把手提到键盘上方，开始弹奏斯克里亚宾的前奏，但她的手指一直从滑溜溜的琴键上滑落，她唯一能弹出的音符就是左手的一个C音，一阵快速地敲击：CCCCC，接着是停顿，然后再次开始。她抬头去看有没有下雪，雪确实在下——乐谱上的片片雪花落在琴键上，在融化。她低头去看这场神秘的雪，却看见自己的两只手都被封在绷带石膏里，从手肘到指尖，只剩下一个食指可以敲出五个连发的C音。她对自己的表演深感尴尬，她望向观众，他们已经准备对她的父母做出极度遗憾的口形，但她的父亲已经转过身去，在对隔壁一个她不认识的女人耳语，母亲正一边把烟灰掸到他的膝上，一边高声地说：“看到了吧？”

“克拉拉！”有人叫她的名字，她把头转向那边。“克拉拉！”

但不是剧院里的人，声音来自更加遥远的某个地方，于是她不情愿地离开梦中的舞台循声过去，穿过陌生的入口，进入意识层面，慢慢开始觉察到C音其实是敲门声，叫她名字的人是彼得。

她把门打开了几寸，摇摇晃晃地走回日式床垫。彼得正端着一个特百惠大保鲜盒，用手肘把门完全推开。“我给你带来了柠檬蛋黄鸡汤[1]，是希腊鸡汤。”

“我又没生病。”克拉拉说。她的声音含混不清，枕头蒙在脸上。

彼得走进厨房打开橱柜，终于找到一只碗。“柠檬蛋黄鸡汤可是包治百病——伤寒、流感、骨折什么的。”他把小餐台上的中国外卖餐盒推到一边，腾出位置。“而且你也不能永远吃外卖啊。”

“为什么不行？不管了，现在几点？”

“快到11点了。”

“妈的，我完全不知道有这么晚了。我还有一堆事要做呢。”

彼得看看四周，双手大大摊开，摆出置疑的姿态。“你有什么事情要做？你几乎拆完箱了。今天是星期天，而且你有汤喝。我正准备给你装上电视，这样我们就能看比赛了。应该蛮有看头的，堪萨斯赛车场重铺了赛道——现在谁也没有领先优势。”他走过去，递给她一碗汤和一张纸巾。“喏。”他说。

她推开枕头坐起来，用右手端碗，尝试用左手拿勺，但汤洒到了她的腿上。“不许看，这太丢脸了。还有，我自己能装电视。”

彼得哈哈大笑。“是啊，我知道。”他还是走过去把电视机抱起来，放在隔开厨房和前厅的小吧台上。克拉拉看着大块头的他四处走动的样子，仿佛他的体形只有实际的一半。他很高，远超过一米八，很宽，大骨架，坚实的肌肉，跟机油一样黑亮的浓密毛发，加上踏实

---

1 原文为希腊语avgolemono。

沉着的目光，他一副仪表堂堂的样子。在汽修厂里，他可以一声不吭地抬起轮胎和引擎，然而不知怎的，他也能不引人注目地出入房间。“你需要一套更好的电视，”他说，“平板电视。”

“当然，等我中了彩票就买，”她挑起一边的眉毛说，然后又慢慢喝了一勺汤。“真好喝。你母亲做的吗？”

“不是，”他说，“我做的。”他背对着她，但她能看到他的耳尖变成了粉红色。

“好吧，”她说，“谢谢你。”

他耸耸肩，继续把电线插进电视机背后的接口。

克拉拉跟弗兰克分手后几个月，有过一次大规模停电让全市大部分地区陷于黑暗，彼得开车过来给她送电池供电的小型取暖器。“今晚要降到零度以下。”她开门时，他几乎带着歉意地说。他们已经在一起工作一年多，现在是亲密的好友。两人的生日都在10月，相隔两年，都酷爱飙车、修引擎、贝克斯菲本土的全美赛车协会冠军凯文·哈维克以及脑中不设目的地的长途驾驶。他俩都喜爱音乐，但都玩不好；彼得的母亲坚持让他学习希腊传统乐器布祖基琴，但学校里的朋友取笑他，最后安娜就由得他放弃了。两人下班后一起喝啤酒的时光里，发展出了足够的信任，可以把重要的经历告诉彼此，最终，他们承认对方可能是世界上最了解自己的人。

但克拉拉从来不让他们的友谊变成浪漫关系，直到暴风雨那一夜来临。彼得几个月前才帮她搬进那套新公寓，他当晚站在门阶上手拿电筒和取暖器的样子，让她意想不到地充满柔情。

“你想进来吗？”她问。他缓缓点头，冷风把他的头发吹到脸上。她像头一次那样看着他，注意到他坚毅的下巴、笔直的鼻梁和非常善良的咖啡色眼睛。她不假思索地伸手去把他的头发拨到后面，感觉到电光一闪，电流从指尖驰过她的全身。他一定也感觉到了，因为他用惊奇的表情看着她。她拉起他的手，带他走进卧室。

第二天早晨黎明之前，克拉拉醒来时有种绝望感，彼得熟睡的身体环抱着她的身体。她从他的胳膊下面爬出来，把他摇醒。“我感觉我在参加葬礼。”她告诉他。

他揉揉眼睛，试图在黑暗中看清她。“什么？为什么？”

迫近的失落感在心底涌起，她几乎说不出话来。“克拉拉？出什么事了？”他伸手去碰她，但她躲开了。

“我们不能这样，永远没有下次。”她说。

“我不明白。”

“我不想失去你。”她好像再次回到12岁，当时她每天早晨醒来都得提醒自己，父母已经不在了，就是这样的感觉。

“但你不会失去我的，克拉拉。”他再次伸手过来，但她转过身去。

“我会的。如果我们这么下去的话，一切最终会偏离正轨，然后就会结束。一直都是这样的。”

“你只是到现在为止都没跟合适的人在一起。”他对她微笑，把她拉回自己的怀里。

她从他的怀抱中挣脱出来爬下床。“说得对，”她开始分拣他们昨晚丢弃的衣服，“而且我有充分的理由。”

“你在干什么？你为什么要这么做？这不是一夜情，克拉拉。我想和你在一起。”他把她递过来的牛仔裤扔回地上。

“这是一个错误，彼得。行吗？一个错误。”

他猛地掀掉被子，几乎是跳下床与她对峙。“你到底在说什么？我们一整夜都在做爱！你知道我想和你做爱有多久了吗？他妈的那怎么会是个错误？”

她转过脸不看他的裸体。“因为你是我最好的朋友，如果我连你也失去了，就什么都没有了。”她声音里的悲伤让他愣住了。她转身把他的衬衫递给他，柔软的法兰绒衬衫从她的手上滑落，就像一声再见，但她拒绝收回。“如果我们一直做朋友——只是朋友——就不会毁掉它。”

漫长的停顿之后，他声音沙哑地说：“这才是个错误，克拉拉。昨晚不是。”他套上牛仔裤，一把抓起剩下的衣物，冲进黑冷的晨光中，砰地摔上身后的门。

他超过一周没跟她说话，而她拒绝让步，也拒绝放弃。她邀请他共进晚餐，给他买湖人队球赛和大脚车赛事的票，找顾客借来一辆哈雷摩托，两人开去兜风。终于，在接下来的几个月里，他们姑且重修于好，直到两人之间好像已经恢复了正常。然后，夏季临近结束时，她遇到了莱恩。

“那什么，我昨天决定了一件事。”克拉拉说，彼得望了一眼身后的她。她与他四目相对，然后低头看着自己的石膏。“我发布了钢琴的广告。”

“你什么意思？”

“我要卖琴。”

彼得停下手头装电视的活儿，转过身来。“你是在开玩笑吧。为什么？”

“是时候该卖了，”她说，“而且我需要现金。”

他挨着她坐下，坐在还没收起的日式床垫上，手抹了一把脸。都还没到中午，他就已经有了胡楂。她能听到胡须与他手上的老茧摩挲的声音。“如果你急需用钱，我可以帮忙。”

她摇摇头。“我没事，谢了。我只是厌倦了那架该死的钢琴。一直要把它拖来拖去，上楼下楼。每次搬家我都得花一大笔钱给它调音，而我他妈的甚至都不会弹！”她提起一边的肩膀，“就是这样。”

“但我们才刚把它搬上来。”

“别担心——如果有人要买的话，我不会再让你们帮忙搬琴了。我开价3,000美元，如果真有人付得起那么多钱，我这次就能请专业搬运工来搬琴。”

“我不是那个意思，你知道的。”

“怎么，你觉得我不该卖琴？”克拉拉倾身向前，把碗放在地上，然后费力地绑皮筋，想把头发扎成马尾辫。到昨天为止，她都没想过握勺子和绑头发这种简单的事竟会涉及这么多动作。她深叹一口气，用好手把皮筋弹出去。

他走过去捡起皮筋，放在她的腿上，然后回去继续装电线。“说实在的，我觉得这可能是个好主意。”

她把皮筋扔到床垫上，把头发从脸上拨开。“你真这么觉得？”

他转动电视机，让它面向床垫，然后换到ESPN频道，摄像机摇摄人群时，解说员说：“今天在堪萨斯赛道举办的好莱坞赌场400英里[1]改装车赛事将会是丹妮卡·帕特里克今年参加的十场斯普林特杯全美赛车协会赛事之一……”

“是啊。我的意思是，我们都搬过——”他闭上眼睛数数，“——三次了。我不知道你和弗兰克分手之前搬过几次，但我肯定你恨死它了。”

“没有那么糟。”

他活动一下左手的手指。“好吧，或许你本人不觉得麻烦。”然后他带着一种难以解读的表情俯视克拉拉没整理的床垫——尽管她能猜出他的脑子里在想什么。他把歪七扭八的被子拉上来，然后挨着她坐下，故作清高地靠在墙上。博兰斯勒在他的正对面，与他亮黑的头发、大块头和无忧无虑的天性完美般配。他和钢琴就像一对哨兵，各

---

1 1英里约为1.6千米。

自在守护着她。

她父亲在死前的一周送给她这架博兰斯勒。她没有要过钢琴，从没想过要弹琴。但她记得父亲把琴带回家送给她时，他有多么激动。他拉出琴凳，让两人并肩坐。“这是送给你的。”他喜不自禁地告诉她，一只手搁在琴键上，另一条胳膊搂着她。“这是非常特别的东西，让你知道我有多爱你。”

她紧紧地闭上眼睛。她太草率了。“我马上回来。”她站起来对彼得说。

“比赛马上就开始了。”

“我知道，我只是要把广告撤下来。”

他伸出手拦住她。“克拉拉，放着吧。”

“我做不到。”

“可以的，你能做到。我知道你为什么还在依恋它，但你不需要了。”

“不，那是个愚蠢的冲动。已经这么久了，我没法想象没有它，你知道吗？我会想它的。”

他用鼻子发出喷气声，摇了摇头。

她站起来。“那是什么意思？”

他用力地戳遥控器，调高音量。“没什么。别管我。”

她拿走他手上的遥控器，关掉电视。“什么啊？”

“你的关注点错了，仅此而已。你刚被甩掉，手又骨折了。但是，你看呵。你在一个新地方，在城市的另一区，墙上刷着新漆。是时候抖擞精神，重新来过了。考虑一下让未来做个改变。”见她没有回答，他的手也落回膝上。“嘿，不过这是你的钢琴，你想怎么样就怎么样吧。”

克拉拉把遥控器丢到床垫上。“我知道。”然后她抱起笔记本电脑，在他身边坐下。她打开邮箱，找到链接想删除发布的出售信息，收件箱顶部却有一条新信息，主题栏里写着：

恭喜！你的物品已售出！现在请寄出发票。

“什么鬼……”她喃喃自语，然后看着彼得，“有人买下了。”

“出3,000美元？”

“当然。等一下，也许是开玩笑呢。也许是那种钓鱼诈骗。但为什么有人要假装买钢琴呢？”

“你可以给他们回邮件吗？问一下是不是真的。”

“好的。”她点击链接去看买家的联系信息，“纽约州纽约市，格莱戈·泽尔丁。那个名字你听着像真名吗？很可能是假的。”

“谷歌搜索他。”

“不，我要把发票寄给他。如果是诈骗什么的，他就不会付钱。不管了，反正现在我不用撤广告了，因为写着‘已售’。”

“我知道你很喜欢征兆。你应该把那当成一个征兆。”

她瞪他一眼。他对她眨眨眼。

彼得靠过来看的时候，克拉拉继续完成几个步骤，寄出了发票。在特别说明栏里，她输入几个字：我忘记在广告上说明了，从贝克斯菲发货的运输成本由买方承担。“我不知道打包和运输到纽约的花费要多少，但我肯定会需要很多钱。他不可能愿意付那么多钱买琴，还愿意付运费。除了我，这架琴对任何人都不值这么多钱。”

彼得瞄了她一眼，叹了口气。然后他重新打开电视。“我们看比赛吧。”他说。

全美赛车协会撞车嘉年华结束后，麦特·肯瑟斯夺冠，丹妮卡·帕特里克令人失望地只拿到三十二名，彼得回家后，克拉拉打开一罐啤酒，放上一张阿图尔·鲁宾斯坦弹奏的肖邦夜曲CD，然后打开她的笔记本电脑查看邮件。

发件人：格莱戈·泽尔丁<grisha@zeldinphotography.com>

发件日期：2012年10月21日，11:59pm，太平洋夏令时

收件人："clarabell1986@gmail.com"<clarabell1986@gmail.com>

主题：回复：克拉贝尔寄给你一张发票

你好：

我已经提交3,000美元的付款，也会安排运输事宜。我的助理可以在大约一周后提琴。哪天对您最合适？

祝好！

格莱戈·泽尔丁

发件人：克拉拉·朗迪

发件日期：2012年10月21日，3:14pm，太平洋夏令时

收件人：格莱戈·泽尔丁<grisha@zeldinphotography.com>

主题：回复：克拉贝尔寄给你一张发票

您好，泽尔丁先生，

很抱歉地告诉您，我无法出售这架钢琴了。我会退款给您，附加支付的手续费。

希望不会有问题。

克拉拉·朗迪

发件人：格莱戈·泽尔丁<grisha@zeldinphotography.com>

发件日期：2012年10月21日，11:59pm，太平洋夏令时

收件人："clarabell1986@gmail.com"<clarabell1986@gmail.com>

主题：回复：克拉贝尔寄给你一张发票

朗迪小姐：

我恐怕确实有问题。我已经汇款过去，因此从严格法律意义上

说，这架钢琴是我的了。请你告诉我，我的助理可以在哪里提货，他们会在10月27日周六下午的1～4点到达。我希望那样不会有问题。

格莱戈

发件人：克拉拉·朗迪

发件日期：2012年10月21日，3:14pm，太平洋夏令时

收件人：格莱戈·泽尔丁<grisha@zeldinphotography.com>

主题：回复：克拉贝尔寄给你一张发票

亲爱的格莱戈：

我说过了，钢琴不卖了。我会退款给您。造成不便，敬请谅解。

克拉拉

克拉拉登录支付账户，看到格莱戈确实已经付给她3,000美元。她从没有过这么多钱。克拉拉的父母过世时，她继承了他们的存款，还有大学分配的一小笔寿险保险金，但她的姑父和姑姑用那些钱的一部分支付了葬礼费用，然后考虑到她未来上大学的费用，剩下的拿来投资。杰克听从了一位熟客、也是得克萨斯州老乡的股票情报，甚至还把自己的大部分储蓄和克拉拉继承的遗产并在一起，买入了一家总部在休斯敦，名叫“安然”公司的股票。三年后，2001年，股价暴跌，他们再也没有恢复到以前的财务水平，即便克拉拉自立之后，也从没有养成把当机修工挣来的微薄收入存下来的习惯。

现在，看到3,000美元那个数字，她踌躇了。就像她在听的夜曲，有两条旋律主线在彼此对位同时演奏，她感觉也在被头脑里的两个声音等力拉扯：留下钱，还回去，留下，还掉。乐曲进入尾声，在克拉拉听来像是憧憬，又像是乡愁，她望向博兰斯勒，然后把鼠标指针移到电脑屏幕上的“退还货款”图标，点了下去。

9

卡佳把水壶从煤气灶上拿下来，把沸水倒在咖啡粉上。他们还能用多久的电？米哈伊提交出境签证申请后，到现在已经八个月了。她预计随时会断电，而且马上又到冬天了。她也没人帮手，因为没有收入养活所有人，她的婆母已经回到她在科尔皮诺的家，重新在伊若尔斯克机械制造厂上班了。米哈伊完全不帮忙照顾宝宝，即便他也没工作。他在一家医院申请了一份电梯工的工作，但他在等回音。这种卑微的职位很快就被活在拒绝中的犹太人占满，而且他们人人都拥有专业学位。于是他白天的时间都在沉思，夜里就坐在列宁格勒酒店的餐厅里，他和一个犹太酒保成了朋友，那人同意他把付费客人喝剩的酒喝完。

她猜他这个下午就在那里。这个时候，她的老朋友鲍里斯·阿布拉莫维奇出其不意地来看她了，带来一瓶上好的亚美尼亚白兰地和一个针线盒，全都是本地商店的短缺商品[1]。卡佳见到他非常开

1 原文为俄语defitsitny。

心，终于有个很亲的伙伴聊一聊了。虽然格里沙脾气也很好，但他还在牙牙学语。自从三年前，也就是1977年，她和鲍里斯毕业后，两人就没怎么见过对方。他确实给她寄过信，通常是跟着所属的芭蕾舞公司巡演到国外城市寄来的，但也有从苏联国内寄来的。一年前，他做成一件不可能的事：在他获得苏联人民艺术家奖后，派人给她送来一束温室的花。

“你和以前一样美。”他说。

她摸摸自己的头发，整平毛衣，藏起她的微笑。“我为你得奖的事很高兴，”她说，“快告诉我，你现在打算做什么？这位伟大的舞蹈编导会有怎样的世界？”

他往后靠在厨房椅子上，手枕在脑后时，她担心那些廉价的金属椅腿会压断，但没吱声。“卡佳，这是我的愿望。我想打造一出保留剧目，能表现出当下的思想造成的方向迷失，是人类精神压制的一种动态隐喻。”他说，“不错吧，嗯？对社会变革的完美掩饰。他们会怎么想，嗯？”他高声大笑，几乎是在傻笑。

卡佳把咖啡、白兰地和茶点饼干放上托盘，端到厨房的餐桌上。“他们会认为你反政府的。社会变革？这对你来说太危险了。”

“对我们。”

“我们是谁？”

鲍里斯耸耸肩。“我们有个小群体，想法都一样。我们当然要表现得很无辜，对吧？没人会怀疑一个流动的芭蕾舞团。”他“咚”的一声让椅子向前倒下，“我可能会创作一场柴可夫斯基的芭蕾舞剧，但不是那些傻不拉几的毛天鹅和睡美人。我指的是革命者尼古拉·柴可夫斯基，关于他的人生，又或许演一出《日瓦戈医生》改编的心理芭蕾舞剧，又或许是索尔仁尼琴的《古拉格群岛》。总之要演重要的东西。”卡佳倒咖啡时，他伸手抓住她的小臂，眼睛充满狂热地看着她。“你可以帮我，卡佳。”

“怎么帮？”

“就像我们以前在音乐学院时的那几次一样。我做编舞，你负责作曲。”

“然后呢？让克格勃把我们拖去西伯利亚？”

“卡佳，你忘记你的理想了吗？不久以前，我们还讨论在苏联过上更好的生活呢。你还记得我们通宵读涅克拉索夫的诗，《俄国谁人幸福》吗？我们的义务是让彼此记起人格尊严。我们必须做些事情来捍卫我们孩子的未来，因为现在是不好的。想想你的儿子，嗯？你难道不想让他有随心所欲读书思考的权利吗？不想让他坚持自己的信念吗？而不是给政府当个听话的工具吗？”

尽管她钦佩他的激情，但她不是个积极分子。“博亚，你没有孩子，你不知道你在说什么。当你需要保护一个人的时候，就不一样了。”

“我说的是保护我们所有人，卡佳。我说的是改变世界。”

“就靠芭蕾？”

鲍里斯又靠到椅背上。她在门口给他的拖鞋太小了，他跷起纤瘦的腿时，一只鞋就吊在脚趾上晃动。“是的，就靠芭蕾。你以为芭蕾不能改变世界？你以为革命一定要暴力吗？”

“所以你想用音乐和舞蹈来对抗勃列日涅夫？把地下出版物[1]的主题偷偷嵌进剧院的节目里？”她摇摇头，“没意义的。你赢不了——你只会受到惩罚。记得罗斯特罗波维奇[2]否定官方音乐政策的

1 原文为俄语samizdat。

2 Mstislav Rostropovich，苏联大提琴手及指挥家，因倡导艺术无国界、言论自由和民族价值观被当局政权滋扰。

下场吗？再看看肖斯塔科维奇[1]。明智的做法是低头做人，我是这么想的。”

“要不就离开，对吧？”他的眼神突然变得刻薄，她在他的怒视下全身发冷。

学生时代，他们是很亲密的朋友，一起演出，一起吃饭，他偶尔能说服她一起参加派对。他们一起长途散步，经常一直走到季赫文公墓，在著名芭蕾大师和作曲家墓地间的树下漫走：巴拉第列夫、珀蒂帕、林姆斯基–科尔萨科夫、鲁宾斯坦、柴可夫斯基。在她最后几场表演后的一晚，两人之间的关系起了变化，当时鲍里斯跟她十指交扣，宣告了他的爱——她的手指因为弹奏而疲倦，他则是拍巴掌把皴裂的手都拍烂了。他告诉她，他之前太傻。他怎么会没认清自己对她的真实感觉？他想结婚，让他们的激情结合，想创立他们自己的芭蕾舞公司，然后去全世界旅行，发现快乐与纵情狂欢，如果她渴望的话就生小孩。他们会有她的深色头发和他的灰色眼眸，他们既能创作音乐又能跳舞。尽管他在求她，但她也只能被迫告诉他，她当时已经心系米哈伊，不过她仍然爱鲍里斯，想跟他一直做朋友。他当然无法收回这个激情的请求，最后搞得两个人都很尴尬，从此以后，她就很小心地让他保持适当距离。

她突然想到，鲍里斯这次突然到访可能是一次考验。任何人都有可能是举报人，是探子[2]。这是进步的几种手段之一：帮助克格勃

1 Dmitri Shostakovich（1906–1975），苏联作曲家及钢琴家，曾获苏联参谋长青睐，被纳博科夫公开羞辱为“不是一个自由人，而是一件政府的听话工具。”修正主义者认为他将反政府信息编码，智胜审核制度，在与政府的关系中扮演了“圣愚”的角色。

2 原文为俄语Stukach。

每天监视苏联人民，举报异见分子，围捕所谓的良心犯[1]。就在一年前，有证人看到两个特工把一名很受欢迎的乌克兰国家主义作曲家弗拉基米尔·伊伐秀克押上了克格勃的车。三周以后，他的尸体被发现吊在树上、眼珠也被抠了出来。

“我不想离开，博亚，”她谨慎地说，“我从没想过要离开。”

“但你丈夫想走。他已经在请愿了。你会跟他走，对吗？”这句话以问题的方式提出，但在卡佳听来像是威胁和挑动。她不知道鲍里斯对谁忠诚：他是支持还是反对克里姆林宫？他是在她这边还是她的对头？

然后，一小段的沉默过去后，他们上方墙壁的挂钟轻声嘀嗒响起，咖啡也凉了。他用温柔恳求的声音说：“为我弹点什么吧，卡佳。可以吗？我已经很久没听过了。”

她不发一言地站起来，领他进入另一个房间，然后她迟疑了，在思忖该不该把鲍里斯带上她的床。那样能保护她和米哈伊吗？还有他们的孩子，他当时正躺在地铺上睡觉。但她无法想象这样的背叛。不。她深呼吸一次，朝墙边的窄沙发做了个手势。他坐过去，她能感觉到自己在钢琴前坐下时，他的目光在她身上。

她将按他的要求弹琴，但慎之又慎。不弹毛茸茸的天鹅，但也不会有革命性的东西。考虑片刻后，她选择了彼得·伊里奇·柴可夫斯基的C小调钢琴奏鸣曲，这支曲子写于1865年，当时是柴可夫斯基在音乐学院的最后一年，比她和这位客人毕业的时间早了112年。

鲍里斯听出来后轻哼了一声。“选得好。”他说。他往后靠在磨损的软垫上时，沙发吱吱地抱怨起来。

她想象自己在弹奏这首进行曲般的简单主题、表达她的苏联爱国主义姿态时，他闭上了眼睛。她希望自己表演的热情掩饰了深切的不安。

---

1 用非暴力方式表达良心信仰而被拘禁的人。

10

电话响了。

“是克拉拉吗？”声音低沉，富有音律感，就像电台名嘴的声音，而且如此亲密地直呼她的名字，让她的胳膊上泛起鸡皮疙瘩。

“哪位？”

“我是格莱戈·泽尔丁。”

她望了一眼固定门，确保已经上锁。租赁办公室吹嘘过这片街区好转了很多，但克拉拉知道房租这么便宜一定有原因。“你怎么拿到我的电话号码的？”

“就在发票的底下。”

“糟糕，”她说，“你干吗打电话过来？你没收到我的邮件吗？”

“没错，我收到了。但我觉得我们应该面谈一下这个问题。”

“什么？”克拉拉用指尖拨开百叶窗，透过薄暮往外看去，确保他此时没站在她的公寓外面。他的地址上写着纽约并不意味着他真的人在那里。“听着，我很抱歉，”她一边说，一边松开百叶窗的叶片，伴着小小的金属咔哒声。“交易取消了。一开始我就不该挂牌销售的。”

“但我已经付钱给你了，我都开始安排了，你不能就这么取消交易。”

“不，”她说，“我可以。我退还了付款。所以你拿回你的钱，我留下我的琴，我们可以当这件事没发生过。晚安，格莱戈。”她几乎就要挂断电话了，这时听到他的声音从小小的听筒里号哭起来。

“等一下！求你了！”

她把电话拿回耳朵上，对着话筒叹了口气，然后一屁股坐在床垫上看着天花板。

“如果是钱的问题，我愿意加价。”他的DJ声线变得呼吸急促，升高了几个音，仿佛他在强装镇定，但失败了。

“跟钱没关系。”

“克拉拉，拜托。听我说，”他清了清嗓子，“我需要那架钢琴。”

她很烦躁地向上甩了一下那只好手。“有几千架其他钢琴在卖啊，更好又更便宜。”

“我就需要那一架。”

她闭上眼睛。“我也需要。”

他有片刻没说话。克拉拉能听到他在慢慢地呼气。“好吧，这样行不行，我租。”

“租琴？干什么用？”

“租一周，最多两周。钱你留着，我让我的人来搬琴。等我用完以后，会给你寄回来。”

“我问的不是多久，我是问为什么。”

“有关系吗？”

她想了一会儿。“好吧，如果我真的考虑要出租的话就有关系，但我不考虑。对不起，我现在要挂电话了。”

他第一次打回来时，她转到语音信箱，第二次也是。第三次她立刻接起来说："请你别再打来了。"

"让我解释，"他仓促地说，"我是一名摄影师。我接拍商业广告、时尚类和人物拍摄，如果需要钱的话，我偶尔也接婚礼的订单，还有音乐——乐器、演唱会、CD封面，那类东西。"他停顿了一下，"有一个照片系列，我已经考虑了很长时间，里面需要一架乌木色的古董竖式博兰斯勒。我已经找了一段时间，不过市面上没有几架。所以，如果你愿意考虑让我拍摄你的钢琴，那对我来说会很重要。"

她站起来，在自己的小客厅里踱步。

"克拉拉，"格莱戈说，"你还在吗？"

"哪种系列的照片？"

他那边又是一阵迟疑。"好吧，我在试图描绘音乐的缺失。"

"用钢琴？钢琴怎么能表现音乐的缺失？钢琴制造音乐。"

"是吗？"

她看向博兰斯勒。它的沉默既是回答也是非难。

"好吧，不是一直都能。"

"我对用来制造音乐的乐器很着迷，还有演奏乐器创作音乐的人。但如果乐师死了呢，音乐会怎么样？或者乐器被毁坏了呢？又会怎么样？"

"我不知道。"她发出小小的笑声，听得出杂糅了不安与好奇。

"你有没有试过在车里或者在派对上，音乐开得很响，然后戛然而止。你能感觉到一种余音不散的寂静。你甚至都能看到它，就像空间里出现了某种物理转变。你明白我的意思吗？"他深吸一口气，"所以我想用钢琴——你的钢琴——作为这个象征符号：居住在一个音乐停止的世界里是什么感觉。我想把它放在那里展示，没人弹奏，就是一个普通的物体。"

她被他的想法迷住了：博兰斯勒在她的生活中正是如此。但她还是心存疑虑。“我还是不理解你为什么需要这一架钢琴。”

他回答的时候，声音很不自然。“小时候，我妈妈弹的就是竖式博兰斯勒，我从没忘记过它，可能我太多愁善感了。”

克拉拉的胳膊上再次泛起鸡皮疙瘩。父亲死后，她再没听过什么人如此热切地说起音乐。那似乎是他唯一热衷的东西。她想到自己的母亲：双手抱在胸前，连周六早晨都穿着一丝不苟的皮鞋，所有的衬衣和夹克下面都要垫上垫肩，就像个整装待发即将上场的足球运动员或者士兵。然后她想到父亲：去世之前他已经是个幽灵了，是一张打开了的报纸背后的影子，是电话里的空洞声音说，我回家会很晚，不用等我吃饭。就算父母无视彼此，也无视她，她还是愿意付出一切代价回到他们的黄色小屋，躺在客厅地板上，某种格调的古典音乐与飘浮在她头顶上空缭绕的香烟相互抵触。

“你会在哪里拍？纽约吗？”

“不，在加州拍。其实离贝克斯菲不远。我说了，我只需要一周或一周半的时间。如果一切顺利的话，甚至都不用那么久，而且我很肯定一切都会顺利。我请来搬琴的人真的很棒。他们长年为洛杉矶的一个布景设计师工作，而且我以前做大项目时也找过他们几次，”他说，“这笔交易不错吧？出租不到两个星期就有3,000块。”

没错，她心想，是不错。

“所以你怎么说？如果你同意我租琴的话，我们两个各取所需。”他听起来那么深信不疑，对自己那么确定，对比之下，克拉拉马上意识到自己对一切都不确定：糟糕的公寓、她的经济状况、与莱恩分手、她的未来，还有她不会弹又无法割舍的该死的钢琴。我希望你能想明白自己到底要什么，我真心希望。

“好吧，”她说，“你可以租，但我要五千块，不是三千块，如果你租借超过两周的话还要加钱。钢琴每次搬动都会走音，调音可不便宜。行吗？”

“好的，”他明显如释重负地说，“很好，克拉拉。太棒了，谢谢你。”听到自己的名字从他嘴里说出，就像一次爱抚。她把电话贴得更紧了。“我现在就把钱付给你。我的人这周六会到那里，就是27日。你可以吗？”

“可以，”克拉拉说，“顺便说一句——好吧，如果他们是专业人士的话应该会想到——我和三个朋友，加起来四个人才能把它搞上一段楼梯。”

“他们能搞定的。”

“你保证会好好保管它？”

“是，”他说，“当然，不过如果你需要的话，我可以签一份租赁协议。”

“我要怎么确保你会小心呢？”

“我们怎么能确保任何事情呢？”他说，“我想你只能信任我。”

他们挂断电话后，克拉拉在网上搜索他。他的网站上是他提到的各种类别的作品集，她全部点开看了一遍。他的风格很独特，他似乎喜欢鲜明的对比：大幅的天空和大地，人像在天地间移动。她尤其被风景吸引，传达出时间中停驻的动态：树间的风、沙滩上的浪、峭壁上溅落的海水、天空中翻滚的雨云。她饶有趣味地发现，人物摄影中很少有清晰的主体面孔；相反，他们的身份被隐匿在侧影里或沉重的阴影下，或直接模糊掉。这些作品感染了她。不浮夸、直白、干净。她点开个人简介标签。

“我记录下存在与不在，这样或许你能看到我所听到的。”

格莱戈·泽尔丁

格莱戈·泽尔丁在洛杉矶长大。20岁出头，他移居纽约学习音乐和艺术摄影。他为很多世界顶尖的广告及时尚摄影师做过多年助理，五年前创立了个人工作室。

格莱戈吸收了传统与现代摄影技术，将其与个人对音乐创作的理解融合，形成一种通感风格，被《纽约时报》艺术评论家尤本·歌德称为“对音乐、自然、时间与人性神秘力量的一种诠释，深刻抒情的同时也很直观”。

格莱戈接受纪录片、编辑和商业项目。关于预约、展览和订购印刷品的其他信息，请与我们联系。谢谢来访。

“将音乐从生活中分离，我们就得到了艺术。”

——约翰·凯奇，作曲家

与人物摄影中的模糊面孔不同，他本人的大头照清晰得惊人：躯干偏向一个角度，但面部直接转向镜头，一边的浓密眉毛挑起，好像同时显出傲慢又脆弱的神情。这张脸似乎自相矛盾，要不是晶莹的皮肤有羽翼未丰的气质，后移的发际线又留下了柔和的茸毛，他看起来会是一副凶相。他有丰满的噘唇，下颚的轮廓方正，尽管似乎暗含笑意，高密度的浅蓝色眼睛周围却不动声色。他狡黠的凝视毫不松懈，克拉拉感觉他仿佛就在房间里瞪视着自己。

让你或许能看到我听到的，她看着钢琴思考那句话。她知道一些人，他们的脑海里一直能听到音乐，一直在哼唱和吹口哨，或者跟着只在想象中敲打的节奏打拍子。她的父亲曾经带她去看拉赫玛尼诺夫和普罗科菲耶夫的作品演出，弹奏者是一个年轻的美国钢琴家。克拉拉对那场演奏会毫无记忆，但对父亲之后的评论印象深刻。他说那位钢琴家的手指抚过键盘的方式，还有她随着音乐的牵引摇摆姿态变换的样子，让他彻骨地感受到那些曲子。他还说只要他想，就可以随时再次听到它们：它们会在他的脑海里一遍遍地回放。他说真希望他有呈现音乐的才华，但他没有，所以他对自己的心理记录能力也很感激。“克拉拉，你也会像那样在脑子里储存音乐吗？”他问。她穷极想象寻找答案，但一无所获，于是只能点点头。“那你懂我。”他郑重其事地说，然后沉默地开车送她回家。

她现在好奇起来，脑子里有一台自动点唱机是种什么感觉。只要她的脑袋里有东西卡住——电视广告音乐或者一首流行歌——她就觉得这东西导致她幽闭恐惧，等不及要叫停。用音响或者在汽修厂里播音乐时，她可以让它没入背景音乐，或者嫌烦就直接关掉，但现在她怀疑这是自己的缺陷。如果她能把一首歌收进脑子里，或许她就能真正学会弹琴。她或许也会像他们看到的那位钢琴家一样，很可能有一双精致干净的手，而不是长满老茧、沾有油污的骨折的手。

11

卡佳把手伸进头发，猛力拉扯自己的发根。米哈伊看着她，没有露出愤怒升级的迹象。小团的头发落在地毯的矩形区域里，这一块看起来比其他部分要新。“你都做了什么？”她在尖叫，“你都做了什么？你都做了什么？”

格里沙睡在地上，跟母亲一起大哭，他的旁边是她掉落在地上的网兜，她排了两个小时的队才买到的鸡整个摔在外面。

“我都做了什么，卡佳？”米哈伊的声音开始颤抖地升高，“我都做了什么？我告诉过你，我会想办法把你的钢琴带出俄国的。本来我大可以把它推出窗外，或者当柴烧掉，但我告诉过你，我会有计划的，而且我确实有了计划。你应该跪在我的面前对我感恩戴德，用尽想象感谢我出色地解决了你的问题——而不是像这样对我尖叫。”他苍白的脸颊泛红，同时轻轻叩敲太阳穴上日渐稀疏的鬓角。“一年以来，你都把我当成二等公民对待。一天到晚阴沉着脸。从来不笑。你只想烂在这个地方，嗯？你告诉我，他妈的不带上那架钢琴你就不走，于是我想啊想啊，然后你告诉我那个娘炮芭蕾舞演员来看过你之后，我的脑袋里就有了这个主意，你应该感谢我才对。你现在倒好，不仅把我儿子搞哭，还吵到邻居，也不顾自己的形象了。站起来！你让我恶心。”

卡佳已经倒在地毯上，那是他们住在这套寒酸公寓的三年时间里，她一直放钢琴的地方。她拔够了头发之后，开始揪博兰斯勒的衬垫纤维，它们曾吸收掉音乐的振动。

“那一夜我去见鲍里斯，你真该看看他的脸！”说到这里，米哈伊放声大笑，“我们这么说吧，他没料到我会去见他，一脸心虚！他不是克格勃，我告诉你。他跟你讲那些天花乱坠的想法时，你想过他要从哪里搞来需要的钱吗？或许他是那种能把芭蕾脚尖旋转变成社会改革的孟什维克党人，我不知道，我也不在乎。但我知道关于他的一些事情，是你不知道的。”

“你在说什么？”她问，看都没看他一眼，“你就告诉我，你把我的钢琴怎么样了。”她的眼泪掉进纤维里——感觉仿佛她的整具灵魂都从眼里流走了。

“很简单，”他说，声音随着自我膨胀快活起来，“我从不相信像他那样的男人，像私语一样轻飘、像女沙皇一样优雅的人，会对一个女人有这么多的爱，但他真的有，卡捷琳娜，他真有。”米哈伊在她的身边弯下腰，蹲下的时候膝盖里噼啪作响。他用粗大的食指挑起她的下巴，把她的脸抬起来让他看到。“但不是对你，是他钱包里装的票子[1]。”

“你要知道，找到弱点没有那么难，”他继续说，“不管是构造、电路还是一个人的弱点，都是一样的。一个好的工程师知道要找什么，但一个伟大的工程师可以毫不费力地看到鲍里斯的弱点和他讲

---

1 原文为俄语babki。

究的乐福鞋一样显而易见。俄国没人能买得起那种东西，卡捷琳娜。他来这里的那天，你在门口把我的拖鞋借给他的时候，你就没注意到他的鞋有多精美、多柔软吗？毫无疑问，是意大利工艺。就算一个芭蕾舞演员去意大利旅游，他用在苏联的工资也买不起这些奢侈品。你听明白我的思路了吗？你那副软心肠跟上我没有？”

米哈伊哈哈大笑：“我说先给你的发小记上一笔，他很快就听懂了。当我提到他精美的乐福鞋，暗示克格勃可能想知道他从哪里搞来钱买这种东西时，他就意识到自己处境危险了。不难发现啊，对吧，卡捷琳娜？我还不知道他到底在做什么买卖，但当我暗示那是他在过境时可以塞进屁眼里运送的东西，然后卖给愿意把那玩意儿凑到鼻子上的人时，他的脸告诉我，我是对的。或许他买完那些精美的鞋子之后，会把剩下的毒资拿来资助他小打小闹的革命，我也不知道。他高兴就好。他把什么东西塞进屁眼里，我没兴趣知道，卡佳。我肯定那里被各种各样的物体撑开过很多次。但克格勃对这种事很有想象力的。如果他们有理由相信鲍里斯在那里藏了东西，他们能想出多有创意的办法来探索他那深邃的小洞可不好说。”

“我的钢琴在哪里？！”

“嘘——嘘——嘘，我正要告诉你嘛。我向他提了个建议。我提出把钢琴卖给他，作为交换我闭嘴的条件。”

“为什么？”她尖叫起来。

“只是暂时的，卡佳。这是我把你那该死的钢琴安全带出俄国的解决办法。我告诉过你，我们先去欧洲。鲍里斯也常跟他的芭蕾公司去欧洲，作为贩毒的掩护，对吧？哦，还有买鞋。”他再次大笑，“所以我提议他把他的鸦片塞进——你叫它什么来着？铁架吗？——那东西的后面。我想他甚至赞同我的说法，一个旅行的芭蕾舞演员把货藏在乐器里可比藏在直肠里让自己受罪更合乎逻辑。我很惊讶他以前居然没有想到。或许他可以运送相同的数量——谁知道他排空自己能放得下多少货——但如果在一架钢琴里发现毒品，假装无辜肯定更容易嘛。然后一路上他还可以好好地拉屎。而且，等他做完走私的勾当之后，会把钢琴还给我们，皆大欢喜。”米哈伊露骨地大笑，露出小颗的黄牙，然后以胜利的姿态摊开双手，“你看，我答应过你我会解决这个问题。现在不许再哭了，不然你的痛苦会传染给我们。我们马上就能走了。我们全部人都会经历一场大冒险，包括你珍贵的钢琴。”

卡佳的脑袋耷拉下来，身体里爆发出潮涌般的抽泣，悲伤无法填满博兰斯勒曾经占据的空间。她不指望还能再次见到它，不管米哈伊到底是怎么安排的。她从不知道他能如此残酷。随着他们的等待时间变长，他的怒气一直在持续压抑，随时爆发，这一点她可以原谅，但她不能原谅他的残酷。还有鲍里斯，那个故事有可能是真的吗？她不知道能问谁——如果连自己的丈夫都不能信任的话，她还能信任谁呢？

孩子被暂时丢在一边自生自灭，有一小会儿没哭了，现在他喘上气来，再次开始。

12

格莱戈的搬琴工人预计周六早晨到达，克拉拉先开车去卡帕斯极速润滑油车行，这是一周前她出事以来第一次回去。彼得的母亲正眯眼盯着电脑在填订单，安娜看见她时，把自己的椅子向后一退，张开双臂走向克拉拉。

“你好呀[1]，寇克拉，”安娜说，两手握住克拉拉的石膏，“你这个可怜的小东西，你看看你。已经这么瘦了。我给你拿去的饭菜吃了吗？嗯？我叫彼得给你拿过去的。”

“吃了，谢谢你。”克拉拉拥抱了她，吸进她熟悉的婴儿爽身粉和机油气味。她想，彼得有安娜这样一个母亲真是幸运。

“但那个柠檬蛋黄鸡汤是他自己做的。”她眨眨眼说。

克拉拉哈哈大笑，然后意识到自己已经有一阵子没大笑过了。“他告诉我了。真的很好吃，果然是名师出高徒。”

“你什么时候来吃晚饭？嗯？你什么时候回来上班？”

---

1 原文为希腊语yasou。

“我现在就能回来，”克拉拉说，“但我什么也做不了。”她举起自己肿胀的手。

“你回来，可以坐在前台做登记的工作，要不就当一下客服，等你好一点为止。你一个人待在家里不好。”

克拉拉摇摇头。“我打字要花很长时间，而且泰迪是客服。你不需要两个人。”她耸了耸肩，咧嘴假笑，继续说，“没事的。拆掉石膏后我马上回来上班。”

安娜靠过来低声说话：“你需要钱吗？你需要什么就开口。”

“谢谢你。”

彼得从修车坑里上来，工作靴重重地踩在陡峭的金属楼梯上，他在满是油渍的抹布上擦着手，抹布从前兜里露出一半。“嘿。”他看到她时微笑着说。然后他转向母亲，用希腊语说了什么。

她点点头，对克拉拉使了个眼色。“老是有人要这要那。”她说，指的是她家里的男人们，然后拉开玻璃门对丈夫大喊，“我马上就来！”

“你还好吗？”彼得弯下腰来问她。

“嗯，还好。准备好拆掉这东西了。”她用下巴点点修车坑，“为什么是你在换机油？”

“亚力克斯干完活老是把下面弄得一团乱。我知道你很讨厌他那么做，所以……”他把抹布丢进一个桶里，“你想一起吃个午饭什么的吗？”

克拉拉对他微笑，他微微下垂的眼角总是会泄露情绪。“不行，对不起。我只是过来借几条搬运毯的，我记得咱们这里有的。”

“妈的，你不会又要搬家了吧？”他对她使了个眼色。

“好吧，我确实从摄影师那里拿到五千块钱，所以我或许确实应该搬家。找个一楼的地方，这样我就永远不用再把钢琴搬上楼梯了。”

“或者你可以让他保留钢琴，然后你就可以想住在哪里就住哪里，从此幸福地生活下去。”

她把嘴巴抿成一条直线，给他一个“去死”的表情：“能不能拜托你去帮我拿一下毯子？格莱戈的工人今天就来拿琴，我想确保他们好好包装。”

彼得的表情像是要说什么，但考虑之后改变了主意。他只是摇摇头，去找毯子了。

对博兰斯勒突如其来的保护欲让她自己也很惊讶。她想象格莱戈在钢琴送到时一番审视，检查泛黄的琴键、刮痕和磨损。她现在的心情就像母亲把孩子送去学校拍毕业照一样，想确保自己的钢琴看起来状态最好。所以她在软布上挤上一小条牙膏，从后往前擦拭88个琴键的每一个。“现在说‘茄子’。”她说，然后合上键盘盖。

检查琴箱的时候，她在高音部末端停留了一下，留意到那里有指纹，一定是彼得留下的。那里有个更小的指纹覆盖在上面，她好奇是不是自己的。她喷上从克恩键盘店买来的钢琴专用高光擦亮剂，来回地擦拭。

她用布擦拭每一寸象牙色亮漆，在每个大的瑕疵上停驻。偶尔的水渍、指纹和污迹可以擦掉，但她没法抛光多次累积的划痕和琴箱顶部的两个凹印，那是她收到钢琴时就有的。它们很不明显，在她发的广告中的照片里是看不出来。她触摸它们，仿佛第一次注意到一样。格莱戈会因为她没提这件事而恼火吗？它们会出现在他的照片里，继而破坏效果吗？

突然间，只是一个陌生人会暂时占有她的钢琴这么一个念头，都让她恐慌没顶——她真该让他带走它吗？——她还在怀疑的挣扎中，有人敲门了。

两个表情严肃的矮壮男人对她点头示意。“我们是来这儿搬琴的。[1]”一个人说。他是个光头，右耳后面有条疤痕，一直延伸到脖颈，然后深入从T恤领口扎出来的一丛毛发。他抱着一捆夹棉搬运垫。另一个人高一点，摩卡色的皮肤，一头鬈发垂到后背。他的胳膊架在一块木板的顶部，木板铺了衬垫和厚边，显然是一件搬运器材。

她站在那里看着他们。那个光头男面无表情地看着她，他在等。另一个人往后仰头，查看用螺丝拧在门上的黄铜门牌号，就在猫眼上方，然后瞄了一眼手里的一张纸，说："是这里要搬琴吗？"

"啊，不好意思。"她打开门让他们过去。"进来吧。"

他们进门前先蹭蹭鞋底，尽管那里并没有门垫，然后径直走向钢琴，把它从墙边挪开，开始用带来的厚垫包装起钢琴来。

"我还有搬运毯。"她说。那个光头看着她摇摇头，仿佛在告诫她。

她看着他们用封箱胶带扎紧衬垫，用西班牙语给彼此简明的指令。这对他们来说只是另一项工作，只不过又是一天。他们似乎看起来很内行，但对这架钢琴却没有格外上心：它只不过是一件需要从一处搬到另一处的物件。克拉拉走上前去调整衬垫，它从琴箱的边角垂了下来。

"你们对待它要很小心才行，"她说，"它很……老了。"

"是，小姐。"

搬运毯已经就位，他们灵活地把钢琴挪到衬垫木板上，一直调整到钢琴的低音部踏实地靠在托架上为止，托架以直角角度伸出来。高个子男人在平台顶上扶稳钢琴，他的搭档则把几根粗尼龙绳穿进木板的细长槽孔里，然后拉到另一头。每根尼龙绳都绑过钢琴，在另一边牢牢地打结。完成之后，他们稍微蹲下，把第二根尼龙绳套在自己的臀部上扣紧。

---

1 原文为西班牙语，Estamos aquí para el piano。

“准备好了[1]。”高个子说。数到三[2]的时候，他们站起来，同时把钢琴抬离地面。光头带着无法解读的神情看着克拉拉，仿佛他又不紧不慢起来，尽管事实是，500斤的一半重量正压在他的身上。

“哦。”克拉拉意识到他们是在等她。她飞快地去把门打开等着。两个人同时小心地迈步，直到钢琴通过门槛到达外面的露天平台。他们在顶级台阶上休整了一下，然后再次数数抬琴，光头先走，先下顶层的两级台阶。高个子保持钢琴稳定，然后慢慢地让它向前倾斜，直到重量几乎完全压在搭档的背部。光头看起来足够强壮，但不算非常高大，当然没有强大到足以一个人承担钢琴的重量。

“等一下，”克拉拉心里的恐慌再次涌起，“你们确定能行吗？”

他们似乎没听到她说话，因为他们在继续缓慢而沉重地走下十四级台阶，一段克拉拉现在看来——一直都是——危机四伏的旅程；尼龙绳肯定会散开，他们会两腿打弯，钢琴会摔下去。她屏住呼吸，觉得灾难临头，但他们做到了。他们一言不发地把钢琴小心地搬下楼梯。光头用脚把一台四轮手推车踢到合适位置，然后他们向前移动，把钢琴放在上面，开始在人行道上推着它走向停车场。

克拉拉松了口气，慢跑下楼。尽管他们已经把钢琴搬了那么远，明显对这项工作很胜任，她还是担心如果自己不在一旁盯着，他们是否还会谨慎。“不好意思，”她一边对光头说，一边用手挡住照射眼睛的傍晚阳光。“你叫什么名字？”

“胡安。”

“胡安，”她说，“你能告诉我，你们这是要把钢琴带去哪儿吗？”他眯起眼睛，仿佛听不懂她说话一样。“我是说，这能说吗？

---

1 原文为西班牙语listo。

2 原文为西班牙语tres。

把送货信息告诉我，我的意思是……”他放下卡车坡道，钻进车厢。

“你当然可以说，”她继续说，“我只是把钢琴租给那个人，又不是卖琴。不让我知道你们运去哪儿说不过去的。”

他们把博兰斯勒推上微斜的坡度。“Cuídate，贝托。”胡安对搭档说。她懂一些西班牙语，明白这是“小心”的意思。

她收紧呼吸，胡安看着她。“没事的，小姐。没问题。”车厢里有两个行李袋和一个工具箱，还有一叠搬运垫。这两个搬运工把钢琴贴着车厢边沿的横档放置稳妥，然后把手推车翻过来放，平板车朝下，这样它就不会乱跑了。他们出去后把车门拉上、上锁。胡安走到卡车驾驶室，四处翻找后抽出一张地图。

“这里。”他指着拉斯维加斯西边的一个小镇说，那里用蓝色水笔画了个圈。“然后去这里。”他指向一大片标志为死亡谷国家公园的绿色区域，手指在上方打转，“在这儿附近。”

克拉拉探身过去在地图上找。“什么？为什么是那里？他要在那里拿钢琴做什么？”

胡安挑起一边的眉毛，耸了耸肩。“拍照片吧。然后……”他用手做了个轻拂的动作，然后掸掸两手的灰。克拉拉不明白他这是什么意思，但很明显这不能缓解她的焦虑。

“我不明白。”她说。

胡安的表情没有变化，他把手举到脸旁，假装自己手拿相机，同时按下快门。

“不是，不好意思，”克拉拉摇摇头，“我知道他是个摄影师。我是说，我不明白他要在死亡谷拿我的钢琴做什么用。”

胡安又耸了耸肩。“他说哪里就是哪里。”然后他用下巴向贝托示意，他们爬上驾驶室，贝托坐在司机那边，胡安在另一边。

克拉拉站在那里，两手无力地垂在身侧，试图把这条古怪的线路与格莱戈对专题摄影的解释对上。

胡安的胳膊搁在打开的车窗窗框上，扭头看她，带着暧昧不明的微笑冲她点头，这微笑在暗示：她已经被诱骗进这场安排，不祥的事情即将发生。胡安轻拂一下的手势是完成某件事的象征，还是彻底毁灭某样东西的象征？

卡车绝尘而去，克拉拉转身跑上人行道，一次蹦上两个台阶地全速冲刺回家。她抓起背包、手机和钥匙，把门锁上——因为肾上腺素突然释放的缘故，她手忙脚乱地再次跑下楼，脚底滑了一下，她用骨折的手撑了自己一把，很疼，但还不至于让她放慢脚步。直到她跑到自己的车里坐下，打着火后想啊，想啊，想啊：他们会走哪条路线呢？很可能往东然后南下奥斯维尔，而不是往西去弗农山——南行方向有个施工项目——可能他们会走58号高速公路。

她在弗吉尼亚大道的红绿灯处追上他们。胡安的手肘还探在乘客座车窗的外面，左边的转向灯亮着，尽管他们已经在左转道上了。卡车收音机里轰鸣的昆比亚舞曲太响，他们很可能听不到转向灯的节奏音。绿灯亮了，卡车超到前面去了。

“快啊，快啊，”克拉拉对他们之间的车说，“一边儿去。”她按起喇叭，司机从后视镜里瞥了她一眼。她对他嗖嗖地摆手，然后指向那辆卡车。“我在跟着他们。”她大声叫嚷，就好像他真能隔着玻璃和金属听得到她的声音一样。他弹弹手指让她过，然后转上另一条车道。

“好吧，”她说，“好吧。”她现在跟在卡车的正后方。现在又能怎么样呢？让他们靠边吗？坚持让他们把钢琴送回她的公寓？她开车在后面跟着他们，胡安胳膊上的汗毛在风中飘扬，卡车里传出重拍的鼓点，她意识到这是个愚蠢的主意。她松开油门，向后落下一点。我该回家的。但她骨折的手拒绝转动方向盘。

13

卡佳踏出车外，在猛烈的阳光下眯起眼睛。意大利的阳光都没有加州的这般明亮。阳光让这里的一切熠熠闪烁：橱窗、泊车咪表，连人行道都是。她戴上南加州苏维埃犹太人委员会那个女人给她的墨镜，那是四周之前她来洛杉矶LAX机场接他们时送给她的。现在，这个名叫艾拉的女人跟他们一起，领着她和米哈伊到处跑，在帮他们安顿下来。

“瞧瞧啊，”艾拉带着笑意说，“你戴上那个就像个真正的美国人了。”卡佳不喜欢这副墨镜：沉重的镜框遮住她的眉毛，压在她的颧骨上很不舒服。她想把它扔在大街上，但她没有这么做，因为她需要它。她怨恨这件事，这种怨恨又让她感觉愧疚，愧疚继而让她更加抑郁。

米哈伊眉开眼笑，快乐得像个过生日的孩子，在她们前面走进加州沙漠联合银行。艾拉会指导他们完成必要的开户步骤，这是他们的第一个支票账户。他们必须存入的400美元——与他们在俄罗斯和意大利维持生活的总开销相比，这似乎是笔巨款——是当地犹太教堂给的。

“这钱不是我们挣的，”当拉比的秘书把装有现金的信封拿给米哈伊时，卡佳对他耳语，“我们不能收。”但她的丈夫并不因为接受施舍而难为情。后来他们搬进一套用无息贷款付钱的出租屋后，她拒绝去联邦应急管理局仓库捡损坏的罐头食品，那是各个超市的分内捐献，他就去捡了。他说他自有打算，等他在美国的顶尖公司当上工程师拿到第一份薪水时，就报答每一个人。但首先他得学会足够的英语来获得面试机会。可他在洛杉矶待了一个月后，还是只知道寥寥几个词。

银行经理请他们在一张大写字台旁坐下。“你们好啊[1]，”他说，“欢迎来到美国[2]。”他的俄语足以欢迎他们来到美国，因为有太多俄国移民最后在西好莱坞定居。他们银行对新居民很友好，尽管他们的开户存款很少——他知道俄国人很会变通。医生、翻译、工程师甚至蓝领工人，通常比美国同行工作更加卖力，因为他们非常感激重新获得自由和人生的第二次机会。在婚礼和其他聚会上时，他们的第一杯祝酒总是敬美国。这名银行经理知道他们会是忠诚客户，最终总会申请贷款买房、买车，或者做生意的，对他们献殷勤是一项明智的投资。

卡佳和米哈伊拿出护照和移民归化局颁发的白卡，那个能证明他们的难民身份。艾拉帮他们填好申请表：他们在杰纳西大道北的新地址、他们的初步就业计划和保证人的信息。他们笨拙地用英语写下自己的名字，在表上签名。

书桌背面的墙上是一排这间银行冠名的加州地标装框海报：金门大桥、塔霍湖、迪士尼乐园、威尼斯海滩等。米哈伊在填其他文书时，卡佳就盯着银行经理背后的一幅图画看。过了一会儿，经理回头

---

1 原文为俄语Здравствуйте。

2 原文为俄语Добро пожаловать в Америку。

瞄了她一眼，看她到底是被什么吸引了注意。

“你喜欢那幅海报？”他问道。

其他海报似乎都在坚定地明确，美国是一个有永恒阳光与幸福的彩色国度，与它们相比，这一幅则很奇怪。这是唯一的一幅黑白海报，一张让人惊叹的相片，看起来像是上冻的湖泊，前景里是裂成多边形的冰面，远处是暗淡的山峰，上方是冬日的清冷天空。她心想，这幅海报更能代表她的祖国，和其他海报放在一起似乎格格不入。就像她对自己的感觉一样。她似笑非笑了一下，点了点头。

“那是恶水潭，北美洲的最低点。很怪异（eerie），对吧？”

卡佳再次点头。她得回家在字典里查一下“怪异”（eerie）这个词。

“上面写着这地方在死亡谷国家公园。从这里开车往东北方向，大概四个半小时到五个小时的样子，就在内华达州的边界上。有点荒芜，但如果有机会的话，还是值得一看的。我们加州有很多东西可看。你应该带儿子去迪士尼乐园，那才是真正的美国东西。”

卡佳又一次点点头。

“全部搞定，”那个男的一边说，一边把装在闪亮塑料壳里的临时支票簿递给米哈伊，“你们先安顿下来，如果还有需要我帮忙的地方就告诉我。”

艾拉翻译了，米哈伊笑得合不拢嘴。“很好，多亏你，多亏你。[1]”他一边点头，一边上下甩动银行经理的手说。然后他用手肘顶了一下卡佳，她又在盯着墙上的黑白图片看了，她从溜号的遐想中回过神来，说，“也谢谢你。”

那一夜，卡佳等丈夫和儿子睡着后，蹑手蹑脚地走进厨房打开

---

1 原文为俄语，Отлично. Спасибо. Спасибо。

灯。她环视四周闪闪发亮的装置、白瓷厨台和一个能装得下他们一周都吃不完食物的大冰箱。他们在列宁格勒的公寓只有27平方米，正好人均9平方米。单是这间厨房几乎就有那么大，他们还有两间卧室，一间大浴室，一个客厅和一个带露台的后院，全部摆满了别人捐赠的家具，远远超过他们的需要。墙壁最近刚漆成白色，跟他们设定的未来一样明亮。四面墙上的大窗户让卡佳觉得自己暴露无遗，尽管窗户外都有爬满藤蔓的栅栏、柠檬树和蔷薇丛。她想到自己的母亲，母亲总是在昏暗的角落里弯腰盯着锅，努力做出无米之炊。母亲会被这个富丽堂皇的厨房吓死的，很可能会坚持睡在早餐桌旁的简易床上，这样其他人就可以睡在同一个房间里。我不需要单独睡一间房啊，太浪费了！这里足够我睡了！这里太美了，我愿意死在这里！卡佳想到这个，还有其他等候批准离开俄国却遭拒出境的人。他们不在乎必须学习另一种语言、使用新的货币、新的交通体系和一套新的规则。一切对他们来说都值得。要是他们离开前必须变卖一切呢？或许他们不在乎再也见不到留在国内的亲友，但卡佳在乎。

在机场时，她最后一次紧紧抱住父母，一直啜泣到头疼。这就是事实：如果你离开了，你就永远不能回来。而她的父母永远也不会离开俄国，他们会被埋在自己度过朴素一生的地方附近。她甚至永远无法见到他们的坟墓。在洛杉矶待满一年后，她会拿到绿卡成为合法公民，而不再是难民。再过五年，她会参加英语考试，成为一名美国公民。但一想到死后被埋在美国的墓地里，她的心就疼。

你为什么要去想自己的死亡呢，叶卡捷琳娜？你准备好跟我走了吗？自从离开列宁格勒之后，她的脑海里就开始听到这个严苛的声音，或许是跟着她搬来搬去的守护灵[1]。美国人也有家宅守护灵吗？

---

1 原文为俄语domovoi，斯拉夫神话里守护房屋的精灵。

很可能没有。他们很可能不想要有毛的小妖精为他们保平安。她打开烤箱的门往里窥看，里面没有守护灵。更有可能是失去的音乐在对她说话，但不是那种可以拨开云层让她升入色界的音乐，是缺失的音乐在窃窃私语。她的祖国在世界的另一头，她父母的声音被距离湮灭了，她的钢琴也没有了。没有了那些，她的头脑里出现太多空虚。

“我愿意。”她在瓷砖厨房里说出声来，声音从明亮的白色反弹了回来。

那你儿子怎么办？他还太小。

她压低声音：“格里沙会没事的，这里有很多机会，他不会需要我了。”

或许是没错，美国人的儿子似乎总能成功。但你丈夫怎么办？

“他不是我嫁的那个人了。他暴躁易怒，人前则又是一套。在他们看来，他快乐又善良，但他把最坏的一面都留给了我。他一直说他理解音乐，然而他记不住。语言也是一样，英语单词对他来说太难了。他现在喝酒喝得更凶了，他的借口是喝酒有助于他放松舌头。”

那会——

“住口。”

她打开冰箱，冷气向她的睡衣袭来，她盯着里面的食品，都不记得是自己买来的。她很饿，但这些东西看起来都不开胃。米哈伊学习英语很费劲，她却觉得很轻松。牛奶、鸡蛋、橙汁、生菜、蛋黄酱、胡萝卜、天鹅绒芝士，她关上冰箱门，坐在厨房的餐桌旁，脑袋趴在交叉的胳膊上。

他们三个人带着八个手提箱从列宁格勒飞到维也纳，把尽可能多的衣服穿在身上，裹在外套里，尽管当时是5月中旬，已经很暖和了。因为他们几乎没钱了，两人的父母把私房钱都给了他们。他们用这些钱买了一些在欧洲有销路的商品：俄国伏特加、鱼子酱、质量上乘的头巾、手绘饰品、套娃和床单。别人告诉他们，把这些进口商品在黑市上卖掉是挣钱熬过移民阶段的唯一希望。

他们在奥地利度过悲惨的两周，和其他两家人一起住在一间黑暗的小公寓里，全部人都患上了肠道流感，集体情绪不佳，也毁掉了合用的那个洗手间。然后他们乘火车转移到第勒尼安海上的一个意大利村子，叫拉蒂斯波里。他们在一栋公寓里有两个房间，潮湿的灰泥墙壁一直在剥落，里面住满和他们一样的俄国难民，所有人都在等待批准，去美国、加拿大或者澳大利亚重新永久定居。卡佳记得他们在意大利的第一个夜晚。她站在无电梯车厢式公寓的阳台上，看到一轮黄色的满月，沉重地挂在空中，看起来好像不合常理地离地球特别近。这把她吓到了。空气温暖，闻起来有海洋的气息，这也吓到她了。她本来应该喜爱这种感觉才对，但她没有。

他们在意大利住了一年零九个月，几乎在罗马周日早晨的跳蚤市场卖掉了所有带去的东西，但在秋天来临之前，他们需要更多的钱交房租和买食物。

“把你的唱片给我拿去卖。”米哈伊告诉她。卡佳收集了一些她喜爱的俄国作曲家的唱片：柴可夫斯基、拉赫玛尼诺夫、普罗科菲耶夫、穆索尔斯基、斯克里亚宾、鲍罗丁、塔涅耶夫、肖斯塔科维奇。这是她仅存在家里的东西和音乐上的记忆，尽管他们没有播放唱片的唱机。

“不，”她告诉他，“我宁可先饿死。”

“那你就去找工作。我厌倦了看你每天百无聊赖，而我要承受所有的负担。”

米哈伊一直在餐厅和建筑工地打小黑工。“修路。”他在国度公路上填了一天的坑之后，悲伤地说。卡佳给人打扫屋子时，他们公寓大楼里的一位年长妇女帮他们照看儿子，还告诉她，她很幸运，因为她能找到工作，不是每个人都能找到工作的。她感觉自己像个叛徒，因为她只想回家。

“米沙，我想去死亡谷。”他们开户过后几天，卡佳告诉米沙。她已经厌倦了跟着艾拉在城里转悠，收集废弃品和廉价衣服来填满他们过大但已经拥挤的屋子。

让她惊讶的是，他竟然同意了。或许他也厌倦了这座城市，尽管他做梦也永远不会承认那种事。4月中旬的一个周五早晨，他们给三手车里装满零食饮料还有额外给儿子准备的毛毯——那是一辆棕褐色的1972年凯迪拉克帝威轿车，米哈伊非常以此为傲，然后连续开了四小时的车到帕那敏泉社区。他们在那里补吃午餐，加油，买下一张公园地图，然后请柜台的人帮他们指出来去死亡谷的路线。

“喏，你们知道这是个超级大的地方，”他说，“除了死水潭还有很多东西可以看的。有麦斯奎特平地沙丘、盐溪、魔鬼高尔夫球场、马赛克峡谷、优比喜比火山口、赛马场盐湖……”每数到一个地点，他就竖起一根手指，然后他低头看手，停顿了一下。“你们计划待几天？我想我应该先问一下的。”

“就今天，”卡佳回答说，“然后我们就回洛杉矶。”

“好吧，你们可能应该考虑改变一下主意，至少住一晚吧。公园对面的贝蒂镇有个便宜的住处，有赌场和游泳池。如果你们能住下的话，那就能多看好几个地方，开车可以到达。”卡佳和米哈伊彼此对视了一眼，看着那个男人圈出几个地标，标上数字，然后画出一条往东的线路进入公园绕了一圈，前往贝蒂镇，之后从西南方向回到公园，再参观其他几个地点，最后从东南角出去。“你们可以从那里回家，沿途换换景色。”他们谢过他，因为他们已经习惯了，别人叫他们怎么做就怎么做。

他们多数时间都在沉默开车，随着文明渐渐变成后视镜里的一粒微尘，截然不同的地貌在他们周围展开。卡佳越过他们棕褐色的汽车车罩望向一条棕褐色的大路，它笔直地穿过偶尔散落在大团棕褐色植被间的棕褐色小丘。她开始担心自己犯了一个错误：这里似乎寂寞又荒凉，并没有质朴的美感。所以才有人给它取名为死亡谷吗？

格里沙还太小，不会去注意景色，但他们一停好车走出车门后，他就高兴地尖叫起来，到处乱跑。卡佳看着他胖胖的小腿爬过沙子和大石块，也大笑起来。连米哈伊似乎都放松下来，他伸了几下懒腰，然后蹲下换边伸伸腿脚，仿佛准备表演慢动作的哥萨克舞蹈。即使大风强劲，卡佳也能听到他的膝盖里噼啪作响。他递给她一瓶可口可乐，可乐已经冷却了，但她还是喝下去了，任由碳酸刺激她的鼻子。

“我给你照张相。”米哈伊说。他举起宝丽来拍立得相机，是找艾拉借的——“玩得开心！”她命令他们——然后把镜头对准卡佳。他喊她的时候，她正帮儿子拍掉张开的小手上的灰，背对着她的丈夫；他按下快门时，一阵狂风正好把她的头发吹到脸上。

“再拍一张，”她说，“我没准备好呢。”

但他摇摇头，合上相机。“不行，胶片太贵，每个地方只拍一张。”

他们只有一盒八张的即显胶片，在入住酒店最便宜的房间之前，他们已经拍掉五张了。他们在房间里吃掉剩下的午餐，然后卡佳给格里沙洗了个澡。“我去赌场了。”米哈伊一边告诉她，一边轻点太阳穴，精明地笑着，“去把酒店的钱赢回来，要是赢更多的话，我们明天早上可以吃高级早餐，还能再买一盒胶卷。”

但几个小时后，他踉踉跄跄、一身酒气地回到房间，把门一摔，一连串脏话脱口而出。他们给他下套了，他含混不清地坚持嘟囔。他们把他灌醉后趁机骗他，因为他们惧怕他高超的赌博技巧。卡佳嘘他，担心他会吵醒宝宝和隔壁的住客，然后扶他上床。第二天早上他们根本没有早餐吃。

回到洛杉矶后，卡佳养成一个习惯：在家人睡着后，她一个人坐在厨房里。她根据心情决定喝什么：如果忧愁的话就喝茶；如果已经在焦虑，就喝咖啡，即使咖啡会让她几个小时都睡不着觉；如果低语声在她耳朵里持之以恒，不管那是守护灵的低语还是失去的音乐，她就喝伏特加。今晚，5月初的一个夜晚，伴着窗外蟋蟀的颤鸣，卡佳从米哈伊的藏酒中给自己倒了半杯伏特加。

她把他们去死亡谷拍的八张照片摊在厨房餐桌上，一张张地端详，每张都看上几分钟。胶片的包装盒外面写着能出来“超彩”，但所有图像看起来都和他们褪色的车漆一样暗淡无光，卡佳要么独自站立，要么和儿子站在锯齿状的山峰、干涸的河床和连绵不断的沙地裂缝前。没有树、没有花、没有别人——大多数都是空景，暗示着一个没有人烟的寒冷异界。连她看起来都不像她自己。米哈伊竟然可以成功地捕捉到她的各种丑态：转身转到一半，眼睛闭上，弯腰在照顾儿子。只有一张照片里，她的脸是清晰的。她当时正站在死水潭干涸的盐湖河床上，就是她在银行经理墙上看到的那幅画，看起来像是冰冻湖泊的地方。她正抬头盯着头顶的悬崖——她记得其中一座的名字是“棺材峰”——带着某种类似憧憬的表情。她身后的景色看起来确实像上冻了。那就是她内心的感觉——死亡。事实上，她在所有宝丽来照片里都是这种感觉。连银行经理都说这个地方很“荒芜”（desolate），这是个她不知道的词，但她可以理解。

那里没有音乐，她的耳朵里传来低语声。

那个声音说得对。这些炎热的远景之所以看起来像结冻一样，是因为它们被时间与沉寂困住了，和她一样。

或许不是照片里的她不像自己，或许那就是她。

14

在高速公路上，东行的车流足够熙攘，克拉拉可以让卡车在视线范围之内，又不用引人注目。她决定追踪他们一段时间，鉴于她也没有别的事可做，而且太阳正在她身后落下，可爱又炽烈的光线照亮了大山。她摇下驾驶座一侧的窗户，然后把乘客座的车窗也摇下来，想要消除车里充斥的一种烦人的低频冲击感，她开到一定车速时就会出现这种感觉。于是她很快就会掉头，不过现在还没到时候。

克拉拉小的时候，母亲开车时从不摇下车窗：她不喜欢风吹乱她的头发，散杂的头发会黏在她淡紫色的唇膏上。但杰克姑父总是这么做。作为爱好，他会翻新50年代的雪佛兰卡车，里面没有一辆有空调，克拉拉搬去跟他们住以后，晚饭后睡觉前的那段寂寥时间，他会带她开很长时间的车。他们会开出贝克斯菲，开往谢拉山麓，驶经油田，远眺克恩河的断崖，还有大学。偶尔他们会开到大县公园那么远，然后会下车走路，多数时候两个人沉默不语，寻找喜欢在那里漫步的孔雀。要不他们就往北开进内华达山脉的山麓，或者往南开，去看原始的葡萄藤，或者向西开，穿过柑橘园与杏仁和开心果的田野。他似乎不需要证明任何事，即使对她也不用。他没有尝试去弥补她生命中失落的空缺——他只是带着目的、以悠闲的步调开车带她四处转悠，把车窗放下来，让风代替他俩说话。

这就是她暗中跟踪卡车时沉浸其中的舒适节奏。农作物的田野和葡萄园像移动影像一样向后卷动，然后变成开阔的牧区和绿草如茵的山麓。开出贝克斯菲半个小时之后，他们靠近特哈查比山口的风力发电厂：在她的右手边，山口两边的巨大白色涡轮机在缓慢同步地旋转。她想象它们的内部运作方式，叶片推动驱动轴产生能量，齿轮箱加速来驱动发电机，然后发电机再把动能转变为电流，经由电缆流向涡轮塔的内部。观看机器让她放松：她喜爱运动部件复杂的单一性，这些静态元素竟能无中生有地榨取出百万瓦特的电量。

电话响了，把她从遐想中惊醒。

"嘿，"她接起电话，彼得说，"你饿了吗？"

克拉拉考虑了这件事。快7点了，午饭后到现在她都没吃过东西。"是啊，我确实饿了，"她说，"但我人不在。我在……在路上。我要去个地方。"

"哦，"他说，"好吧。那些人来拿钢琴了吗？"

"来过了。"

"你还好吧？"

"不算好。"她稍微提速，再次感觉需要跟紧博兰斯勒。她的目光紧盯着卡车，让目光的拉力牵引她过去。她想重回8岁，或6岁或2岁。她想回到车里还有父母的时候，他们是静寂的一家人，准备要幸福地生活下去，全家人一起。她想在后座上伸直四肢，蜷进他们喃喃的低语里，迷迷糊糊地睡去。她用力抽一下鼻子，憋住大哭的冲动。

"克拉拉，说话啊。"

“我没事。我只是想确保他们能平安到达那里。”

“那里是哪里？”

“我想是拉斯维加斯。然后他们会进入死亡谷，不过我不知道具体是哪里。”她突然理解了自己还没掉头回家的原因，“我知道这很怪异，但我想见格莱戈。”

“要死啊，克拉拉。你跟他们去了？这是怎么回事？你为什么想见这个人？”他停顿了一下，“你一直在跟他聊天吗？”

“我没跟他们一起。我在他们的后面，开着我自己的车。没有，我没有一直跟格莱戈聊天。这跟他无关，这是钢琴的事。”

彼得长长的叹气声在她听来就像一阵和风。“对不起。我知道这不关我的事，但这样好像不对，你就那样跑了，去谁也不知道的地方见一个你甚至不认识的家伙。你在哪里见他？”

“我其实不知道。没人知道我在他们的后面。我是临时起意的——”

“老天爷，克拉拉。我现在出门。”

“哦，别来。我自己能照顾自己。”

“等你到那里都深更半夜了，拉斯维加斯的半夜可没有什么好事。”

“唔，赌城发生的事都留在赌城，对吧？”她想大笑，但听起来很不自然，“喏，我不会做蠢事的。我只是，我只是必须这么做。”

他沉默了片刻说：“你能为我做一件事吗？你到那里之后能打个电话给我吗？让我知道你没事就行。”

她能想象他把电话贴在邋遢脸颊上的画面，背往前驼，和他工作时一样，仿佛把问题封闭在身体里就能把它们隔离开、解决掉。她微微一笑：“好的，我会的，我答应你。”

“还有就是，如果你开累了，就放手别管了。我们这里有个家伙这周开车时睡着了，撞上了电线杆，好在他开得不是很快。所以，窗户要一直开着……”

“我会的。”

“我知道。”他说。

他们挂掉电话时，太阳的余晖几乎已荡然无存。她放上一张姑父生前最爱的CD，被称为他的开车精选集，尽管他们兜风时很少放音乐：詹姆士·泰勒、凯特·史蒂文斯、尼尔·杨和鲍勃·迪伦。她按下快进，直到找到她最喜欢的那首塞门和葛芬科的《归途》，她听着这首歌，黑夜将她吞没。山麓的温度骤降，但她还是放下车窗，头发吹在她的脸上，黏在嘴唇上。友好卡车租车公司的尾灯在前方稳定地移动。

她开始犯困，思绪漫游回到童年的家，有时就是会这样。只有在那些时刻，她才能瞥见父母的样貌一眼。

他们的画面几乎立刻开始从克拉拉的记忆中消退。她越是努力召唤，他们就越是模糊。几天之后，她已经无法想起父亲胎记的形状。她想不起母亲是哪一边脸上有酒窝，她的眼睛是褐绿色还是绿棕色，也想不起来她最后一次抱自己时，自己的脸颊到底是靠在她身体的哪个部位。那晚母亲去朋友家之前有跟她拥抱道别，是没错吧？她能闻到烟味，能听到音乐，但是哪支曲子呢？是肖邦的？还是一首俄国乐曲？不过他们的脸在慢慢消失，他们也是那样熔化在火里的吧。

他们去世几年之后，她查过资料。火焰舔舐身体的时候，皮肤的外层开始灼伤剥落。几分钟后，更深、更厚的皮层收缩开裂，皮下储藏的黄色体内油脂开始渗漏，这会进一步助燃。然后肌肉干燥收缩，最后是骨头，骨头烧的时间更久，直到最后只剩一具无法辨认的烧焦骨架为止，除非有牙医和医生的X光和其他医疗记录辅助辨认。

她只有一张照片可以依靠——家庭影集跟他们一起烧没了——是她的母亲很多年前寄给姑姑的。那是一个夏末的下午，在她家附近的海滩上拍的，图像里的影子很长，低矮的光线映照着他们的身体。

母亲穿着一条蓝色连衣裙，戴着帽子，泛红色金发剪平的发尾从帽子下面戳出来。她正面朝镜头，重心在一条腿上。她在背后藏了一根香烟，但没藏好：烟雾从她的肩膀后面袅袅升起，就像在她的耳边低语。她笑不露齿。父亲身穿一条泳裤，那时他尚未大腹便便。他的渔夫帽遮住额头，因为他们两人都戴着墨镜，看起来就像在搞伪装。这两个人可以是任何人，一对30来岁的无名父母，从海滩木板路上拉来的两个陌生人，被要求摆出姿势。照片里只有克拉拉显然是她自己，一个坐在他们中间沙子上的幼儿，眯眼看着太阳。她憎恨这张照片，它残酷地隐瞒了她最想看到的五官。

她当然责怪自己。如果她更爱他们，就可以回忆起他们活生生的五官细节。如果她更努力地爱他们，或许他们就不会死。

他们又行驶了两个小时之后，卡车开进高速路边的一个加油站。现在他们很有可能会看见她，会想知道她为什么要跟踪他们三个小时深入加州东部的偏僻地域，克拉拉开始尴尬起来。在这种情形下，想见格莱戈这个解释似乎不够充分，于是她尽量躲藏，停到几条通道以外的一个油泵旁，站在他们看不到的地方加油。

贝托加油时，他们两人都站在卡车外面伸展身体，开着克拉拉偷听不到的玩笑。那倒无所谓，只要他们没有注意到她和她的白色卡罗拉就行。他们停止笑声，似乎陷入了友善的沉默，胡安的目光掠过油泵和外屋，不经意地落在她的身上。她看向别处。片刻过后，她听到车门猛力关上的声音，卡车又启动了，她盖上油泵喷头钻进车里，前方是黑暗的大山和拉斯维加斯近在眼前的路灯。

但又过了45分钟之后，就在加州–内华达州边界以东，卡车驶下高速公路，开进一个小镇，那里似乎除了一堆折扣购物城和破烂赌场以外，别无其他。克拉拉跟着他们驶过几乎废弃的主街，开向一个很有卡通风格的霓虹灯招牌，是“金运好彩”旅馆兼赌场，在她的想象中，那种地方只会吸引蚊虫，而不是顾客。对周六晚上来说，这个地方似乎不算忙碌，但或许偏僻地方的破败旅馆就是这样的。几辆半拖车停在大停车场里，一个代客泊车的中年人瘫坐在椅子上，旁边的钉板上挂了几串钥匙。克拉拉停在一辆半拖车的后面，看着贝托开去一行空车位，谨慎地转了一个大弯停进入口附近的一个停车位。胡安下车，做了几次屈膝动作，向后转动并伸展肩膀，左右扭头。然后他走到卡车后面打开车门。他推推钢琴，又轻轻地摇晃了几下，仿佛在检查是否仍完好系紧。他显然很满意，拿起两个行李袋，扔了一个给贝托。他们的声音在清爽干净的空气里回荡，但她只能理解几个不连贯的词语：“累了”（cansado），“喝点什么”（tomar algo）和“早上”（en la manana）[1]。胡安锁上卡车，他们走进酒店，路过泊车人，只是仰起下巴彼此打个招呼，并没有停下脚步，这种问候方式暗示了某种相识关系，不是出于个人交情，而是各自作为社会秩序的成员，在午夜里的一个破败边境小镇赌场的惺惺相惜。

她关上发动机和车头灯，把窗户几乎完全摇上来。她又饿又累，很想“大”字形躺在床上——29美元的房间都可以——但如果这些司机不通宵看守她的钢琴，她就自己来。她想起彼得，如果他知道自己在做什么，会有多担心。他会觉得她真傻，为什么要像照看婴儿一样照看一架锁在赌场停车场里的钢琴呢？但这就是忠诚的消极一面，逻辑拦都拦不住。

她不情愿地拨通彼得的号码，转进语音信箱时她松了一口气。“我在酒店里，”她说，“我要睡了，所以你不用打回来。只想让你知道我没事。好吧？”她讨厌对语音信箱说话。那样对着虚空讲话让她感觉寂寥。

---

1 皆为西班牙语。

15

卡佳从抽屉里拿出宝丽来相片，把它们摆在床上，手指抚过相片的白边，边缘已经开始磨损。他们在洛杉矶的五年时间里，每当她感觉即将心碎，每当炫目的愉快阳光让她难以承受时，她就看这些照片。她认为让自己感觉更糟可能会让自己更好受点。

她尝试快乐起来。艾拉把他们介绍给了广布的俄国移民社区，让他们结识一些勤奋、有责任心的人，他们乐于一起用餐，交流信息。艾拉邀请他们去犹太教堂，尽管他们并不笃信宗教。她帮卡佳给格里沙报名学前班，他在班上学英语和交朋友。她也陪卡拉去救世军二手店买下一架雅马哈二手竖式钢琴，钢琴表面涂有不错的胡桃色清漆。钢琴送来经过调音之后，听起来还行，但也平凡无奇。对卡佳来说，它的音色空洞，缺少她习惯的必要暖度，她用它弹奏出来的音乐连自己都很难打动。在艾拉的推荐下，她招了几个学生，但没有一个对钢琴有热情，连俄国学生都是。美国这么阳光明媚，没人想待在室内练琴。在俄国，冬日漫长，人们向音乐寻求温暖与明亮。如果演奏得当，音乐可以融化冻土。但当到处都有沙滩的时候，谁还需要钢琴呢？

更糟的是，她的丈夫现在比她还不开心。他学不成语言，因此在专业领域没有发展前途。他无法成为一名顶级工程师，去监督美国美丽的道路建设，只能去路上开黄色出租车。他的前同事都飞黄腾达了，创造财富，重新扎根，米哈伊则退出了社会。他因为自己没有成功而难为情，无法跟其他俄国人为伍，又患上了妄想症，觉得如果他们的美国邻居知道他有多失败，也会排斥他。他在家的时候把窗户紧闭，这样他们就不能暗中监视他了，他还禁止卡佳弹奏俄国音乐，唯恐有人听到，认为他们是共产党。尽管他们在洛杉矶过得很惨，但他知道，如果出于任何理由，他们要被遣返回苏联的话，他一定会羞愧致死。可讽刺的是，回国是她最渴望的事。不管过去多久，她对祖国和父母的思念没有丝毫的减少。她仍觉得自己的心被切去了一部分，她仍无法原谅丈夫对她动刀。

格里沙转悠到卡佳的卧室，在她身旁坐下。“你能给我讲故事吗？”他问。

他现在8岁。她8岁的时候，那个德国老人把那架博兰斯勒送给她，那是好多年前的事了。

“嘘——嘘——嘘，”卡佳对他说，她仍在看宝丽来相片，“你对这个寓言已经很熟悉了，你不需要我讲了。”

“但我想再听一遍。”他说，一边仰面躺下，一边把头枕在她的大腿附近。

她叹了口气，把照片移来移去，直到找到在死亡谷里拍的那一张“赛马场盐湖”。开车过去的路漫长艰难，路况很差，他们的牙齿不受控制地打战。快到终点时，他们的儿子开始大哭，恳求他们停车，先是用英语，然后用俄语，但米哈伊把方向盘握得更紧了。“我们已经走了这么远。”他当时说。

照片的前景是一块大石头，几乎是正方形。石头的背面有一条长长的痕迹，那里本该是连绵的干泥地，现在裂成了一个个多边形，一直延伸到地平线。米哈伊太早按下快门，能看到卡佳还在朝石头走去，没有完全在画面里。有人告诉他们，这些石头叫“漂移石”，因为在没有人类和动物的干预下，石头会绕着赛马场盐湖移动，在湖床的细粉黏土表面蚀刻出痕迹。

石头让卡佳想起她的博兰斯勒：闪亮、漆黑、孤独。她在后面追逐时，它仿佛也在飘移离她远去。她好奇她的钢琴此时此刻在哪里，是被塞满毒品装进一辆卡车，还是被乱放在某个酒馆的墙边，还是被当柴烧掉，永远消失了。“这块大石头好像钢琴啊，对吗？”她对儿子说。她每次都说同样的话，“还有沙漠，看起来如此寂寞，因为没有人来弹奏。不管这里变得多热，仍然感觉寂寞冷酷。”然后她叹了口气，开始讲故事：

“从前有个女孩叫萨莎，她和家人住在遥远的俄国北方，那里的牧民养驯鹿。她的小村子一直很冷很冷。到处都是冰雪，严酷的冬天里还总有暴风雪。村民们不太开心。他们没有音乐和舞蹈，只能给彼此讲故事，不让死神冰冷的手在某一夜掐住他们的喉咙。

“但后来有一天，有一个外国人路过，马车里装着他的行李。他是个疯子，是吉卜赛人。他试图穿越全世界，但半道上迷路了，最后来到萨莎的村庄。村民们并不轻信陌生人，所以当这个外国人四处乞求食物和住处时，没人愿意帮他。见小村里所有人都避开自己，他耷拉下脑袋，身后拖着沉重的雪橇继续这段坎坷的旅程。萨莎看到这一幕很心疼。她跑向篮子，里面只剩下一块要留给家人吃的面包皮，她把面包皮跟几块驯鹿肉干一起包进一块布里。她拿起一个酒袋，里面只剩下一口葡萄酒，然后冲进大雪里，沿着外国人的雪橇留下的轨迹走。当她把这份礼物交给他时，他跪倒在地，握住她的手，为了感谢她的善良，求她接受他感激的心意。他们走回她小小的家，他卸下一件村民从没见过的东西：一架钢琴。他告诉她，他已经带着它走过几千千米。这是一位王子送给他的礼物，尽管太重，但这份礼物太特别，不能丢在林子和雪地里任由零部件坏掉。‘而你，’他说，‘你该拥有这个音乐盒。’他给她演示怎么按下象牙白的按键，让它们发声。

“萨莎着了迷，日复一日地试图去理解钢琴。她每次按下一个键，熟悉所有的音符，然后加上几个音，寻找范式。她仔细聆听自然界的声音，聆听风儿嗞嗞掠过冰层的声音，聆听驯鹿咯咯的刺耳叫声，聆听火焰的噼啪响声。她学会如何用钢琴的音符把它们效仿出来。很快，她就把那些音符融入旋律，加进和谐的层次感，改变节奏，把风啸、鹿鸣和噼啪声的寂寞转变成不一样的东西，就像冰雪消融、色彩绽放之前只有灰色，而我们想起春季时的感觉。萨莎很高兴写出这些春季之歌，她的家人听到也很高兴。

“他们留意到房子附近的冰雪开始融化，小块的绿色东西冒出头来，他们都不知道叫什么名字。太阳掰开一些云朵，向他们展露脸庞。然后，其他村民很快也留意到了，没过多久他们都聚在钢琴周围，聆听萨莎弹奏奇怪的音乐，乐感如同寒意渗入他们的皮肤，只不过音乐是暖的，撩拨人心，让他们想要踮起脚尖摇摆旋转。萨莎弹奏奇妙、喜悦的乐曲，村民们起舞，一片片绿意蔓延扩大，小动物都过来啃咬休憩。只用了几周的时间，村子就彻底改变了，变成一处充满魔力、音乐与快乐的地方，一个冰冷的死神触碰不到的温暖庇护地，这样持续了很多年。

“音乐乘着暖风，飘过他们四周的大地，飘向北海，传播希望与喜悦。越来越多的外国人从商人和猎人口中听闻了这个奇怪的传说，甚至直接听到音乐之后前来造访，有时有人会选择留下。有这么一个来客，他把自己贪婪的心藏在俊朗脸庞的背后。他极度有魅力，对萨莎十分殷勤，她弹奏时他非常仔细地聆听，就音乐的美感给她很多赞美之词。几周之后他向她求婚了，她说好。

“他们幸福地生活了一段时间，一开始，萨莎没注意到村民来她家坐坐，或者围着钢琴起舞时，她的新婚丈夫脸上会掠过一抹阴沉。后来他决定：来听他妻子音乐的人都应该付钱。她为什么就该白白弹琴？他们又不富裕。他们为什么不能靠她弹琴来获利？但萨莎不同意。钢琴是她收到的礼物，在那之前是她的天赋。天赋就该与人分享，就和她弹琴时照耀村庄的暖阳一样。而且，其他村民也很穷，付不起钱。

“有一天，又来了一个对萨莎音乐着迷的陌生人。他是个路过的富商，他和她丈夫一样，也对钢琴的魔力有唯利是图的价值观，只不过他是想自己独占这架钢琴，觉得可以变得更有钱。他给乐器出的价是萨莎和丈夫做梦也想不到的，但她拒绝了他。萨莎无法想象与钢琴分开，也不能失去钢琴带给她和所有村民的欢乐。然而第二天，她回娘家看父母时，她丈夫接受了陌生人的出价，他们一起把琴搬进陌生人停留期间搭建的帐篷里。萨莎回来后发现钢琴不见了，心都碎了。尽管她倒在地上哭泣，但丈夫不为所动。‘我们可以用这些钱盖一栋更大的房子，想买什么就买什么。’他告诉她。但萨莎不想要大房子，她也不想买东西。

“她躺着哭泣时，一阵不熟悉的大风吹过村庄。长久以来一直露脸的太阳躲到厚厚的云层背后，温度开始下降。此时已经习惯温暖气候的村民没穿外套和靴子，突然瑟瑟发抖起来。她丈夫不担心——他在忙着数他的钱。

“这时响起一阵狂怒的敲门声。买走钢琴的富商愤怒地涨红着脸，两手握拳站在门外。他说钢琴是坏的。他没法用它像萨莎那样制造音乐，没法让花朵绽放，让大地变绿，他要求退钱。萨莎的丈夫站直身子，他比这个陌生人高大得多。他毫不掩饰自己迷人脸庞背后藏着的贪婪。他大步走向商人，威胁说如果他不离开的话就把他杀掉。

“那个人逃跑保命，他的怒气也随他离去。既然他制造不出音乐，也要不回钱来，那他就把钢琴烧掉。他把它砍成几大块，放了火种在这堆木头的下方。钢琴燃烧时，他坐在旁边取暖，因为没有萨莎的音乐，肃杀的冬天很快卷土回来。村民们挤成一团，但他们无法抵抗渗透骨头的冷意。下雪了，结冰了，村民们冻死在了床上。贪婪的丈夫是数钱时冻死的，钢琴燃烧的最后一点余烬冷却成灰时，邪恶的商人也冻死了。很快，那里只剩一片荒凉的不毛之地，既没有动物也没有村民。冷得连驯鹿和牧人都待在遥远的南方。

“至于萨莎，她被冻在自己眼泪凝结成的一具冰棺材里，但她没死。据说她仍在那里，等待一个善良的人儿把钢琴带去那个悲惨的冷境，让她的心和手指解冻，那她就可以用音乐融化冰雪，让村庄恢复生机。”

16

尽管在停车场守夜，克拉拉不知什么时候还是睡着了。然后是一阵嘈杂，拍打声足以把她吵醒。过了片刻，她才想起自己人在哪里，为什么在那儿。她伸了个懒腰，眯眼透过风挡玻璃上结的一层薄薄的露水向外张望。太阳开始把地平线染成粉色，好冷。她打了个哈欠，慢慢地坐起来，揉揉左眉毛上面，那里开始了一股麻刺感，蹿进她的石膏。

砰！砰！砰！

嘈杂声就在周边，她从座椅上一跃而起，透过驾驶座的车窗看出去，一个穿黑衣服的男人正举着拳头站在那里。她惊声尖叫，手忙脚乱地爬开，速度比自己想象中快多了，后背紧靠乘客座的车门缩起双腿，做好踢他的准备。她的好手在背后摸索门锁，但因为刚睡醒和肾上腺素的缘故，动作很是迟缓。

“等一等！”那个男人大喊，“没事的。你是克拉拉吗？”

她在身后暗中摸索，终于打开门锁，然后几乎是一屁股掉在停车场冰凉的柏油路上。她记起自己在防身课上学过的东西，那是16岁时姑父让她去上的。你和潜在攻击者之间要有东西隔开，距离也好，大型障碍物也好，让他更难抓到你就行。

“克拉拉，我是格莱戈啊，格莱戈·泽尔丁。”他的拳头举在空中，克拉拉困惑地眨巴眼睛，现在看到他正握着两个纸杯，白色的顶部有蒸气冒出来，是咖啡。他甚至把杯子举得更高，这是小小的举白旗示好姿势。“买你钢琴的人，还记得吗？”

她听出了电话交谈中那个有金属质感的声音。她深吸一口气，但还是非常谨慎地没有完全放松警惕。“你的意思是，租我琴的人。”

他从鼻子里发出小小的喷气声，鼻孔边的空气变成了蒸气。“对，”他说，“是租琴。”

“你怎么在这里？”她说。

他从车前绕过来。她本能地后退一步，但他没有却步，而是伸手递给她一个杯子。“这话应该由我来问你。”他的手伸进裤子前兜，掏出两盒奶精、两袋糖和一根红色的搅拌小棒。“我不知道你喝咖啡有什么习惯。”

“要奶精。”她说着，试图用坏手的肿胀手指去拿他手里的小盒。结果两盒都掉到地上了，其中一盒的白色甜腻奶液洒到她的跑鞋上，然后是牛仔裤脚。“好极了。”她嘟哝一句。

“拿过来。”他从她手里拿过咖啡，放在她的车前盖上，然后捡起那盒完好的奶精，倒进杯里。“你还要一盒吗？”他又从口袋里掏出一盒奶精，举到她的面前，泰然自若得就像魔术师从帽子里拉出一只兔子。她心不在焉地点头。他搅拌时，她好奇他还能从那套全黑衣服的口袋里变出别的什么：黑T恤、黑夹克、黑色牛仔裤、黑鞋。他看起来仿佛有黑魔法的能力。她可以想象他是一名马戏团的穿插秀演员，伟大的泽尔丁，他只需要来顶帽子和披风。

他很帅气，不过帅得自成一派：苍白的皮肤一直延伸到退得很后的极短发际线下，说话时纹丝不动的浓眉、几乎少女般的嘴唇。他的山羊胡修得整整齐齐，下巴旁的一个小痣上有一小撮灰毛。浅色眼睛的凝视很有力量，就像狼的目光。但她没感觉受到威胁，反而被吸引了。或许与其说他有魅力，不如说是迷惑力。

“你在想我怎么知道是你。”他一边说，一边把加奶的咖啡递给她。他的眼睛钻进她的眼睛里。

她正是在想这个问题，但不喜欢他说教的语气。“我估计你的人在加油站看到我了。”她透过咖啡的蒸气眯眼看他，抿了一小口咖啡，用意志力逼自己不要转移目光，仿佛这是一场她输不起的较量。

“他们是看到了，但没有简单粗暴地推断，直到今天早上出来检查卡车，看到你的车在这里，你睡在里面才确定。”

克拉拉环顾四周，注意到所有拖车都开走了。她的车孤零零地暴露在停车场的正中央。“好吧。”她说，然后再想不出还能说些什么，她也感觉自己暴露了，伸手到车里去拿揉成一团的绒衫，她是在后座上找到的，用来当枕头。夜里气温下降，她觉得很冷。

“我自己也来晚了，”格莱戈说，“飞来拉斯维加斯后我租了一辆车。老天爷，这真是个鬼地方。我每次去那里，都觉得自己的灵魂被腐蚀掉一点。而且，在那些大赌场里赌博根本没意义。他们像对待国王一样待你——好吧，至少像个低级贵族吧——你花钱如流水时，某个很可能有过糟糕童年的毫无灵气的女服务员给你拿来一轮又一轮的酒。二十一点、老虎机，随便什么吧，比方你一开始玩得还可以，好吧，其实他们根本不在乎，然后穿廉价西装的庄家开始介入观望，最后永远都是庄家赢。你没听说过‘顺我者昌’这句话吗？但像这种地方”——他用拇指点点他们背后墙面剥落的小赌场。“他们不那么在意，至少一开始不会。一点小动作就能煽动穷人。”他中断自己的独白，抿了一口咖啡，像先前一样看着她，仿佛在等待她的回答。

“我其实不赌？”她说，把尾音上扬，几乎变成一个问题，好像她自己都不确定这一点。她立刻想改口强硬地说一遍——“我又不赌”——但修正这一点只会让人听起来觉得更糟。

“跟着一辆搬运卡车开到这种偏僻地方的姑娘当然不赌。”他对她微笑，她脸红了。

他身后的旭日慢慢爬上克拉克山的锯齿状山脊，不过没有别的迹象表明已是早晨。赌徒们一定都在睡觉，克拉拉估计。黎明时间站在一个几乎空荡荡的停车场里，喝着一个陌生人递来的咖啡，她感觉很奇异，但这也给这一天赋予了一种模糊的潜在感。

“那你为什么在这里？来这种偏僻的地方。”她说，又加了一句，“带着我的钢琴。”

“我告诉过你。我要拍摄它。”

“在哪里？”

“各个地方。”

“比如赌场？”

“不，在室外。”

“光天化日之下？”

“是。”

“那部件怎么办？还有灰尘？”她的声音上扬，手臂向地面一挥。她想起胡安前一天轻拂的手势，里面蕴含的危险意味。

“我也跟你说过不用担心。我会小心的，相信我。”

她抿了一口咖啡——咖啡是热的，但喝起来不新鲜——然后把剩下的泼在地上。“我只是不理解你为什么要这么做。”她说。

格莱戈看她的时候微微眯起眼睛。他不急于回答。“我以为五千块可以让你在接下来的一周多时间里，打消对我的计划的所有问题。难道让你不要多管闲事还要加钱吗？”

且不提她曾经觉得他的计划很有意思，也不用再回味他在电话里的声音曾经在黑暗里是个安慰，但现在他突然间成了对手。

她在姑父的车库里当学徒长大，几乎学会了汽车维修与保养的方方面面。她什么都能修，但让她成为一个好的机修工、留住顾客的却是姑父教她的待客之道。“你得站在他们的角度想问题，”他告诉她，“他们的车报废或者出故障了——对他们来说完全是晴天霹雳。现在他们上班突然要迟到，一天的安排都黄了，他们在考虑要花很多钱。他们是很生气，虽不是生你的气，但他们会拿你出气。不过你不能当他们是在针对你。你只要把皮绷紧，就像挨了一拳一样。然后你心平气和地吐气，不要摆臭脸，要用外行听得懂的话慢慢讲解是哪里出了问题，要修多久，要花多少钱。向他们表达同理心，告诉他们咖啡机在哪里，但永远不要告诉他们为什么一开始不该发火和暴躁。这叫‘避免事件升级。’”

“你说得对，”她现在对格莱戈说，“这是你的事。但从技术上来说，这也跟我有关系。我可没问你晚饭吃什么，早上几点起床。我只是在问跟我的钢琴有关的问题。”然后她挤出一个微笑，继续用她所希望的“避免事件升级”的亲切表情看着他，直到他叹了口气，倚在她的车上。

“对不起，我不该那么麻木的。显然，要是你漠不关心的话，就不会在这里了——但我向你保证”他伸出手来碰碰她的小臂，“我向你保证钢琴会安全的，胡安和贝托都很专业，我们都会很小心的。”他如此诚挚地注视着她，连冷眼的盯视似乎都变得温暖起来。

她点点头。“所以是去死亡谷，对吧？”

“那是我母亲最爱的地方。”他瞄了一眼自己的杯顶——她第一次意识到，这是他出现之后第一次不看她的眼睛。

“你说过她弹钢琴。你也弹琴吗？你的网站上说你研究音乐。”

他摇摇头。“是的，研究。但我不会弹琴。你呢？”

“我也不弹。”

“唔，这就有意思了，不是吗？我们两个在这里就一架钢琴抬杠，但哪个都不弹琴。”他一口气喝完他的咖啡，然后把杯子揉成一团，四处找扔的地方。因为没找到，他就把杯子塞进自己的夹克口袋，不知道跟他还随身携带的什么道具和秘密放在一起。“我甚至都没见过它。你离开前想带我看一下吗？”他说的不是我离开前，她注意到，也不是我们离开前。

她耸耸肩。“当然。”她说。他带她走向卡车，她跟在他的后面，注意到他的步态不太寻常。他每次向前移动时，左腿都会微微外撇，足以给人一种滑步舞的印象。这似乎没有限制他，甚至反而给他增添了几分沉着。或许这是激将法，他轻度摇摆地大步走在她的前面：你考虑的事情都在我的意料之中，但你大可以放马来试试。她心想，他挺直后背、扬起下巴、甩开腿脚面对黎明的姿态或许是他战胜了某件事物的标志性动作；也可能没有任何意味。他打开卡车的门锁，拉高车门。或许他只是个跛脚的浑蛋。

卡车面向西停车，所以当车门向上卷起时，早晨的阳光充溢进车厢。格莱戈钻进去，他的腿有一点笨拙，然后几乎是回过神来，转身把手递给克拉拉。

“要拉你一把吗？”他问。

“不用，我可以。”她用好手抓住扶手，跳了进去。

“你的胳膊是怎么了？”

克拉拉低头看看。意外已经过去一周了，她的手指还是肿的，石膏边缘有一点脱皮。既不舒服又让人恼火，但她开始习惯了。“不是胳膊的问题，是我的手。好吧，严格来说是手腕，但我的手可能也有问题。我骨折了。其实是搬琴的时候弄的。很不幸，我没有你手下那样的人来帮忙搬琴。这件事他们做起来好像非常容易。当然，话又说回来了，如果我的手没有骨折的话，也不会把琴挂牌出售。”

“既然如此，你的手骨折这件事我倒不是很抱歉，”他坏笑着说，“但如果很疼的话，我表示遗憾。”

他解开绳子，把钢琴从车厢的侧壁拖出来，开始解开捆绑。他拆去一层层垫料，把它们丢在一旁时，专注得浓眉紧锁，越接近钢琴的裸露表面，他的手脚就越麻利、越迫切。

见证另一个人对博兰斯勒表现出如此之大的兴趣，她很入迷。对她来说，钢琴突然成为自己生命中一部分，变得有意义，只是因为那是父亲送给她的。刚开始的那几天，她接受它的方式就像接受小臂上的一颗新雀斑，或者身高又长了一厘米。但等他去世之后，博兰斯勒似乎不为所动，仍然是她无意间的童年守护者。她从没想过这架钢琴除了对她自己，还会对别的人很重要。

格莱戈轻轻把手放在琴箱顶部，盯着它看了一会儿，然后将手指抚过整个琴箱，停留在高声部的凹痕。他在那里闭上眼睛，指尖探进里面，抚摩四周，感受它们轻微的分布状态，仿佛在读钢琴的历史。

“我在照片里没看到这些。”他十分安静地说，克拉拉几乎听不到声音。

“我知道，对不起。我也不知道这是从哪儿来的。我拿到琴的时候其实更糟，但我们修过琴箱，也重新抛光过表面。”

“是的。”格莱戈说。他困倦地睁开眼睛，用眼睛和手研究琴箱的其余部分。克拉拉看着他爱抚钢琴，纤长的手指滑过键盘盖和键盘面板，向下摸过琴腿和琴脚。“是的。”他又说一遍，音量如同耳语。

他把钢琴从卡车的扶栏边拖出更多，琴背暴露在阳光下，他绕到后面蹲下。突然，一声奇特的声音从他的身体里迸发出来，介乎大笑与啜泣之间的一声小小的尖叫，然后他再次沉默。他微微点头，又或许是在颤抖——克拉拉说不准。她走上前去看是什么影响了他。他正在察看琴箱低声部末端底下的小小刻字。有人——她一直以为是制造商所为——在乌木里刻了一个词或是名字，然后显然着过色，让它不太突出。

她搬去贝克斯菲跟姑父和姑姑同住后，很快发现了那个标记。在腾空一间卧室之前，钢琴必须存放在车库里，那间卧室本该是婴儿房的——是她堂弟的房间——如果他还活着的话，后来变成了类似杂物房的地方。堂弟夭折之后，她轻声细语的姑姑一直无法轻松地丢掉任何东西。所以有几周的时间，姑姑和一个邻居在慢慢拆解房间，把没人说清的东西清空期间，克拉拉就睡在客厅的一张简陋的小床上。钢琴放在车库里，为了安全起见，键盘面向墙壁。那几个星期她自己也没怎么说话——几乎一个字都没说过，实际上长达几个月的时间——当时她还没有和姑父之间建立起那重有益的关系，所以只有在车库和钢琴待在一起时，她才真正感觉自在。她会躺在冰凉的水泥地上，盯着琴箱平滑的侧板。她假想亮黑色的琴箱是外太空，会在身后物件模糊不清的倒影间寻找父母的形象：都是工具箱、园艺设备和圣诞节的装饰。在那些卧地遐想的时期里，她发现了角落的小小刻字，就是格莱戈现在带着高深莫测的表情盯着的刻字：

Гриша

她从不知道它为什么在那里。

17

门铃响了。卡佳正把芝士糕点从烤盘移到铁丝网架上晾凉。和往常一样，她又做多了。或许她会拿一些去儿子八年级的班上。不行，那会让他难堪。美国母亲不做那种事。至少小学毕业后就不会了。门铃又响了。

“马上！”她大喊，一边匆匆放好最后几块。“马上。”她又说一次，一边往门口走，一边擦手。她捋平头发，同时环视一眼客厅，希望是哪位邻居来邀请她一起晚餐或者参加派对。她已经很久没参加派对了。但这很可能不是社交来访，因为她的老朋友艾拉已经去世，她没有几个能随便过来的客人，而且她也不是很善于培养朋友。她很担心有人过来，因为她永远不知道米哈伊会几点回家，粗声粗气地痛骂客人粗鲁、小费太少、交通拥堵、雾霾还有街上的车辙。“就算我瞎了眼，也能修出比这些好得多的路！”他会大声嚷嚷，然后一只手拿着酒，一屁股坐进椅子里，椅子在他的身下奄奄一息。米哈伊开的士的日程安排很难预料，尤其是在他喝酒的时候。他现在喝得很凶。

她家的小门廊上站着一个男人，或许是来咨询钢琴课的，她心想。她在公园的社区公告板上贴了一则广告。

“你好。”他说。

“你好。”

“你是叶卡捷琳娜·泽尔丁吗？”

她的全名由这个男人的声音笨拙地念出来，听起来既陌生又浑厚。它被赋予一种形状，让她想起斯克里亚宾降E小调序曲的第一小节。他的脸也是。左半边脸上有一块深紫色，和戈尔巴乔夫额头上的胎记[1]一样，但更浓重，面积也更大，从他的太阳穴向下延伸到眼皮，超过下巴的边缘一直到脖子。她注意到他的眼睫毛颜色很淡，激发起她的好奇，怀疑是否真能给他浅棕色的眼睛提供任何遮挡。他很高，比米哈伊高得多，以踌躇的歉意姿势站着，双手捏着一个信封。或许他是邮局的人？还是警察？但他没穿制服，鞋子也过于干净。美国警察难道天天擦鞋？

她一直深信米哈伊是以不正确的方式把她带进这个国家的。即使他们在维也纳待了那么久，然后又在意大利度过了漫长的几个月，在那里最终取得许可进入美国，在她看来，他们当时一定搭上了什么非法勾当。然而这层担心没给她带来愧疚。让警察来吧，让他们把她遣返回列宁格勒吧，尽管现在它又被称作圣彼得堡了。只要她能带上格里沙，今生今世或许还有希望快乐起来。哦，但现在回去为时已晚。他们已经申请入籍，为考试苦读，在一栋联邦大楼里坐了一整天等待轮到他们参加150道题的考试。考试的最后，他们需要用英语写出一句完整的句子。米哈伊选择了最简单的话，是其他已经通过考试的人给他的提议：“我爱美国。”卡佳借用托尔斯泰的话：“幸福的家庭都是相似的，不幸的家庭各有各的不幸。”

---

1 原文为俄语rodimoye pyatno。

“是。[1]”她回答。然后她记起自己人在哪里，又说，“对。”

“有人叫我把这个交给你。”他把信封递给她。寄件地址是芬兰的一家酒店。信封的中间，有用西里尔字母写的她的名字，洛杉矶的英文地址则用另一种颜色的墨水和字迹写出来。她把手指滑到信封口盖下面，心跳加速。

Дорогая Катя!

Если ты получила это письмо, значит, ты уже живешь в своей американской мечте. В Калифорнии действительно много солнца? Может быть, ты думаешь, что я плохой человек, и, возможно, ты права. Но я не настолько плох, чтобы забыть о тебе. Не настолько плох, чтобы не вернуть пианино, даже спустя столько времени.

Может быть, когда-нибудь, я расскажу тебе, где путешествовал твой отважный инструмент. Он был надежным партнером, умел хранить свои секреты. И мои тоже. А какой сильный звук! Хотя никто не мог добиться от него такого звучания, какое удавалось извлечь тебе, Катя. Как зверь, покинувший любимого хозяина и вынужденный служить другому, он должен подчиняться, но дух его уже сломлен.

Твой муж разузнал кое-что обо мне, но он ошибся. Я не так жаден, как он. Я всего лишь позаимствовал идеи у наших капиталистических врагов, чтобы заработать для более благородного дела. Пожалуйста, не суди строго; каждый несет

---

1 原文为俄语Da。

свой крест. Сейчас гласность меняет нашу жизнь, не так ли? Возможно, ты была права. Балет не изменит мир. А гласность изменит. Как и те Mauerspechte, которые разобрали обломки старой стены и дали возможность пройти с востока на запад.

Что бы ни говорил тебе муж, я приобрел у тебя пианино только для того, чтобы когда-нибудь потом снова вернуть его тебе. Я не позволял никому играть на нем, если не был уверен, что руки исполнителя чисты. Если бы оно могло говорить, то поведало бы тебе, что о нем хорошо заботились. Теперь оно снова твое. Пианино находится в распоряжении одного моего знакомого из музыкального отделения UCLA, который обещал его отреставрировать. Так что инструмент вернется к тебе в целости и сохранности.

Я все еще надеюсь, что однажды ты сочинишь музыку для моего балета. Может быть, его темой станет ослабление напряженности.

Твой Борис

亲爱的卡佳！

如果你正在读这封信，那么此时你正活在美国梦里。加州的阳光很充足，对吧？你或许以为我是个坏人，或许你是对的。但我不至于坏得把你忘掉，不至于坏得不把钢琴还给你，即使已经过去很久。

或许有一天我会告诉你，你那件瓷实的乐器都去过哪里。它真是个可靠的拍档，而且很会保守秘密。连我的秘密也保守得很好。而且音色那么强劲！不过卡佳，没人可以像你那样劝诱出它的音乐。它就像一头离开了心爱主人投奔新主人的野兽，或许还算顺从，但它的灵魂已经碎了。

你丈夫发现了我的一些事，但他设想我和他一样贪婪，这一点他错了。我只是从我们的资产阶级朋友那里借鉴理念，为了一个更高尚的事业赚钱。请不要太严厉地批判我，我们都有自己的耻辱。现在戈尔巴乔夫的开放政策正在改变世界，对吧？或许你是对的。改变世界的不是芭蕾，改变世界的是开放。还有那些从旧墙上拆走碎石的柏林墙啄木鸟[1]，是他们让东德向西德的转移变得可能。

不管你丈夫是怎么告诉你的，你应该知道，我买下你的钢琴只为以后可以还给你。在此期间，我一直确保弹奏这架琴的手是干净的。如果它能说话，它会告诉你，它一直得到妥善的照料。现在它又是你的了。现在钢琴归我在UCLA音乐系的一个熟人所有，他答应让它物归原主。他说会把它安全地交还给你。

我仍希望有一天你能为我的芭蕾舞剧谱曲。或许就用缓和政策的新主题吧。

你的鲍里斯

泪水掉了下来。她有十三年零五个月没摸过博兰斯勒了。这些年来，她曾经非常渺茫地希望米哈伊和鲍里斯没有背叛她，钢琴会被送回来，但希望与日俱减，直到她的哀痛不再是因为自己与博兰斯勒分离，而是为了它的死亡而哀伤，她也终于不再相信自己还有可能再见到它。前门门廊上的那个人递给她一条手帕。

“我的钢琴在你那里？”她的声音里夹着希望地问。

“我？不，不，琴不在我这儿，我只是送信的。本来应该是我同

1 原文为俄语Mauerspechte。

事送过来的，但他必须马上出城——我想是他的岳母病了——所以他要我查出来你住哪里。我猜手里有你钢琴的那个人知道你在洛杉矶，只是不知道具体在洛杉矶的哪里。总之，安德鲁斯——就是我的同事——他刚好跟我讲起这个故事，说他的编舞老朋友给他运来一架钢琴。是鲍里斯，对吧？对，那就没错了。所以总之鲍里斯不知怎么的跟安德鲁斯联系上了——我猜他们有超过十年没讲过话了。他因为贩毒被关在西伯利亚的古拉格集中营里。我想他说的是克拉斯诺亚尔斯克集中营——”

“监狱！鲍里斯在监狱里？”

那个男人举起双手。“嘿，我可什么都不知道。这些都是安德鲁斯飞去阿姆斯特丹之前跟我讲的。不过是的，他说鲍里斯是因为毒品指控还是其他什么被关在牢里。总之，这架钢琴——就是你的钢琴，我猜——跟两封信一起装在一个大板条箱里出现在我们大学，一封是给安德鲁斯的，另一封就是这一封。”他指指卡佳手里的信纸。“他说他没时间处理这个，但他说，鲍里斯告诉他这件事很紧急，必须把钢琴修好尽快还给你。我俩私底下说啊，我想鲍里斯应该付了相当一大笔钱给他来做这件事。几乎够他全家买机票去荷兰的了。”

“我的钢琴在哪儿？”

“哦，对。他让几个学生把它带去‘不朽琴行’了。显然在修理撞坏的乐器方面，他们是最棒的。”

“‘撞坏’是什么意思？”

“哦，不用担心。我找到你的地址之后，就打电话给他们了，他们说现在钢琴跟新的一样，已经可以交货了。”他挑起淡淡的眉毛，像是在耸肩，“如果你想的话，我可以带你过去。”

卡佳扑向他，把脸颊贴在他的白衬衫纽扣上，拼命地紧紧拥抱他，就好像他是她的救世主一样，就好像她深爱他一样。或许他确实是她的救世主，或许她确实爱他：他找到她，愿意带她去取心爱的钢琴，让她死而复生，就像在她编的童话里一样。“谢谢你，谢谢你！”她说。

他哈哈大笑。“пожалуйста。[1]”他告诉她。

“你会说俄语？”她退后一步看他。

“哦，不，只会零零碎碎几个词。不过我会说捷克语和波兰语。当然，还有英语。”

“你这么帮我，我会报答你的。如果你想的话，我教你俄语，或者教你钢琴。你弹钢琴吗？”

“哦，不弹。我没什么乐感。不过我倒是希望有。”

“你想的话我可以教你。我没什么东西可以给你，但这件事我能做到，作为你把我的钢琴送还给我的感谢。”她再次扑进他的怀里，把脸颊贴在他的心窝，他又一次大笑，也轻轻地拥抱了她。

---

1 俄语，“请吧”。

18

“你知道那是什么标记吗？”克拉拉问格莱戈。

他点点头，仍在盯着它看。“是个名字，”他静静地说，“格里沙[1]”他停顿了一下说，“难以置信。他妈的难以置信。”

“什么？”

他转向她。“你从哪里得到这架琴的？”

她被他的谴责语气震慑到了，又或许是惊慌。“这是一份礼物。我父亲送给我的。”

“什么时候？”

“我的十二岁生日，”她说。然后她开始有了防备心，“为什么这么问？”

“你现在……”

“我刚满二十六岁。”

格莱戈本就苍白的脸变得煞白。“所以那就是”——他计算的时

---

1 原文为Grisha。

候眉头紧锁——“1998年？”

“是的。”她说。他心不在焉地点点头，很不寻常地点了很长时间，她很震惊。“你还好吗？你为什么想知道这些？”

“你不知道你父亲从哪儿弄来的吗？”

“说实话，我不知道。我也一直没机会查明。他把琴送给我之后，我父母就去世了。”

“是火灾。”他盯着她，沉默片刻之后说。

克拉拉感到一阵寒意，后颈汗毛倒竖。一系列飞速的画面草草穿过她的脑海：泰贝莎的母亲蹲在她的睡袋旁边，失火了；她自己身穿一条挺括的新裙子，在父母的葬礼上站在拉长着脸的姑姑和姑父中间；黑亮的博兰斯勒映照出她躺在姑父车库的水泥地上的蜷缩倒影。“你怎么知道是火灾？你……查过我？”

克拉拉曾经在网上搜索过自己一次，好奇有没有她的什么信息。她找到另一个克拉拉·朗迪的社交媒体账号。一个列出人们地址与资产净值的网站，上面显示她还住在三次搬家之前的一栋公寓大楼里。还有一份讣告，是1976年去世的克拉拉·露易丝·朗迪的，其实讣告对那个女人一生的贴切描述都让克拉拉嫉妒了。唯一有意义的链接在一则评论里，是有人发在一个当地企业的评估网站上的。她彻底检修了顾客的引擎，被称赞说“人好、很渊博——而且性感”。但没有关于她家里失火父母双亡的东西。事情发生时她还小，他们在新闻报道里隐去了她的姓。

“没有，我没想过要去查你。我没有任何理由那么做。我看到你挂牌卖竖式博兰斯勒时——它正是我想要的，年代也对，颜色也对——我只是想，或许它们其实没有那么稀罕。我要是知道你的博兰斯勒就是这一架博兰斯勒，我肯定就查你了。但这么久以来，我一直都以为这架博兰斯勒没有了，尘归尘，土归土。反正我母亲是这么告诉我的。”

克拉拉摇摇头。“我不理解。你母亲怎么知道火灾的事？”

“因为在你得到这架钢琴之前，它是她的。”

“什么？你怎么知道？”

“那个标记，背后的那个，是个名字。”

“格里沙。”她说。

“我就是格里沙。”他指指自己的胸口，就像有人对不讲英语的人打手势比事实一样，“我的名字在俄语里是‘格力戈里’。英语是‘格莱戈’。我母亲叫我‘格里沙’。”

“所以我父亲是找她买的？”

似乎有几分钟的时间，他的脸静止不动，只有一根静脉似乎沿着他的额头中央放松下来。“并不是。”

“那是怎么回事？你的意思是他偷的？”

“不，不，我没那么说。这是合法的所有权转移。”他用一只手抚过脸庞，揉揉太阳穴，他松开手时，脸上的任何友好痕迹都没了，他看起来再次和他的肖像一样：冷酷，专注，超然。“没关系了。他们的协议条款不重要。”

“对我来说重要。”克拉拉说。她父亲首先没跟她讲过他是怎么搞来这架博兰斯勒的，没讲原因和过程，也没讲在她之前的主人是谁。她十二岁时当然从没想过要问，从那时到现在，中间的这么些年里，它的出处与她似乎毫不相干。她对它的音乐和疑团都不知情。“请讲。”她说。

格莱戈闭上眼睛，深吸一口气。“这不是个令人开心的故事，知道吧？我母亲很爱那架钢琴，但出了一些事，她保护它的唯一希望就是摆脱它。她没有卖琴，她是送出去的。”

克拉拉大吃一惊，一度只是看着他，尽管头脑里的问题一直在打转。

“但它不是被烧掉了吗？”他问。

“它当时放在技师那里，在修琴箱。”

他点点头。“嗯，那说得通，”然后他看看手表。“他们两个随时会出来，如果我要赶在合约到期之前拍完所有照片的话，现在就需要动身了。”他伸出手来，克拉拉自然而然地把手掌贴上去，他的掌心干燥温暖。他跟她握手的时间不必要地过长，同时仔细地看着她。她认为自己感觉到他们两人之间依赖一段共同的历史，正传递着某种重要的东西。但之后他唐突地松开她的手，用商务的口吻说“很高兴见到你”，然后把刚刚腾出的手伸向打开的货仓门，比了个“你先”的打发手势。

“等一下，”克拉拉说，“你不能说一句你母亲是我钢琴以前的主人就一走了之。你是在洛杉矶长大的，对吧？我也是，在圣塔莫尼卡。你母亲怎么认识我父母的？”

“我没说她认识他们。”

“那你是什么意思？她凭什么认为钢琴被烧掉了？”

“有人告诉她的。没什么大不了的。”

“谁？”

格莱戈用冷静的眼神阻止了她，他的面容完全平静。过了一会儿，他掸掸裤子的前面，尽管上面没有灰。他这么做似乎是要标志一件事情的结束，这是一种决定的姿势。当他再次开口时，声音里有一种果断的清晰。“那是我人生中一段艰难的时期，”他说，“我没兴趣讨论那个，不会跟你，不会跟其他任何人。那会让我生气，而我不想生气。”

胡安和贝托信步朝他们走来，两人看起来都双眼通红，眼眶凹陷，不知道是深夜赌场的哪种慰藉带来的后遗症。她看向别处。她站在那里，觉得自己很蠢，她显然在车里睡了一宿，还以为可以不被注意到地跟踪他们。她摸摸自己的头发，想到自己的口臭，她需要洗澡。

“*Vámonos*[1]，”格莱戈用相当让人信服的口音对他们说，“*Quiero empezar temprano*[2]。”然后他对她说：“我会好好爱护你的钢琴的。”他的嘴巴在笑，但眼睛没笑。“开车回家顺利。”

她没有理由拒绝：她已经完成她告诉彼得的自己想做的事了，那就是见到格莱戈，确保博兰斯勒在可以信赖的人手里。她当然不知道他有多值得信赖，但她仍感觉得到他与她手掌相贴时那种诡异的感觉，感觉有点尴尬，因为她还以为那里面或许有什么意味。她挑起下巴回应，这是她在男人堆里长大不经意中学到的姿势，一种知会某个人或某件事，而不用显露任何亲密感情的方式。然后她也用手掸掸牛仔裤的前面，显然在学他的样子，把这一刻掸掉，然后跳下卡车。

她走回自己的车，眼看着两个搬运工把行李袋丢回车厢，然后拉下车门锁好。他们和格莱戈互通信息，他依稀指向州界方向的地平线，那是她要自己回去的方向。然后格莱戈一拐一拐地走向自己的车，是一辆黑色SUV，车身似乎过大，而且——尽管造型别致，或许就是因为这个——是众所周知很容易出故障的一款车型。“浑蛋。”她说出声来。但他们已经把门砰的一声关上，所以或许除了回来值班的泊车人，没有旁人听到。

她在转角的加油站停下，加满油箱，去了趟厕所，买了一条瘦吉姆牌牛肉棒、一袋花生酱饼干，还有半品脱牛奶当早餐，她坐在车里大嚼特嚼，想起自己有将近20个小时没吃过东西。才早上七点半，天色却不似清晨。她的手在颤动，脖颈僵硬。她想冲凉，想要一张床和可以听着入睡的音乐。

---

1 西班牙语，“我们走吧”。

2 西班牙语，“我想早点开始”。

她想到格莱戈的母亲为了保护钢琴，把它送走。格莱戈的母亲在防什么？她父亲为什么会得到它，又是怎么得到的？或许有人知道他在找一架钢琴要送给克拉拉当生日礼物。他们有共同的熟人吗？然后有个人告诉格莱戈的母亲，在烧死她父母的那场火灾中，钢琴也被毁掉了。是一开始让他们联系上的那个人吗？还是她父亲把琴送给她的那天晚上，帮他把钢琴送回家的同事？也可能是大学里的其他人。其实有可能是任何人。如果格莱戈的母亲事实上不认识她的父母，那这件事很可能根本不重要。她可能只是太疲惫又心烦，不想管了。

如果她一路开车路上不停，应该可以在中午之前摊在自己的床上。然后她想到彼得，以及他现在可能有多担心。她查看自己的手机，看他有没有打过来，但手机没电了。反正现在打给他也太早了，她说服自己，然后插上充电器。她决定晚点发信息给他，让他知道一切顺利，就像她之前答应的那样，然后她发动汽车，上路回家。

但她才上高速公路不到一分钟，前方就有一幅画面吸引了她的目光。那副场面太超乎想象，以至于她开过了一百米才意识到是怎么一回事：胡安和贝托正在路边卸下她的钢琴。

她在几乎空荡荡的马路上拐了个大弯，掉头穿过碎石铺的中央分离带，从道路另一侧驶经他们，这次开得很慢——不，那不是她的想象——然后再次掉头，她要停到他们的后面。她碾上路肩一个部分隐蔽的停车处，那里被停着的一台推土机和另外几台重型建筑机械挡住。她打开车门时手都在抖，胃里翻江倒海，不知是垃圾食品的缘故，还是因为她预期到自己马上要挺身而出，保护博兰斯勒不受侵犯。她几乎感觉到尖叫就要脱口而出，结果格莱戈先发制人。

“Cuidado[1]!”他对贝托嚷嚷，向前一个跨步，踢开一块石头，贝

1 西班牙语，“小心”。

托没有看到，差点踩上去，因为他们在把钢琴推下坡道，贝托在底下这头，然后格莱戈走到钢琴的侧面把它扶稳，他们把它向后翘起，固定到越野搬运移动车上。

克拉拉对格莱戈表现出的管事态度很是受用，她向前趴在自己的引擎盖上继续观察，看着他们灵活地把钢琴推近蓝黄色的指示牌，上面有金色的罂粟花：欢迎旅人来到加州。她离得太远，听不到他们在说什么，但很显然他们并不是要把钢琴丢在圣贝纳迪诺的县界上。

他们走得很慢，格莱戈走得慢是因为他的步态，那两个人则是因为在崎岖不平的沙地上很难保持钢琴稳定。格莱戈指向一个小山坡："把它推到那个顶上。那个土包看起来足够平坦。然后把它从手推车上卸下来放好，否则看起来就像一件道具。我想让它看起来在这里有一阵子了。要像它有某种意图的感觉。"

他指挥胡安和贝托以各种角度稍微偏移钢琴，直到他显然满意了，退后竖起拇指和食指，两个L形对在一起比出矩形，然后透过相框观看。接下来，他指指橘白色条纹的交通雪糕筒，贝托小跑过去，把它们从想象的取景框中拖走。胡安捡起一根棍子和地上的几块石头和垃圾，但格莱戈大喊一声"Déjalo[1]!"然后摆摆手，于是他耸耸肩膀，把那些东西七七八八放回原处。

他们仍没注意到她，她待在搬运设备的背后，希望他们不会注意到她。看到自己的钢琴被陌生人摆弄安排，与环境格格不入，很是有趣。博兰斯勒对她来说就像自己的身体一样熟悉，然而看到它待在路边，似乎变得很不一样，就像她以前从没见过的另一个版本的自己。

"把它压得更深一点，"格莱戈大叫，"但要确保它不能倒。很

1 西班牙语，"别去乱动"。

好，可以了。”他的手在空中轻拍。“现在你们回来我这边，别站在画面里。可以。就待在那里，我一会儿可能需要你们挪琴。Entiendes[1]？”

她看到他蹲下来，把昂贵的相机对准钢琴，晨光点亮它背后的莫哈韦国家保护区。他非常平静，主要是向左向右偏斜脑袋。克拉拉试图顺着他的目光看过去，但无法分辨他看到的是什么画面。她想象纽约的时尚杂志照片拍摄现场就像这样操作，不过对象是瘦骨嶙峋的模特和没法穿的衣服，人们跑来跑去做发型、化妆和布置灯光。她的担忧忽然一扫而空。格莱戈显然是专业人士，他看起来真的是只想拍摄钢琴。他早前抚摩它的样子，只要胡安和贝托碰到钢琴，他就冲他们大呼小叫，更别提这架钢琴曾经属于他的母亲了——她把这些看作征兆：他很可能真的会完美地照料它。她现在决定看到他拍完为止，然后就打道回府。等他几周之后来还钢琴时，她会要求看一下照片。如他所说，她想透过格莱戈的眼睛看看当音乐停止时，钢琴是什么样子的。对博兰斯勒来说，它到她手上时，音乐肯定已经停止了。或许他的图像能透露出几分它曾经的样子。

克拉拉一直看着贝托和胡安重新包装好钢琴，把它搬回卡车里，格莱戈也把设备收起来。然后当他开始离开，SUV掉头朝拉斯维加斯的方向开去，加速穿过中央隔离带，后胎扬起公鸡尾巴般的粉尘时，她说，“豁出去了”。

她现在根本不可能离开，事实已经揭晓：她的博兰斯勒曾经属于他的母亲。要是格莱戈对它很敏感怎么办？他和她自己的过往有联系，也知道她的钢琴的一些别人不知道的事情，虽然他不了解她的父母。但万一他决定钢琴终究归他所有怎么办？万一他把它运进死亡谷然后拒绝带回来怎么办？或许那就是胡安手势的意思，这一直都是

1 西班牙语，“理解”。

格莱戈的计划。况且她没有工作又没有男友，为什么要着急回贝克斯菲？所以当卡车出发驶上高速公路跟上格莱戈时，克拉拉又一次跟在后面加入队形。

她的手机在振动，一定是彼得。她把手机猛力拽出充电器，脱口而出，“对不起，我应该打给你的。”她说。

“没必要，”电话另一头的声音说，“我只是觉得受宠若惊，我对你来说就这么有魅力啊。”

“什么？”

“唔，不会还是因为钢琴吧，对不对？”

“格莱戈。”

“嗯嗯，是啊。你继续说。”

“你太荒谬了。”

“哦，我不觉得可笑的人是我，你说呢？我以为我们刚才在赌场已经讲清楚了，可你现在又在这里，我的整个后视镜里都是你。”

她分辨不出他是在挑逗还是发火。我可不想生气。她决定还是不要知道他生气有什么后果比较好。“我是想着或许我跟一段路比较好，”她随口说，“反正我现在回去也没什么事。”

“这里也没你什么事。”

她强迫自己想出一个合理的回答。“我是个机修工。”

“所以呢？”

“你们在开着一辆垃圾SUV和搬运卡车进入死亡谷。你们或许需要我效劳。”她停顿一下，让自己有片刻的乐观主义精神。她也去他刚好要去的地方又不需要征得他的允许，但如果他同意的话，整段冒险会更加愉快。“而且，我刚刚拿到一笔相当大额的租金，所以你们需要帮什么忙都可以，不收费。”她说话的时候甚至在微笑，还竖起大拇指，说不定他在看她呢。

他哈哈大笑。“你一定是在开玩笑吧。我要一个手骨折的女机修工干吗？这可不是助力，这是拖累。恐怕我要谢绝你的好心提议了，但谢谢你。嘿，听着，安全开车回家去，我们几周后会来见你。怎么样？”

“等一下。”她说，但他已经挂断电话。

他们全都继续行驶，克拉拉眯起眼睛盯着格莱戈的亮黑色SUV，花哨外观下掩饰着一个滑头的蓝领阶级变速器，在那一刻似乎是对他的恰当暗喻。她没有因为被称为女机修工而感觉冒犯，是手骨折这件事让她恼怒——他假定她无法处理任何不可预见的问题。她一直努力做到相反的一面，所以对这一点很注意：要自给自足，要可靠而不依赖。她用骨折的手砸方向盘，力气大得自己都叫了出来，但当泪水涌上眼底时，她硬是挤眼憋了回去。

他妈的他以为自己是谁，敢把她称为“拖累”？

19

这是一个周六，卡佳正在弹琴练习音阶。旧钢琴物归原主已经六周，她一有机会就去弹琴。其他事情都可以等：采购，做饭，给父母写信，甚至跟格里沙待在一起。她不是在弹琴，就是在想着原本有着丝绸般触感的琴键，因为没人用它而再次泛黄，和制音器的独特压力，以及无与伦比的音色。还有音乐！现在连她了如指掌的旧曲子突然听起来都很新鲜。她很多年都没有作曲了，然而她能感觉到，一支乐曲正一小节一小节地交织进她的想象。她怀疑有毒瘾是不是就是这种感觉。她几乎没怎么弹过那架替代钢琴，一直有冲动要摆脱它。不朽琴行的人给她送来博兰斯勒时，她付给他们一笔很大的小费，叫他们把便宜的雅马哈钢琴放到救世军二手店去再次流通。

她再一次飘浮在枯燥世界的上空。她的手指自由自在，头脑也是。她的博兰斯勒是她与俄国的联系——与家的联系——连音乐本身都无法与之相比。她在金色的音符里神魂颠倒，可以忘记米哈伊的坏脾气，忘记其他美国人的繁荣和余裕，还有自己深邃的寂寞。她有几周时间没看过死亡谷的宝丽来相片。连日夜入侵她思想的失落音乐的可怜声音最近都没来烦过她。或许它永远离去了。

“你在笑什么？”她儿子问她。

她回答时没有停止弹琴。“我觉得冻土正在融化。”

“你什么时候才能弹完？”他问，听起来很恼怒。他一边在房间里走来走去，一边等她，越发得不耐烦。

“马上就好。”

他戏剧性地叹了口气。“你能给我讲那个故事吗？”他斜靠在钢琴上说。

她示意他退后。“我们不需要再讲那个故事了。”她说。

“那就再编个新的。萨莎醒来以后的故事。”

“嘘嘘嘘。你现在这个年龄不需要再听傻不拉几的寓言了。”

“那我们出门吧。”他一边央求她，一边重重地挨着她坐在琴凳上。“去看电影或者公园，哪里都行。”

“你学校里的朋友呢，格里沙？”她爱他，但他太黏她，这让她有些恼火，现在也是。尤其是现在，她只想飘浮起来，愉快地游离于她被迫接受的生活之外。

“我讨厌学校。”他说。

“你已经十四岁了。今年秋天就要读高中了！该找跟你同龄的朋友一起玩了。”然而，她还是停下片刻，一只手摸摸他的脸蛋。他闭上眼睛。

“没人喜欢我。”

她叹了口气。他真是个难搞的小孩。“好吧，我们走。但再等一小会儿，”她说，“等我练完琴。”

他思念她。尽管她还跟他在一起，但她变得不一样了。一直无故发笑，一直心事重重。长这么大，她一直是他最好的朋友，他以为这是两人心照不宣的事实，但现在她有了另一个朋友。他想爬上她的大腿，就像小时候她刚开始教他弹琴时那样。但她会告诉他不行，他现在不小了，而且个头也高。于是他躺在附近的地板上，躺在一束午后的阳光里，看着尘埃飘浮在空中，伴着她弹的音阶上升下落。他想象尘埃因为音乐而动，每一颗都附着在某个音符上，母亲没有意识到自己在指挥它们。他像猫一样用手去拍打，希望如果自己能打乱尘埃的编舞，她或许就能早点结束，带他去海滩，或者和所有同学的母亲一样带他去商场，或者至少在父亲回家之前跟他说说话。父亲要么怒气冲冲，要么醉醺醺，要么两者都是，他会毁掉一切。钢琴重新出现时，他父亲很不喜欢，但那一点都不稀奇，他似乎对什么都不太喜欢，尤其不喜欢开了一整天的士，回家还要面对一个只想弹琴的妻子。

他用手劈开尘埃时，它们跑开，但没被打乱，只是友好地向四处飘散，就像大风天里的小云朵。他的母亲继续弹自己的大调与和声小调音阶，右手升调时左手降调，直到两只手相隔四个八度，然后调换方向，两手重新回到一起。接下来，两只手一起平行地上升两个八度，然后降调，然后回到相反的动作，先分开最终再次靠近。他之所以知道规则范式，是因为她也让他在练习时间里这么弹，他今天早餐后已经练过琴。他想和她一样热爱钢琴，但他做不到。他没法像她那么快乐，但他的努力让她高兴。

太阳照在他的腿上太暖了，于是他侧身蹭过地板，躺到钢琴背面一处凉爽的地方。他母亲让博兰斯勒远离四壁，不过她把雅马哈贴着客厅的一面窗户放，遮挡了视线。“音乐需要呼吸的空间。”她会告诉他。“就像故事里那样吗？”他问。“是的，就像故事里那样。”她回答。所以博兰斯勒是放在房间中央的，仿佛它是一架三角钢琴。

博兰斯勒光滑黑亮，赫然坐落在洒满阳光的房间中央，体积占据了很大空间，既威胁着他，也让他着迷。他把手贴在琴箱背面，去感受母亲弹奏的音符。另一组音阶，这次是升F小调：升F，升G，A，B，升C，D，E，升F，一遍又一遍。他能听到音乐，甚至能用手感受音乐，但他希望自己能看到音乐，这样就能知道音乐对母亲的意味。

“妈妈，音乐长什么样子？”他问，音量盖过了音阶。

“嘘嘘嘘，”她打断他，“我还没弹完。”

“呃。”他嘟囔道，但声音很低，不至于打扰到她。

他的口袋里有一枚钉子，是从学校走回家的路上捡的，还有一个比克打火机的空壳和两枚暗淡的美分。钉子的尖端就像一根削尖的铅笔，但更加刚硬。他躺在地板上时，脑海里闪过一个残酷的念头：他的钉子会在木头上留下什么痕迹？尽管他不至于蠢到对母亲心爱的钢琴做出那种事——或许超过爱他——他发现，一旦冒出这个念头，他就没法不去想它。于是他摊在那里，尘埃和音阶的乐符在他周围漂移，他感觉钉子几乎仿佛被某种神秘的力量拉到钢琴低音部的末端。他跟自己协商。就刻个小东西，他心想，小得没有人会注意到。

他很工整地写下自己的名字。在角落最边缘写下小小的西里尔字母。他极度仔细，每一个字母都描上好几遍，来让刻痕达到统一深度。黑漆与被凿掉表面的深色天然木头的对比没有那么明显。他喜欢这种擒获野兽的感觉，这头野兽擒获了他的母亲。他继续刻着，十分专注于自己的任务，都没有意识到她已经停止弹琴，他听到的音符不过是自己记忆里的回音。

母亲从琴凳绕过来尖叫时，他正要刻完最后一个字母。“格里沙！你到底在干什么？[1]”

---

1 原文为俄语，Что, черт возьми, ты делаешь ?!

20

从拉斯维加斯到死亡谷的大路漫长平坦，往内华达州的西部开了三个小时，经过山艾树、电线和水塔。在一大片流失了颜色与差异的广阔沙漠里，一块过大的红色标牌上写着妓院，却跟辣椒酱、照片和纪念品放在了一起，克拉拉看不到附近有任何设施。事实上，这片土地看起来几乎被遗弃了。一切都很平静，车子以120千米的时速穿过这片广阔的盆地，远处有矮山，永恒的原始蓝天在头顶上方无限延伸。最后，他们终于穿过一个小镇，一个24小时的轮胎店让她想起自己工作的地方，然后他们再次穿过州界进入加州。

他们终于开过一块欢迎他们进入死亡谷国家公园的标牌。刚过中午，日头高照，天气十分炎热。这里就是那种会让人迷路、渴死和晒死的地方，克拉拉懂的。她以前从没来过，但姑父跟她讲过他的一个朋友当时在露营，有条蛇跟着他钻进了睡袋，缠在他的一条腿上。当那个人猛地从睡梦中惊醒时，那条蛇咬了他，于是他就按老建议说的：在皮肤里割个X形切口，然后把毒血吸出来吐掉。但他割得太深了。蛇并没有毒，那个人却割到了血管，他躺下来休息之后，在沙漠地面上流血而死。

开进去几千米后，一个标牌示意他们缴费，一根箭头指向路边的公园管理处。格莱戈在收费亭停车，付钱进去。他交完钱后，她也一样。20美元不算过分，但让她考虑到自己的信用卡余额，没有收入，还有医疗和搬家的开销。即使算上5000块的横财，她还是担心这场不可预见的冒险不知还要花费多少钱。格莱戈开进一家粗犷的老式西部风格酒店，跟那两个家伙一起走进去，想必是去订房。她坐在车里，试图决定自己是否也应该去订房。毕竟，只要她愿意，完全可以掉头，赶在晚饭之前回家。

不过她的“钱途”考虑被打断了，因为她听到格莱戈说：“该死的入住时间。”三个男人回到了停车场。“没关系。反正我也想在天黑之前完成两场拍摄。”然后他注意到克拉拉，朝她的车走来，明显的愤怒让他的跛脚更加明显。她摇下车窗，把石膏搁在窗框上。

他靠过来。“这事儿没完了，你不觉得吗？”

如果他试图威胁她，那不管用。她已经下定决心：她要留下，至少要多留一会儿。“跟你有什么关系？我又不妨碍谁。”

“我之前告诉过你，你就是个拖累。”

“我一直在想那句话。我到底怎么就成拖累了？你又不用对我负责。”

他严厉地看着她。“当然，我绝对不用。”他说着。然后他后退一步，似乎是在环视酒店以外那片满是岩石的荒野。“听着，”他过了一会儿说，“你愿意像条丧家犬一样跟着我，我没法拦着你。但别碍事，听明白了吗？”

他站着，怒视这片不毛之地，风掀起泥沙，吹开他剩下的几缕头发。他可以很残酷，她心想，一个残酷、扭曲的小男人。但某种感觉告诉她，他没有他假装的那么险恶。究竟是什么让他这么生气呢？

“好吧。”她说。然后，当他转身走向自己的车时，她问，“所以我们先去哪里？”

格莱戈推起墨镜，视线水平地盯着她，眼神呆滞的同时又不失犀利。“我们？”

“不好意思。你们。”

“嗯，我想你只能拭目以待了。”他说，然后大步走开。

回到横贯死亡谷的双车道公路上，他们行驶十五分钟左右，穿过一片大盆地，经过零星分布的灰蒙蒙的绿色树丛，还有一块标牌，说明当地的海拔高度为海平面水平，最后来到一条标志有通往“盐溪诠释小道”的砾石岔道。格莱戈怎么知道要去哪里？他似乎对自己的路线非常果断，对公园一定也很熟悉。她想知道他对这次探险的计划程度，这反过来又增添了她对他的好奇，他着手开始这次拍摄的目的是什么呢？

开了1.6千米左右，道路的尽头是一个铺好的停车场，从那里开始，一条木栈道通向远方的大山，一边是狭窄的小溪，另一边则是暗淡的坚固岩层。

克拉拉犹豫了一下——她离得足够远，让他没法怪她侵扰，但也近得足够盯梢——她读了一下几块指示牌，描述了盐溪的生态系统知识。格莱戈命令那两个人卸下钢琴，开始把它推上木栈道。“日落在6点5分，误差不过几分钟，”他看着手表说，“我想往南走，去死水潭拍，所以我们需要赶快。离这里30分钟左右。”胡安和贝托加快步伐，在平整的木板道上推要比推上岩石斜坡容易得多。格莱戈忙着跟上他们时，跛行变成了跳跃，让她想起姑父他们收留她时养的那条老牧羊犬。老牧羊犬“一走快就瘸”，姑父是这么说的，那条狗每次试图跑起来的时候，就跟现在格莱戈不连贯的步态一模一样。她以前很爱那条狗。

“过来，”格莱戈在喊，“把它的皮带解开，手推车留在那里，我们要把它放进小溪。”

“搞什么？”她大叫道，从怀旧情绪中被打断。“你说什么？”

“我是在跟他们说话。”他一边说，一边把三脚架的腿拧开拉出来。

“你是说要把钢琴放进小溪里吗？”

“就放在那里。”他一边对贝托喊叫，一边指着浅水的中间。阳光掠过水面，水面斑驳显露出大小不一的石块。

“放进水里吗？”克拉拉问。她站在他的面前，让他无法忽视她。

他叹了口气。“你还记得我们的协议吗？说好不要纠缠我的？”他把一个镜头接到相机的机身上，飞快地按了一下，就像从易拉罐里按出压缩气体。

“去你妈的协议。打死我我也不会让你把我的钢琴放进水里的。”

“你怎么拦得住我呢？”

让两人都很惊讶的是，她从他手上夺过相机，大步走回停车场。

“什么鬼？回来！那部相机很可能比你的全副身家加起来都值钱。”

她能听到他从身后跟上来——走一步，咚一声，走一步，咚一声——她突然开始小跑，钻进自己的车里锁上车门。她刚刚摇上司机位的车窗，格莱戈就到了。她把相机放在乘客座位上，把钥匙插进点火器里。“如果你把我的钢琴放进小溪，我就把你的相机带走。”她透过玻璃大叫。

格莱戈气喘吁吁地倚着车窗，一只手搁在玻璃窗上，脸上挂着一副漠不关心的表情，胸脯却在上下起伏。“你以为我没有别的相机是不是？我要是只带一部相机来，算哪门子的摄影师？”

“那我猜你不在乎我留下这一部喽。”克拉拉说。她发动引擎，把胳膊搭在座位上，回头定位。

“等等！”格莱戈大叫。汽车猛地倒车时，他使劲拍打玻璃，“停车！”

她的心怦怦直跳，让汽车掉头拉出一条弧线，然后像个特技司机一样猛力发动，这是一个周日下午彼得教她的把戏，然后在碎石路绝尘而去。她能听到格莱戈在大喊大叫，但她的车在两人之间扬起一团灰尘，让她看不到他。

“停车！”她听到。“停车！”但她不确定是格莱戈在喊，还是她自己的良心。她减速后停下，看着已经滑向座椅后背的相机。她拿起来放在自己的腿上，感觉自己拿走它的举动既荒谬又幼稚。然后她开始掉头。

格莱戈站在马路中央，手撑在大腿上弯着腰。她靠近他时，能看到他正上气不接下气。这让她感觉更糟了，她意识到他刚才很可能在试图追她。等他终于站直身体时，面容有了败相。她挨着他停车，摇下车窗。

“我之前告诉过你，我绝不会让钢琴出任何问题的，”他对她说，“我说到做到。”

“那为什么要把它放在小溪里？”相机还在她的腿上。

“既然你这么善于观察，有没有刚好注意到小溪的水有多浅？而且中间有一块干燥的高地？没有？好吧，还真的有，而且相当宽敞，能放得下钢琴，琴脚都不会沾水。事实上，他们两个很可能已经让它就位了。他们可能正站在盐溪的中央等我去拍摄，而这件事只能等你把该死的相机还给我，我才能做。”

“我以为你还有其他相机。”

他从口袋里掏出一块手帕，在脸颊和后颈上擦拭。“你真是个烦人精，是不是？”他说，低头瞪她。他的声音可以传达很多，表情却可以不动声色，真是够古怪的，就好像他是在掩藏自己的脆弱。

“不，我不是。”她说，用好手把相机递给他。还掉相机后她轻松多了。格莱戈检查了机身和镜头，看看克拉拉有没有造成损坏，甚至打开相机照了几张相，确保相片都在里面。

“听着”，她说，“对不起。我只是——”

“你根本猜不到我对那架钢琴有多关心，”他说，语气切换到更加柔和的音域。“我现在没兴趣毁掉它。”

克拉拉正在琢磨这个相当不吉利的“现在”，不知道他是不是打算晚点毁掉它，然后他没多说一个字，转身走向小溪。克拉拉看着他离开，脚跛得更加明显，太阳抽打在他的身上，光头上的汗水闪闪发亮。尽管他的举止苛刻高傲，眼神强悍，但明显很不快乐，她却不完全讨厌他。事实上，她觉得他有种莫名的吸引力。在格莱戈身上，她认出自己的某种东西：失去某样东西的沉闷虚空。他的克制暗示着一种更深的伤痛，或许比导致他步态不平衡的那次伤痛更深。

思考他的伤痛让克拉拉也想到自己的伤痛，生理上和情绪上的都有。她走向小溪，想亲眼看到钢琴是否安然无恙。它是在那里没错，就放在格莱戈说的小溪中央的干燥高地上，胡安和贝托则站在一旁，看起来无聊但耐心，他们在等候指示。她看到了水，这让她口渴，口渴又让她生气。在那一刻她什么都不需要——不需要饮料，不需要上厕所，不需要格莱戈的钱，也不需要掌控感，当然更不需要一架她既不会弹又不能放手的钢琴。

她坐在木栈道上，从远处看着格莱戈架起相机，根据不知通过什么神秘计算得出的角度，然后操控现场，对他的帮手大声喊叫，让他们做一些在她看来无关紧要的微调，这样只会增加钢琴湿水的风险。某一刻，贝托踉跄了一下，克拉拉的脑海里马上闪回到楼梯上的灾难性举动，无意识地发出小小的噪声——当她看到他已经重新站定，钢琴再次恢复稳定时，她甚至对自己更加恼火。她把骨折的手抱在膝上，拼命忍住想哭的强烈冲动。但是她败下阵来。

泪珠潸潸而下，划开她脸上一层薄薄的沙尘。她一旦开始就停不下来，向眼泪背后和内含的所有情感屈服，然而同时，她仿佛还能隔开距离看着自己——哦，那里有个女人在哭——而且她俯身向前，把手抱得更紧时，感觉内心涌起一股强大的柔情。分离的觉知力让她注意到木栈道在随着她的啜泣震颤，她流鼻涕的样子很不好看，还有，她发出的可怜的小声音可能会太响，会引来不必要的注意。但她还是让自己继续，那就让挫败与干渴、悲伤与尴尬还有其他的一切都顺着脸颊流下，滴到牛仔裤上留下大块的斑迹。终于，几分钟过去后，“水井”开始干涸，眼泪放慢，然后止住。她心满意足地感觉自己好像空了——尽管不算完全愉快。她无须与情绪纠结：战斗已经打完，现在结束了。她就像一辆耗尽汽油的车，唯一的选择就是停靠在路边，搞到燃料重新发动。

她眺望远处，看到格莱戈已经拍完，正在重新打包他的背心和背包，搬运工已经把钢琴搬出小溪，搬上木栈道上的手推车上。太阳西沉，给整幅场景镀上一层余晖，她超然地惊叹，钢琴看起来多么漂亮高贵！怪不得格莱戈想拍它。不管他与博兰斯勒是什么关系，现在都不重要了。她的好奇心被疲倦感所取代。

因为没有纸巾，她只好用好手的手背擦鼻子，意识到自己这样有多脏。虽然她已经习惯满身的汽车油污，但这种公路旅行对人的磨损缺乏尊重。或许坚持要跟着格莱戈到处走也让她失去自尊。她决定是时候回家了，但她想在回家之前先擤鼻子洗把脸，并照顾好其他人类需求。

她想趁没人看到前溜走，开车回汽车旅馆，打算用一下洗手间，或者给格莱戈留张字条，让他知道他赢了，她不碍他的事了。但她开进停车场时，倦意汹涌袭来，她极度渴望躺下来，只睡一两个小时也好，开车回家还有几百千米。

“对不起，小姐，”入住登记处的人说，“我们今晚没有房间。每到今年这个时候，房间老早就被订完了。10月底11月初通常是我们最忙的几周。”

“一间都没有吗？”

“没有，对不起。”

她叹了口气，谢过他，按照他的指示走向公共洗手间。然后，她在酒店餐厅里等待吃饭时，在一张餐巾纸上给格莱戈写了张简短的便条，再次为拿走他的相机道歉，告诉他，她要离开了，希望他一切顺利。她读了一遍，对折起来撕成碎片，丢进面包篮。她在另一张餐巾纸上写下，我闪人了——克拉拉。吃饭的时候，餐巾纸就放在桌上。她吃完后，又用它擦了嘴，然后丢在自己的空盘子上。她什么都不欠他的。

21

卡佳探身靠近洗手间的镜子，往一只眼睛上涂睫毛膏，然后向后靠，检查成果。她很满意地在另一只眼睛上重复着这个过程。没有很多皱纹，她得出结论：对于40岁的年纪来说，她看起来很年轻，甚至还算漂亮。然后她涂了一点唇膏，不用太多。她不想让自己看起来好像特别花了功夫。这是她第一次化妆、卷发、穿高跟鞋上钢琴课。

而且这也是第一次她不太确定，邀请学生来家里上课是否合适。她没有很多学生，所以一般很乐意让他们过来。大多数是上小学的孩子，他们的母亲开车送他们过来的，然后坐在沙发上用看书或者织毛衣度过这30分钟。大点的孩子有时放学后会骑车过来，把单车随手丢在前院里。她有几个成年女性学生，孩子已经长大离家，她们终于想为自己做点什么，要么就是想避开侵入空巢的寂寞感。她有一对学生，是已经结婚将近50年的夫妻，每个月在午餐时间过来两次，轮流上单节的半小时课程，一个人弹琴，另一个人就站在钢琴边上鼓励。不过她从来没有一个成年的男性学生在大白天过来。她的儿子在上学，她的丈夫在上班。但这是唯一可行的时间空当，因为他的日程也很忙，也有自己的家庭。

那这为什么会不恰当呢？她是个老师，家是她唯一能用的教室。和男学生独处从来都不是问题。这次不会有任何不同寻常，只不过是上一节入门课而已。

卡佳在大盘子里放上曲奇饼，摆出茶具，然后再次整理客厅。她瞄了一眼钟：一切已经早早准备就绪，而他要到中午才会来。她叹了口气，在钢琴旁坐下。弹琴总是有助于让她冷静下来，尤其现在她的博兰斯勒回来了。

她选择李斯特的练习曲《钟》，因为它的快板[1]节奏十分轻快。而且在技术上也有挑战性，右手的大跳要求手指有灵活度。前几个音要弹得很慢，就像在清喉咙，然后乐曲渐变加快转急，几分钟之内，就已经足够复杂，她完全沉醉其中，忘记了时间，门铃响时她被吓了一跳。她跳起来跑向大门，然后强迫自己停顿下来深吸一口气，这样开门时就会显得平静一点。

“你好，请进。”她一边说着，一边伸开胳膊示意他去客厅，就像她在电视上见过的那种游戏节目女主持一样。

他对她微笑，胎记[2]沿着左眼的皱纹改变形状。“希望我没来得太早。我还担心交通堵塞，结果这回一点没堵。”

她也微笑着回应，提醒自己安下心来。他只是个学生。不知为什么，他在她与钢琴重聚的几个月后，突然打来电话，询问她提议过的钢琴课的事，这竟然让她膝盖发软，头脑轻飘，她告诉自己这种事不需要在意。但她怎么能不在意呢？她太久没有因为一个男人而心花怒放了，她甚至不记得上一次是什么时候。

---

1 原文为意大利语音乐术语，allegretto。

2 原文为俄语rodimoye pyatno。

“很高兴又见到你。”

她把他领向钢琴，为他拉出琴凳。“请坐。”

他坐下来，她挨着他坐下。“钢琴在这里看起来真棒。我打赌你过了这么长时间拿回它一定很高兴，没错吧？”他说。

“哦，是啊，”她对他笑着说，“太高兴了。”

他也对她微笑，她能看到他的目光朝她投射而来，像是爱抚，她飞快地垂下目光。他两手一拍搓了搓。“所以我们怎么弄？我可从没上过钢琴课。”

她挺直自己本来已经笔直的姿态，点了一下头。“好的。我们首先必须学习姿态，这是往后所有表达和技术技巧的基础。”

他模仿她的姿态，这让他高了几英寸，他们两人都注意到了那一点，哈哈大笑。

“很好，”她说，“基础弹奏动作。你的整个手臂是放松的。肩膀、手肘和手腕都不要紧张。像这么做。”她重心不变地转向他，从他的膝上拉起右臂，直到手臂在他们之间摇晃。她为触碰他的亲密动作飞快地吸了一口气，然后强迫自己集中精力。“现在，放松地抬高手臂——像这样。看着，”她提起自己的手臂做演示，就好像它在向上飘浮，“像这样保持手的放松形状。手掌应该像握着苹果一样空圆。看到吧？好，你试试。”他尝试的时候，看起来像个机器人，又像被扯线操控的木偶。“好，不错。再放松一点。对，现在把手拱得再圆一点。就像个……你们怎么叫来着？圆顶？对，就像圆顶。好的。现在看我，保持放松，但每个指尖应该利落精准，不要像煮过的意大利面一样乱甩。”她让自己的手指飘向键盘，用中指按下一个键。“现在只用中指按键，像这样。深深地按到琴键底部，然后松开。这会弹出优美、深沉、柔和的钢琴音色。好，现在你来。”他照做，像她指示的那样按下去，但按得太用力，松开得又太快，于是听起来很刺耳，像打击乐器。“很好，”她说，“这需要大量的练习。再试一次。用另一只手也试试。”他用两只手弹同一个音弹了好几次，但听起来都和第一个音一样可怕。

“你弹琴多久了？”他问。

“从很小的时候就开始了。”

“你上过课吗？我应该小时候开始学琴的。”

“一开始是我父亲教我，但我主要是自学。后来跟着老师学。我在大学里主修钢琴。”

“那你一定很厉害。我是说，听起来真的很好。我隔着门听到你弹琴了。”

“不算差吧。”她耸耸一边的肩膀笑了。吊带裙的肩带滑了下来，她看到他注意到了，然后看着她把它拉上去。

“你能弹点什么给我听吗？”

“你不想继续上课吗？”

“想，但很明显我今天不会成为大师。你是位好老师，我敢肯定。但你还不至于那么好。”他们一起大笑。

“你有特别要求吗？”她问。

“任何曲子。你很喜欢的。”

她点了一下头，然后朝琴凳中间移近了一点，他挪开，给她让出更多空间。她轻轻地提起双手，停顿一下，然后放在琴键上开始弹奏一首快得惊人的狂暴乐曲，她的手在键盘上以非常复杂的动作飞来飞去，直到她似乎能在琴键上擦出火花。她脚踩踏板，身体随着钢琴和踏板之间传递的能量急促抽动。只有两分钟的时长，但当乐曲结束时——几乎是戛然而止——她的胸口在抽动，额头上沁出了一层淡淡的汗珠在发亮。她转向他微笑。“怎么样？”

他用靠过去亲吻她的方式作为回答，就和她告诉他如何按下琴键一样：深沉、柔软，一直按到音符的底部，然后慢慢松开，比他先前糟糕的钢琴击打技术好多了。他睁开眼睛，她惊愕地对他眨眼，仍然无法呼吸，她被吓呆了。

“原谅我，”他一边说着，一边起身，“对不起。我不知道我这是怎么了。请你——”

她也站了起来，一只手颤抖地捂在胸前，心脏在胸口里跳得那么大声，她觉得他都能听到。

“你弹得太美了，”他说，一边摇头，一边环视房间，然后开始尴尬地走向门口。“我真的很抱歉……总之，谢谢你。”他踉踉跄跄地退后，伸出手来。

她握上去，能感觉到他的手在抖——还是她自己的手在抖？

“谢谢你，”他又一次说，“好吧。再见。”

他径直走了出去，等她意识到他就要离开，快步赶到门口时，他已经在下楼梯了。“下周再来吧，”她对他大喊，“老时间。”

他停下脚步，松了口气，全身都放松下来，然后慢慢地转向她，脸上带着笑意。“真的吗？”他说，“你确定？”

她点了一下头，咬着嘴唇忍住笑意。“到时见。”她说，退回屋里前挥了挥手。

22

克拉拉走进停车场时，太阳已经西沉，天气凉爽，充满劲风吹来的沙漠气息。她闭上眼睛，深吸了一口气。她这辈子有过这么累吗？公路消失在远方的地平线尽头，她想起当天早前漫长单调的车程——他们抵达死亡谷真的只是今天早上的事吗？——她感觉精力在弃她而去。她知道自己撑不了三个半小时的车程回贝克斯菲了，除非先小睡一下。于是她窝进车里，从车尾厢里抽出一条毛巾当毛毯用，稍微打开车窗让夜色渗入，然后躺在汽车后座上。不到一分钟，她就睡熟了。

大笑声把她吵醒。虽然汽车旅馆也有光污染，但克拉拉睁开眼睛向窗外看时，小片天空里的星星仍是可见的亮点。降温了。她把自己推坐起来，在座位上四处摸索，找手机来看时间：11:12。

“奇妙的数字。”比她希望的时间晚了一分钟。她还是个孩子的时候，时常等着时钟指到11:11，然后闭上眼睛许一个愿，但近几年来，她似乎总是错过那个点。她揉揉眼睛打个哈欠。无所谓了，她反正也不知道要许什么愿。

她下车伸个懒腰，四处张望是谁在大笑：几个人坐在离汽车旅馆有一段距离的折叠椅上，红色的香烟屁股忽明忽灭。她想用冷水泼一把脸，但又不好意思再去面对宾馆的前台。马路对面有个加油站，她出去时可以在那里停一下。就在她手握方向盘准备出发时，她注意到前排座椅上有个信封，上面有汽车旅馆的名字。里面有一张便条，还有一把钥匙。

丧家犬也该有张好床睡觉。寻路者大楼，213号房。

她开始在汽车储物箱里翻找旅行洗漱袋，里面备有牙刷和牙膏，然后在入口外面墙壁的地图上找寻路者大楼怎么去，直到这时她才开始好奇，是什么使得格莱戈如此慷慨。她记起前台说过他们没有房间了，她没有理由不相信：因为餐厅和酒吧都很繁忙，都这么晚了，仍有客人从汽车旅馆的各栋楼房进进出出。

她在有顶走廊上眯眼查看门牌号时，两对年轻情侣与她擦身而过，四个人都抱着笔记本电脑在哈哈大笑。其中一个女的突然转过身来对她说，“你看起来迷路了。需要指路吗？这里的布局有一点混乱”。

“不用。”克拉拉说，希望自己的语气足够冷淡。是的。我是迷路了。我很困惑。告诉我该怎么做。“我没问题，谢了。”

“好吧。”那个女人说，举起手来打了个小手势，一半是挥手，一半是行礼。“晚安。”

“晚安。”克拉拉说，慌慌张张地转身回到前台，然后继续朝她的车走去。

“嘿。”又有人在喊。她回头看到格莱戈站在一个房间的门口。“看来你拿到我的字条了。”他双手抱胸向后仰着。他的声音听起来自以为是，但面孔和往常一样难以捉摸。她真想给他一拳。

“你要是以为我会跟你上床，你就做梦去吧。”她的声音足够大，格莱戈环顾左右，然后朝她奔来。

“你在说什么啊？”他嘘她。

“你想怎么侮辱我都可以，叫我丧家犬，嘲笑我一路跟到这里都无所谓，但你别以为我就那么绝望。”

他扬起双臂，眉头紧锁起来。“你不是在搞笑吧？你真的以为我在引诱你进我的房间吗？”他看起来着实吃惊。她感觉自己脸庞滚烫，却不敢低下目光。他终于放松肩膀，眼睛闭上了一小会儿，同时深吸了一口气，然后吐了出来。“我不是在跟你调情，克拉拉。我完全没有意愿睡你。”

这让她无地自容。她不想让他跟自己调情——至少她以为自己不想——但不知怎么回事，听到他说连这个打算都没有甚至感觉更糟。她的脸又一次涨得通红。“我叫胡安和贝托睡一间房，这样你就能用空出的房间，就在这条走廊往下。我不喜欢想到你一个人睡在外面的车里。如果你坚持在这里晃悠，最好也要注意安全。我母亲在的话也会这样坚持的。”他俯身靠近，假装闻她的样子。“而且你也需要洗个澡了。晚安，克拉拉。”他走回自己的房间关上门，伴着一声金属咔嗒声，链锁滑进锁槽。

克拉拉在窄床上沉沉地睡去，很久都没睡过这么好的觉了。她一般很容易睡着，但夜里睡眠断断续续，被太过生动的梦境所困扰着，脑袋在枕头上蹭来蹭去，结果早上醒来时，头发跟床单一样乱成了一团。今天，她在黎明前醒来，感觉得到了深度休息。她躺着没动，看着窗帘边缘的光线越来越强，试图回忆上一次睡得这么好是什么时候。很可能是几年前她和彼得共度的那一夜。现在是周一，彼得应该很快就会起床，准备好赶在7点前开店。她能想象到他的模样，大胡子脸庞上带着毫不扭捏的懵懂表情，十分安详。她坐起来。够了，别再去想。

她拉开窗帘，远眺青山。停车场的远侧有几十顶帐篷和露营车，更远处，一片灌木向晨光中金色的地面线延伸。看似如此平静的一天，似乎在提出一个问题：你打算怎么办？

一方面，或许是坏的方面——她身处一个旅馆，在充满异国情调的不寻常场景设置里，没有别的地方可去。感觉几乎像是度假。从严格意义上来说，她不就是在度假吗？鉴于她此刻无法从事任何有意义的劳动。

另一方面，她从来不是需要度假的那种人。倒不是她特别有事业心——她只是从没在一个那样的家庭环境里长大，她的家人不用外出逍遥来奖励劳作。父母一直很勤勉。即使在常规的春秋学期教课工作以外，他们还带暑期辅导班，做研究，写论文。两人都对自己的事业很严谨——实际上是对每件事情都很严谨——她无法想象他们把工作放在一旁，快乐地打包行李箱，去一个完全不必要的地方旅行。事实上，她现在开始怀疑，或许是头一次有这种怀疑：他们有没有谁会单纯为了好玩而去做什么事？

她也不记得姑父和姑姑休过假。他们和姑姑曾度过安静的夜晚，两人也有长途兜风，因为杰克要经营车库，所以从来没有机会关店，除非是重大节日。除了有客人的汽车要修，还总会有别的东西需要维修和处理，要不就是需要做账，要不就是某个雇员打电话来请病假。鉴于他们没有很多存款可以坐吃山空，所以姑父更倾向于为小家做赚钱的事，而不是花钱。

她长大后，同学们会讨论暑假、圣诞假期去滑雪的事，她并不嫉妒。这就像在讨论骑羊驼来上学，或者说方言一样。有趣是有趣，但她不会作为选择来考虑。所以当莱恩在她24岁生日那个周末带她去圣地亚哥给她惊喜时，她全程一直有负罪感，就好像她本该做些更有成效的事情。

隔着窗户，她听到走廊尽头的一扇门打开又关上。然后，稍微远一点的地方响起敲门声，有人应门，听到含混不清的声音在用英语和西班牙语交流。选择很简单。她在家里能做什么有成效的事呢？还不如留下来保证她的钢琴安全，还可能了解一些它的——或者父母的——往事。

她飞快地刷牙、穿衣。让她懊恼的是，格莱戈说她需要洗澡确实是对的。她真希望自己有干净的衣服。她不知道这个摄影组要去哪里，她又要跟多久，于是她收起寥寥几件东西，就没打算还要回这个房间。她任何时候想走就走。没有需要分配打包的行李，没有需要小心处理的复杂情绪。只需要上车，开去任何想去的地方，就像她和姑父以前那样，直到收拾好心情回家为止。

她来到前台背面的小休息室，正喝着咖啡时，格莱戈和两个搬运工现身了。

“早上好。”格莱戈说，看到她杯子旁的香蕉和一瓶水时点了点头。“开车回家前的干粮吗？”

“我其实想逗留一阵子。”她微微一笑。

格莱戈耸了耸肩。“随你的便。”

于是她就留下了。她很小心地保持着距离，但接下来的几天，格莱戈在死亡谷各处的不同地点拍摄博兰斯勒钢琴时，她一直紧随在后。他们从一个地方开到下一个地方时，克拉拉被国家公园的庞大深深震撼到。她估计在一千米以外的东西——一座沙丘，一块斑驳杂色的地表植被——实际上很可能有六千米远。在暴烈的正午阳光下，群山似乎被压成二维平面。夜里，黑暗奢侈地点缀着群星，看起来低得触手可摘。事物在距离上同时更近又更远，这种错觉让人产生困惑。连上方的天空似乎都不同于往日的凹陷拱顶，抬头看天更像在直视外太空。所有这些都是格莱戈相片的迷人背景。

克拉拉从没对摄影感兴趣过。那些人走到哪里眼睛都贴着取景器，而不是去看就在眼前的东西，图个什么？就为了留存一幅人造的影像？它比真实景象更加脆弱。连影集里的相片都会丢失，甚至烧掉，然后还剩什么？只剩下坍塌的残存记忆，让过往似乎更显遥远。直到现在——看着搬运工们把她的钢琴放到沙丘顶部，以巨大的盐岩为背景，放在似乎由各种口味的雪糕球组成的山坡前——她这才考虑到：一幅照片的艺术价值或许足以证明这些努力是有意义的。

大多数时间，她和格莱戈不说话。她观察他工作，他偶尔会意识到她的存在。这让她想起自己以前常跟着父亲在家里转悠，想待在他的身边，了解他多一点。她学会保持安静，完全不具任何破坏力，这样她就能好好地观察他。不过这一切都很值得，罕有的几次他会注意到她，放下他的论文，把她叫到身边吻她，跟她交谈。

搬运工们一次次地重复劳动：卸下钢琴，把它放到全地形手推车上，用绑带固定住，把它推去拍摄地点，然后卸下来，解开绑带，按照格莱戈的指示把它放在任何地方。克拉拉看他们做过几次后，对他们的手法越来越习惯。她好奇他们会不会对自己的工作感到厌倦。他们似乎对这件事不抱什么意见，只是按要求来完成任务，维持最低程度的对话，以禁欲主义式的冷漠来容忍格莱戈的要求。等他拍完后，搬运工们再全部反过来操作。然后她会加入他们的小车队，开往下一个目的地，出于某种无法解释的原因感到高兴。

第一夜，一整天的拍摄结束后，她在马路对面的杂货店买了换洗衣服。她没问格莱戈房间还能不能住，既然他没告诉她不行，她就自己拿钥匙开门进去了。随后，她洗了一个长长的澡，穿上新的死亡谷纪念T恤，连续第二晚去酒店餐厅吃饭。

迎宾小姐直接把她领到格莱戈、贝托和胡安对面的卡座，他们正在研究菜单。她滑进弧形的树脂座位里，直到自己被高背卡座遮挡住一部分，不在他们的视线以内为止。胡安坐在格莱戈的身边，稍微看了她一眼，没打招呼，继续看自己的菜单。或许格莱戈叫他们别理她。她想到自己成为冷嘲热讽的对象，又感觉到片刻的屈辱，不过看着他们——胡安和贝托在安静地闲聊，格莱戈则在全神贯注地打电话——她估计他很可能懒得跟他们亲密聊天，甚至都懒得嘲笑她。

女招待帮他们点单：搬运工们要了汉堡和橙汁苏打，格莱戈要的是全麦吞拿鱼三明治，而且面包皮要切掉，谢了——还有一杯特干伏特加马天尼加橄榄。他吃东西很吹毛求疵，挑剔厨师漏掉的一点面包皮。他喝光马天尼，用牙齿咬掉两颗穿刺在橄榄上的塑料小戟，然后竖起手指，示意女招待再来一杯。他只跟胡安和贝托讲过一次话，他们点点头，继续吃饭。看来格莱戈此行不打算建立任何友谊关系。或许他们只是暂时的盟友。克拉拉可以理解，甚至钦佩那种独立意识。

格莱戈吃完之后，把他的信用卡放在桌边，胡安和贝托狼吞虎咽地吃完剩下的食物。格莱戈啪的一声把女招待的笔摔在签名账单上起身时，克拉拉还没吃完。搬运工们擦擦嘴，把皱巴巴的餐巾丢在桌上跟着他出去，他们经过她时，没有人说一句话。

第二天和第一天差不多，第三天还是一样，至少开头差不多。他们去了两个不同的地点，开了几英里，停下来加油和吃快餐，再开车去别处。影子渐渐拉长，他们开了一段长长的下坡路，去一个叫死水潭的地方。

那个名字似乎用词不当，因为根本就没有水，只有一个浅浅的小池塘，被看似几英里的盐包围。他们开过停车场一点，从路边下去。格莱戈下车侦察这片地区，叫搬运工等着，让克拉拉惊讶的是，他示意她跟他一道。

他领她进入洼地，很久以前这里的海水已经蒸发，只留下一层白雪般的盐，盐层上是不规则的八角形裂痕和压脊。走近来看，那些就像干枯在时间里的滔滔白浪。他停在几英里以外，手揣进口袋，目光在上至山顶、下至盐滩之间游移。“你有没有过很低的感觉？”他问，声音深思熟虑，“就好像跌到了谷底。”

克拉拉对这看似承认脆弱的举动措手不及。他正踢起一层厚厚的盐壳，看起来像是远处山系的缩小版。“有啊。”她说。

“嗯，现在你真的到了谷底。”

“什么？”

“这里，”他说，“这是谷底，就在这里。这里就是美国陆地的最低点。我们是在海平面以下86米。”他看到她的表情没有一丝狡诈，但眼角似乎有一点起皱。如果他们是朋友——如果他是彼得的话——她会哈哈大笑，或许会开玩笑地打他的胳膊一拳。就算她觉得这个玩笑不赖，她还是不想让自己的警惕性降得太低。

“那从这里开始就只能往上了。”她说，在模仿他的冷笑话。

他显然在玩味这句话，过了一会儿，他点点头。“或许如此，”他说，“或许如此。”然后他扬起手来，对胡安和贝托做了个“我们走”的手势。

克拉拉感觉自己不那么像条丧家犬了，她觉得自己没被接纳，她看着他把他的三脚架放在相当靠近地面的地方，一边在包里乱翻，一边喃喃自语：“我的广角镜头呢？这是测光表。嗯，在这里。好了。”他蹲下来，对那条僵硬的腿很小心，然后就能透过取景器看了。他更改设置，“感光度100，光圈14，快门1.6秒。”他嘟嘟囔囔地说——然后去对焦镜头。他似乎完全沉浸在自己的工作中，但这些微小的手法却让她着迷。这让克拉拉想到自己每天相应的工作：车行、下修理坑、去掉引擎上的油塞和螺塞垫圈、让油排出、更换过滤器、替换汽油。很卑微，没错，但让人非常满足——尽管很可能让人觉得真正观赏起来很有趣。她却惊讶地发现自己非常想念手指上的机油触感，想念给挑战性的问题寻找解决方法，按部就班，井然有序。在亚力克斯后面收尾清洁，他总是弄得一团乱。想念和彼得一起工作。

格莱戈一旦开始拍摄，就不再自言自语。克拉拉认为，格莱戈或许是为了捕捉每幅图像，他需要听到自己声音以外的东西。她想起他网站上的个人简介：我记录下存在与不在，这样或许你就能看到我所听到的。克拉拉也闭上眼睛去听。有急促的风声，比前一天更加强劲，好像正把大山劈开。老鹰的汽笛般的尖叫声、相机快门的闭合声。站在他们身后的贝托划着一根火柴在点烟。她再次睁开眼睛时，太阳已经滑落山后，天空中一道道的云彩换上了橙色和紫色的红彩。浅塘里的小石子仍掩藏在阴影中，仿佛漂浮在金光粼粼的海洋里。博兰斯勒的黑色漆面在白色的盐田背景里闪烁，它的幽灵分身则在池塘里摇曳。在傍晚的光线游戏里，盐田几乎像是一片白雪覆盖的山谷。

那一晚，再次回到酒店后，格莱戈邀请她一起吃晚餐。

23

“全世界我只想待在这里。”卡佳说，一边往他身上贴得更近，一条腿搭在他的腿上，仿佛要把他困在被单里。窗户是开着的，一阵海风把窗帘吹成柔板[1]的节奏，像是黑暗中的一支慢舞。这是个新月夜，9点过后就没有光透进来了，只有床头柜上数码时钟发出的微光。这栋海滩别墅是他的一个朋友的，一个离了婚的男人，有钱却没时间，于是他们可以随时完全独享这栋房子，在过去一年半里，几乎每个周四的下午都这样，每次他们侥幸出来就尽可能多待几个小时。近来，他们一直待到天黑，渴望躺在对方怀里的时间多点。如果他从办公室出发，要开大约十千米的路，她则要开二十千米，距离算近，他们可以在床上缠绵几个小时不受打扰，还可以在海滩上散步，或者泡咖啡馆；但距离也足够远，他们不用一直担心被人看到。

“我也是，亲爱的。我们就留在这里吧。搬过来住。”

她哈哈大笑。“你要把你的书放在哪里？”

---

1 原文为意大利语音乐术语，adagio。

“嗯，我们把你的钢琴放到马路边上，让拾荒者把琴搬走，我们就有大把空间放书了。”

她假装要用巴掌拍他的胸口，他把她抱得更紧了。“好吧，书不要了。我们可以把钢琴放到厨房里。我不需要吃饭，我只要你。”

“这就好多了嘛。”她说，然后亲他。

“我们的纪念日快要到了。从我们上第一堂课到现在已经两年了。”

“你的钢琴学得太差劲了。”

“最差劲的就是我。但我是个很棒的爱人。”

“是的，当然。你是最棒的。”她轻咬他一边的肩膀。

“我爱你。”他说。

“我也爱你。”

他翻身侧躺，用手肘支撑身体。“为什么？”

“为什么[1]？”

“是的，为什么。你为什么爱我？”

“你不知道吗？”

“我知道。我只是喜欢听你说出来。”

“真是个傻男人。”

“是你的傻男人。”他说着去亲吻她的脖子，耳朵下面，那是她最敏感的地方。“讲给我听。”

她把头微微往后偏，让他吻得更加到位。“你一直继续，我就告诉你。”

他哼哼着亲吻她的皮肤，表示同意，她的鸡皮疙瘩都起来了。“我爱你一直跟我来这里，每周都是，来上我的钢琴课。”她咯咯地笑。

他舔着她的耳垂。“还有呢？”

---

1 原文为俄语，“Зачем?”

“我爱你看着我的眼睛的样子，几分钟都不眨眼。”

“我可以永远盯着你看，你太美了。还有你的手指，你触碰我的时候就像在弹斯克里亚宾或柴可夫斯基。你这么做的时候甚至浑然不觉。”

她在他的胸口弹奏斯克里亚宾降E小调序曲的头几个小节，急板[1]。她每次触碰到他的乳头，他都愉悦得抽搐一下。

“你又爱我什么呢？是什么让你一次次地回来我身边？”她问。

“你想让我用俄语还是英语告诉你？”

“英语。让我练习一下。人们说，‘枕边话’是了解习语的最好方法。”

“嗯，我们讲过很多了，不是吗？”他翻到她的身上，把她的身体压到他的下面，直到她平躺在床上。“不过，我的俄语不足以让我充分表达自己。好吧。唔，你的才华是其中之一。你每次弹琴时，可以像木偶师一样操纵我。你想让我感受什么情绪，都能奏效。我甚至都不知道你是怎么做到的。”

“那得归功于作曲家，不是我。”

“你错了。是你。”他吻她的鼻子，“然后还有交谈，我们的交流。我从没感觉可以这么自由地跟某个人谈天、调情和开玩笑。”他停顿了一下。他们两人都知道，他指的那个“某个人”，是他的妻子。“但跟你一起，我可以打开自己。我们可以谈论……肉体之爱的机理。你在这方面把我完全打开。而且我爱你在我热情似火的时候，那么美妙地回应我。我跟欲火中烧的人在一起过，但从来不是激情。不是发自内心的疯狂，不像你我这样。你理解吗？”

她没有完全理解，也不能理解他的这些精妙语言。他俯视她的样

1 原文为意大利语音乐术语，presto。

子，就好像他会保护她、关爱她一样，这就足够了。“嗯。”她说。

“跟你在一起一切都这么简单，太疯狂了。就像现在这样，在床上可以连续待上几个小时。我觉得自己从没跟任何人赤身裸体待在一起超过一个小时，总有一个人会拿起一本书，或者打开电视，或者离开，或者直接睡着。你有过吗？”

她想起她跟米哈伊共度的第一个下午，在他的小公寓里，一直做爱直到外面的天黑下来，那是二十一年前的事。随着他们开始慢慢了解彼此，后来也有过那样的几天——又或许是几周，记不清了——但他是工程师的性情，而不是个情人。他被例行公事和效率吸引，做爱很快变成了列表上另一件打钩做完的事情。他们到底有没有相爱过？她认为没有。他们只是屈从于合理性与实用性。

卡佳把手放在他的心口。“不，我的爱人。没有像这样过。”

“我想一直跟你在一起。”他说。

“我也想跟你在一起。”

然后他坐起来，打开台灯。他的暗红色头发乱糟糟的，白天的胡楂也开始冒头，在灯光里闪耀着银色。她自己的深色头发也开始变灰，几缕头发散落下来。她最近问过他，他觉得她应不应该染发，他说不想让她为了他那么做。他说他爱看着她的发色变化，他想一直看到她的头发变白，看到她的手背上青筋暴露，乳房下垂到腰间。他说只要他能一直在旁见证，就不在意岁月在她身上留下任何痕迹。“我说真的，卡佳。已经两年了。我们知道为什么彼此相爱，那么我们什么时候才能为了在一起，走出必要的一步？”

她也坐起来，把枕头拍软，来支撑自己的腰部。然后她对他微笑。“我们要怎么做，嗯？我们确实彼此相爱，但你真的要离开你的妻子吗？你真的想接受我的儿子吗？这么安排的话，有太多复杂的事情要处理了。”

他没有犹豫。“是的！我当然会接受他。我一直都说我愿意。”

她摇摇头。“那你的妻子呢？”

“你记得我告诉过你，我同事看到她在校外跟一个研究生在一起吧？”

她点点头。

“我认为她在跟他见面，就是在约会。你懂我的意思吗？”

“他们有婚外情？”

“我认为有，是的。她的表现一直很奇怪。好吧，她这个人一直都很奇怪。但近来似乎更加不一样。她比往常更加心不在焉，看起来又不太像在生气。我也不知道——如果她真跟别人有暧昧，那就太好了。”

“如果她真有的话，你难道不会心烦吗？”

他停顿了一下。“好吧，我没有多少余地来批评她，不是吗？我宁愿自己这么想，她跟别人在一起更开心。那样会让我少一点内疚。”

卡佳想到，自从他们开始幽会，两人讲过那么多的谎话，他们从家庭转移出精力，就为了每周偷出这几个小时待在一起。白天的电话还算好应付，若要为他们关系的肉体方面寻找时机并且保密，就需要时刻保持警惕和费尽心机。她有时也会感觉内疚，但没有她害怕的那么内疚。她很久以前就这么决定了，米哈伊活该被她背叛。然而她讨厌向儿子撒谎，假装每个周四下午要开车去市中心，假装在兼职工作，去长老会教堂里参加成人圣坛唱诗班的排练。他快16岁了，既聪明又多疑。当他问她为什么要为合唱队的排练弹奏，却从来不参加常规的教会礼拜时，她开始在每隔一个周日的早晨也溜出去几个小时。有时，如果她爱的人没法去小别墅与她相会，她还真的会去教堂，尽管她对宗教和上帝都没兴趣。但这无法平息她的愧疚，不过她收集了足够多的细节，这样如果儿子哪天向她问起的话，她就可以描述出来。

“两年后，”她说，“格力戈里会高中毕业，很可能要去读大学。到时我就能离开米哈伊。”

“再过两年。”他说，仿佛被判了死刑。

“没有很久的。这给了我们时间来编个故事告诉孩子们，还有决定我们要住在哪里。对吧？”她把手放在他两边的脸颊上，去摸索他浅棕色的眼睛。她的拇指抚过他紫色胎记的粗糙皮肤，她爱这个胎记，出于她不需要理解的原因。“我儿子现在还在家里，我没法离开。我需要在那里。但等他18岁时，就会没事了。他就长大了，可以照顾好自己了。你理解我吗？”

他叹了口气，然后靠过来吻她。“我理解。我虽然不喜欢，但我理解。”

他的电话在地板上的衣服堆里响了。“糟了。”他说。尽管成本过高，他还是买了一部手机，这样就能在任何地点都能接到妻子的电话，而不用让她知道他在哪里。他提过要为卡佳也买一部手机，但她不需要。米哈伊从没想过要查她的岗，如果她要找儿子，就会用付费电话打电话。假装唱诗班排练和表演有钱拿已经足够有挑战性了，解释自己怎么搞到额外的钱来买一部最新款手机简直是不可能的事。

“我很快讲完。”他说。他前脚关上身后的浴室门，后脚马上掀开手机盖。“我刚开完一个晚餐会议。”她听到他脱口而出。

卡佳在床上伸伸懒腰，感觉自己像只满意的猫。早期有段时间，他们一整天都待在酒店里，做爱，在凌乱的床单上野餐，用纸杯喝起泡酒。他们不知不觉待到很晚，他会突然恐慌起来。万一他的妻子担心怎么办？或者起了疑心呢？她的丈夫在工作，儿子跟学校去郊游了，所以她不用跟谁解释自己为什么不在家。但他拨打家里的电话号码时都会颤抖，他妻子接电话时，他表现得十分牵挂和亲热。他的额头冒出汗珠，脸颊也开始泛红。他讲话时一只手遮住嘴巴，但卡佳就紧挨着他。她听着他编这一天的谎话，做些虚假的保证，对话的最后，他告诉妻子他爱她。听起来没有真心，更像是条件反射，就和美国人问“你好吗”当作问候，却不在乎对方的回答一样。之后，他都无法直视她。“我很抱歉要让你听到那些话，”他说，“我以前从没做过这样的事。我恐怕不是个很让人信服的骗子。”

这对卡佳来说很新鲜。包括撒谎，给丈夫戴绿帽，挪用陪伴儿子的时间。但跟他在一起——被他爱着——是她内在抑郁症的唯一的临时解药，自从离开列宁格勒以后，抑郁已经腐蚀她多年。她恋爱了，真的。然而与他一起时的喜悦并没有完全根除她的那种感觉，医生暗示过那可能是抑郁症，她还是能强烈地感觉到它，尤其在他们不得不离开对方，回归自己的家庭时。她好奇他们如果能公开在一起，如果他们无须说谎，她会不会更加开心。或许某一天他们会知道，尽管在此期间，她愿意忍受一切，包括见证爱人的口是心非。没想到习惯这件事出人意料的容易。

现在，她几乎完全不为所动。

24

“你明天想不想跟我们一道。”格莱戈吃完饭后问她。

她不确定是什么导致这种态度转变，尽管她很享受有他陪伴共进晚餐，还是保持怀疑态度。“为什么？”她问。

“要开很长的一段路。我何不带个机修工一道呢？你不是告诉过我，我应该带上你吗？”

她看向别处，抿了一口她的啤酒。

“克拉拉。”他大笑着说。

她感觉双颊发热，扭过脸去不看他，不过餐厅里的灯光不够暗，她无法掩饰自己的尴尬。

“对不起，”他说，“克拉拉，看着我。拜托。”

她深吸一口气，暗骂自己怎么这么容易被耍弄，然后面对他。

他直视她。“真的对不起，”他说，“我不是故意要伤害你的感情。”

“你没有伤到我。”她说。然后她抹了把嘴，把皱巴巴的餐巾纸丢在盘子里站起来。“谢谢你的晚餐。明早见。”

“早上好，”格莱戈说。“我们休战吧？”他递给她一杯咖啡，她却盯着杯盖的下面看。“我是按你的口味买的。”他笑着说，然后转向搬运工们，“我们最好现在就上路。这一天会很长。”她跟着他们走进停车场。

格莱戈跟贝托走向友好公司的搬运卡车，一边在地图上指出什么。克拉拉走向她的车时，格莱戈喊道，“如果你愿意的话，可以坐我的车”。

她惊讶地意识到自己确实愿意。与其说她享受他的存在，不如说她被这个提议的复杂性吸引：他炽烈的眼神，神秘的跛脚姿态，似乎邀请她进入其实却在把她推开的方式。

“要开很长的一段路，”他说，“大概120千米，但路面其实很差，所以单程就要开4个小时左右。没必要开三辆车。不过当然啦，你怎么舒服就怎么做。”然后他的注意力回到地图上。

跟格莱戈在同一辆车里待8个小时？好吧，那很有趣。“当然，”她说，“给我1分钟。我要从我的车里拿点东西出来。”

她刚满17岁时，买了自己的第一辆车——是她和姑父修好的一辆老破车——他给它配备了万能急救包，然后警告她开车上路之前，永远要做好在酷热和极寒的条件下不得不在路上生活几天的准备。“你永远不知道自己或是别人什么时候会遇到麻烦。”他说。所以她一直备好水、谷物棒、保温毯、镁点火器、灭火器、旧毛巾、急救箱、防晒霜、墨镜和润唇膏，加上一箱工具。至少杰克会赞许她带上工具箱和路边应急包的举动。在荒无人烟的地方与三个男人独处或许也是冒险，但她不愿跟自然环境对赌。

“你有备胎的，对吧？”

“有。”

“友好卡车也有？”

“是的，亲爱的。”

“只是例行检查。”她说着，啪地打开他的SUV后备厢。她注意到里面有一罐20升的水和一个便携式小冰箱，跟他的摄影器材放在一起，她把自己的东西装进去时尽量不弄乱它们。

“里面有晚饭的餐点，”格莱戈说，“还有零食。哦，我还给他俩买了六罐装的啤酒，我们两个喝红酒。”他挑起一边的眉毛微笑。“你看我们还需要别的什么吗？”

她不知不觉地微笑回应。想到要跟一个有趣——又暴躁的——男人在沙漠里野餐和喝红酒，似乎很稀奇。她耸了耸肩。“我猜没有了。”

“那我们走吧。”他说，然后坐进司机的驾驶座。

对克拉拉来说，死亡谷的一切似乎都是极致，但到目前为止，公园北部那个180米深、800米宽的优比喜比火山口是最震撼的：颜色与纹理的组合简直超脱尘世。在火山口的底部，粉棕色的泥滩就像干涸的湖泊。其间，一层层彩色的砂岩和其他沉积物被几百万年的岩屑雕琢，岩屑一直流到暴露在外的红橙色基岩上，在黑色的火山地貌上以扇形发散成一道道沟壑。

克拉拉站在海拔800米高的火山口边缘，不得不两腿交错来站稳，一条在前一条在后，以防在强劲的大风里被吹下去，风已经吹乱了天上的一朵朵云。

“miren[1]，”他对搬运工们喊道，一边指向火山口东南边缘的最低点。

1 西班牙语，“你们看”。

贝托回答他，“si[1]”。

“我需要你们绕火山口一圈，把钢琴搬到对面去”他的手一挥，横扫北边的山脊，“然后你们在我们的正对面把钢琴卸下来。Me entienden？[2]那就行，好了。听着，你们很可能要在松软的地面上行走1.5千米，而且风力会非常大。你们把琴运到那里之后，需要把它扶稳。尽可能把琴放在靠近边缘的地方，之后，你们必须躺在钢琴的背后，两个人都是，还是要扶住它。用上绑带不用拆下来。离得这么远，在相片里看不到。而且考虑到岩壁有角度，我很可能连琴腿都看不到。喏，拿上对讲机。我会跟你们讲怎么做的。”

“我可以跟他们一起去。”克拉拉说，她无法掩饰自己的担忧。阵风太过强劲，而且她太了解这架钢琴失去平衡时能有多么不稳定。只是想一想，她的手都疼。

“克拉拉，不用担心。如果我不信任他们的话，也不会冒这个险，”格莱戈说，“我跟你说过，他们以前为我一个哥儿们的布景设计公司工作，做电影场景。你知道有个家伙从公寓大楼掉下来的那一幕场景吧？他经过每层楼时，你看到整个人生故事的那一幕？那个布景就是我哥儿们做的，还拿了奥斯卡奖。总而言之，这两个家伙不是钢琴调音师之类的，但他们知道怎么把死重的东西搬来搬去。”

胡安对她微笑。“Es……[3]真的。”他说。

他们不再废话，开始慢慢徒步环绕火山口，并尽力保持直立。在一阵特别猛烈的大风里，克拉拉觉得自己就要从站的地方跌倒了，她甩开胳膊扶住格莱戈支撑自己，一瞬间她仿佛看到这么一幕：搬运工

---

1 西班牙语，“是”。

2 西班牙语，“听懂我的话了吗”。

3 西班牙语，“是……”。

们和她的博兰斯勒被抛下火山口的边缘，一路跌跌撞撞连滚带爬，直到在180米的底部撞成碎块。她的心怦怦直跳。

“克拉拉，他们没事的。”格莱戈迎风把SUV的舱门拉开，伸手去拿他的相机包。克拉拉则站在几米开外，看着搬运工们慢慢地把钢琴倒退推着环绕火山口，两人在松软的地面上双腿打摆，像贝托的长发一样在风中被粗暴肆虐。头发那样抽打着他的眼睛，他是怎么看路的？

最后，他们终于就位。格莱戈调整他的三脚架，弯下腰透过取景器眯眼观看。他朝钢琴举起一个小装置，查看之后，更改了一些设定，再次把眼睛贴上取景器。他按下缆线末端的一个按钮，缆线跟相机相连，再次调整设定后，按下按钮。“朝你们的左边挪一点。”格莱戈对着对讲机说，搬运工们从火山口边缘的后面蹦出来，就像囊地鼠一样。“可以了，扶住。”他转过身来，一边更换镜头、改变设定和三脚架的高度，一边把镜头擦拭干净。他叫他们把钢琴偏移一个角度，他们移好，然后叫他们再次消失，他们就消失了。他工作时，克拉拉注意到他的动作行云流水。他对自己的工具有种舒适的权威感，这让她仰慕。

她盯着博兰斯勒，那是裂口对面一个闪闪发光的缩影，然后转向他。“它看起来是什么样子？”克拉拉问。

“你自己看。”格莱戈说。他蹒跚地从三脚架背后绕出来，指着取景器。“把你的眼睛对准这里。我的目的是营造出宏大的氛围。我通常会把背景推得尽可能的远，来放大钢琴，但今天的拍摄，我想展现出一个东西临渊而立时的脆弱感与危险感。你看到我是怎么构图的吧？看到上方铺展的广阔天空了吗？还有下方神秘的深邃？这就是在暗示一场潜在的灾难。你有感觉吗？”他的声音听起来很紧绷，好像对自己描述的险境很兴奋。

克拉拉忧心地看了他一眼，他再次指着取景器。“你看啊。”他催她，她把右眼贴在相机上。钢琴依然遥远，而且看起来很寂寥，没错，也很脆弱，即便她知道胡安和贝托正稳稳地把它扶住，他们躲在背面不让人看到。她在既危险又美丽的环境下端详钢琴1分钟后，左眼因为紧闭而感觉疲劳，她把相机还给格莱戈。即使风声飒飒，她仍能听到快门的咔哒声音。他的身体的其他部分完全静止。

“你为什么要这么做？”她问他。

“我为什么要那么做。”他说，眼皮都没从相机上抬起来。

“拖着我的钢琴穿过沙漠。这似乎是很大一笔开销，而且真的很棘手。更别提……提心吊胆的。我是说，我很喜欢你的想法，你想展示音乐停止时是什么样子的，但你为什么要到这里来？有那么多的地方，为什么选择死亡谷？”

他深吸一口气，然后慢慢吐出来，同时从下蹲的姿态中舒展身体。“好吧，”他说，“你这么问也很公平。”然后他把对讲机放在嘴边，低声地说，“好了，把它带回来吧。”

他把设备放回SUV里。开始拆卸设备前，他四处翻找，终于找到一个皮质文件袋递给她。“打开。”他说。

她拉开拉链，抽出一样平的东西，被裹在一块坚韧的亚麻布里，布面上印着蓝色和赭黄色的野花。她瞄了他一眼，他点头允许她继续。里面是一本精装的小相册。白色封面上仅有一幅黑白图像：奇怪的冰冻风景，有荒凉的天空，远处是山峰。

“你认出来没有？”格莱戈问。“那就是死水潭，我们昨天下午去的那个地方。”

“是哦，我现在认出来了。但地上看起来像冰，不像盐。”

“我母亲也是那么以为的。她以前说过，那看起来就像西伯利亚的冻土，她无法相信那里不冷。其实里面全是死亡谷的照片。”

克拉拉小心地打开相册。每一页只有一幅相片，是老式宝丽来照片的复刻版，有白边和微微曝光不足的暗淡乌贼墨色质地。

“这些相片里面照的都是你的妈妈吗？”

“嗯。还有我。那些是我们刚到加州后去死亡谷旅行时拍的照片，这里是扫描件。其实这是我们仅有的家庭照。大多数时候，我母亲把它们包起来，藏在一个抽屉里，但她有时候也会拿出来看。她在厨房餐桌旁一坐就是好几个小时，盯着那些照片看。原件被我放在纽约的保险箱里。这个是我做的备份。”

克拉拉审视了每一张。她认出了盐溪、麦斯奎特平地沙丘、魔鬼高尔夫球场、艺术家调色板，还有他们过去四天去过的其他几个地方。不过，她对这些图像似乎体现出的荒凉感到惊讶。事实上，尽管所有的相片都非常美丽，却有着不和谐的严酷感。

“哇，这些照片太棒了。但真的很压抑。亲自到这里来看其实漂亮多了。”

“我也同意。但她也说过，那些照片看起来就像她的内心感觉。是死的，和死亡谷的名字一样。”

“我记得你说过，这里是她最喜欢的地方。”她问，一边凑得更近去细看照片里的女人。格莱戈瞟了她一眼，抬头纹出来了。“是周日，在赌场的停车场。你就是那么说的。”

他双唇紧闭。“好吧。嗯，我觉得我应该是在说风凉话。据我所知，她只是来过这里……两次。”他摇摇头，仿佛想摆脱一个想法。“当我还是个婴儿的时候，我们就离开了俄国，我认为这改变了她。可看她那么不开心，我很肯定还有别的原因，真正的抑郁症之类的。她以前常说，她悲伤是因为不得不把她的博兰斯勒留在俄国。”他用一只手抹了一把脸。“最后琴被运来了，但在那之前，那些相片就像她的恋物癖。她说那些远景看起来那么贫瘠，那是因为里面没有音乐。她甚至还为它编了个故事，是关于一个住在西伯利亚的小女孩，名叫萨莎。里面的每个人都悲惨寒冷，直到有人送给萨莎一架钢琴。因为她弹琴的时候，冰雪融化，整个景观开始变化。但之后发生了可怕的事情，糟糕的婚姻，嫉妒的商人之类的，最后，钢琴被毁掉，冻土回归，萨莎被冻在自己眼泪凝结的棺材里。"

"好可怕！"克拉拉说。

格莱戈嘘了口气。"我喜欢那个故事。如果我当时意识到，我母亲就是那个小女孩的话，我很可能不会让她经常给我复述那个故事。我们当时在洛杉矶，那是她待过的最温暖的地方，但她的内心却冷若冰霜。"

"就算她拿回钢琴以后也是这样吗？"

"我猜我们不是非常快乐的一家人，"他耸耸肩膀，"有些时候她看起来还好，但快乐对她来说似乎，我也不知道……不堪一击。或许对每个人来说都是，只是程度不同。"

就在克拉拉小心翼翼地把相册重新包进亚麻布里递还给他时，两个骑手骑着一辆胜利摩托车在小径起点停下。他们下车，大长腿跨过摩托车的庞大油箱，然后摘下头盔。女人甩甩头发，男人把手套放进后尾厢。他们手拉手走向火山口的边缘时，风尘仆仆的皮衣嘎吱作响，两人逆风走得很远，没有跟附近的任何人问好。克拉拉羡慕地看着这部胜利机车。它体形庞大，甚至比博兰斯勒更大、更闪亮。即使它静止不动，看起来也像个随时准备打一架的街头霸王，仿佛想绝尘而去，翱翔在柏油路面的上空。她多么渴望纵身翻上去，骑着它气势汹汹地咆哮着驶向新生活。但只是看着它，她都能感觉到引擎的扭矩对肘部形成的张力，五脏六腑里的速度感。然后她再次瞄了一眼那对情侣。他们的快乐看起来并不脆弱。他们紧贴在一起站着，女人向后靠在男人的胸膛上，男人则用双臂搂着她。克拉拉看向别处，但还会断断续续地偷看他们几眼，看到他们指着火山口对面那架奇迹般存在的钢琴，它正被推着在火山口的边缘绕行。风把他们的话音拉近，听起来很亲密。“站在这里，看到这样的画面让我想要相信上帝。”女人用断尾清晰的英式口音说。男人用手托住她的胸部，亲吻她的脖子作为回应。她哈哈大笑。他们开始走下火山口西沿内部一条陡峭的路线。

“你呢？”格莱戈放倒三脚架，问克拉拉，“你相信上帝吗？”

“我不知道，”她告诉他，“不太信。你呢？”

“当然不信，”他嗤之以鼻。“每当有人谈论上帝时，我听到的都是他们自己标榜的狂热主义、教条主义、精英主义和偏执狂。不过是找个借口感觉在道德上比别人优越。不用了，谢谢。”

“那是宗教，不是神。”她想起姑父在一个周日早晨跟她讲过的话。他们当时拐下杂草高速公路，开上一条泥土林道，经过几座电视天线塔和微波中继塔，最后来到一道门前。最后的几百米，他们不得不徒步，但等他们来到布雷肯里奇瞭望塔时，杰克把手插进口袋，审视下方红杉国家森林公园的山坡。他看着她微笑。“我很高兴今天能来做礼拜。”他说。

格莱戈从相机机身拧下长焦镜头时，提起一边的肩膀。“都是一回事，”他说，“狂热信徒、杀人犯和政客都拿那个想象中的朋友编造的规矩来证明自己的行为合理。还有那些运动员！他们最爱在赛后采访时指着天空说什么‘楼上的老大在帮我盯着’之类的屁话。他们真的能相信那些鬼话吗？真以为自己那么优越，可以把上帝的注意力从其他队伍那里吸引过来？那其他人又该怎么想呢，嗯？如果他们也相信那一套，那他们就得说，‘哦，这都是上帝计划的一部分’或者之类的废话。为什么从来没有人说，因为全队的人都很努力，或者只是运气好？为什么就必须是某个神圣计划的一部分？”

克拉拉被他的敌对情绪吓了一跳，他苍白的脸颊绽放成猩红色，她感觉既要平息他的愤怒，也需要捍卫一个更加中立的立场。“好吧，那火山口怎么说？还有我们背后那些看起来像是绵羊在吃草的奇怪灌木丛？还有天上那只鹰？所有的神秘都怎么解释？如果没有大计划的话。”

“或许那只鹰就是神。在帮我们盯着。”他指着天空，然后挥挥手，“嘿，上面的老大！我感恩一切，行了吧？”

“你这人怎么回事？”克拉拉说。他放下相机，用手抱头，然后手从脸上滑下来，仿佛在抹掉什么东西一样。

“对不起，”他说，“我原本不想反应过激，只不过我这一辈子遇到过太多次这样的事，很明显我不会赢得任何比赛。你懂我的意思吧？”

她父母去世后的那天早上，她在朋友的家里醒来，记得自己做了一个梦：她当时穿着一件闪闪发亮的蓝色紧身衣，跳跃过弹簧地面，地上覆盖着厚厚一层粉末状的白色沉积物，就像月球的表面。每一次跳跃，她都获得更多的空气，在身后留下间距很宽的脚印。观众、评委和其他体操运动员爆发出咆哮声，声音合并成有节奏的吟唱，在呼喊她的名字：克拉——拉！克拉——拉！她微笑着最后一跳，跳得那么高，以至于要彻底脱离地心引力，从一个世界解脱，进入另一个世界，穿着紧身衣的她像星星一般闪烁。泰贝莎的母亲摇晃着她的胳膊低语时，脸色悲痛，“克拉拉，克拉拉，醒一醒。发生了一件可怕的事情。着火了”。

她把凝视的目光落在火山口底部月球般的淤泥上，然后视线沿着参差不齐的山墙上移，来到正缓慢朝他们移动的博兰斯勒身上。那只鹰还在附近飞吗？不，它飞走了。天空是一片震撼的蓝，除了几朵云彩，空无一物。

“嗯，”她说，“我懂你的意思。”

“你问我为什么要在这里拍摄这些照片，”他说，“我这么做是因为，我母亲第二次来死亡谷的时候，她在这里自杀了。”他耸了耸肩。“我很想她。”

25

“格里沙？”卡佳敲他的壁橱门，“你父亲回家了。出来跟我们吃晚饭。”

“对不起，妈妈。我现在不能出来。”

“那就尽快，好吧？”他听出了她的迟疑，注意到她声音里的失望。

“等我做完吧。”他叹了口气。他确实想跟母亲一起吃饭。但他只想跟她一起。

他现在是个大人了，是一个刚毕业的高中生，格莱戈——他宣布说不想再被叫成格力戈里——已经养成习惯。他常在父亲下班回家前走进自己的房间。因为他无法忍受，看着米哈伊在破旧的安乐椅上瘫成一堆，一边对母亲粗鲁地呼喝，嘴里一边漏出食物残渣，掉在山一般的肚皮上。米哈伊回家在客厅里摆出刻薄的姿态之后，格莱戈就会整晚待在他在自己壁橱里搭设的暗房里。他想去别的地方读一所好大学，去学习摄影。不过他害怕这就意味着抛弃母亲，于是他在离家不远的社区大学就读，为了给自己争取一些时间，未采取大的行动。

他上高二的时候，买下自己的第一部好相机：一部尼康F70。这是他用六个月时间，从父亲钱包里偷的钱买的。一开始，相机不过是他用来抵御身边社交旋涡的盾牌。在学校里，每当他因为残酷的高年级学生和了无兴趣的女生感到尴尬时，他就会红着脸躲到相机后面。但没过多久，随着他的眼光练得越来越敏锐，摄影对于他远不止自己与别人之间的一道屏障。他在一个订制式的照片实验室做兼职，尽可能多学习，同时也在攒钱买更多的器材。不工作也不用上学的空闲下午，他会去峡谷里徒步，同时练习拍照的技术——玩景深、透视、升降运动、曝光和失真。

除去风景之外，他最喜爱的题材就是她的手，尤其是她弹钢琴的时候，纤细的手指横跨一个八度。他也喜欢在她弹琴时拍摄博兰斯勒赤裸裸的内部，虚掉的音锤和琴弦，它们把她的音乐转译成意象。他母亲的快乐似乎踌躇不定，在一定条件下才能达到，但她在琴键边时似乎最像自己。近年来，他们两人之间的牵绊稀薄得可怕——格莱戈担心自己现在已经长大成人，她会认为他不那么需要她了；不是的，他现在越发需要她，但不知道如何说出口。他只能给她拍照。他觉得如果不把她创作音乐的瞬间捕捉下来，如果他不把那些瞬间变成真实的东西，变成自己的东西，它们或许会消失。之后他还拥有她的什么呢?

他在壁橱里一盏特制的红灯下执行一个个步骤：冲洗、停下、修整。然后，他把湿药水纸挂在冲洗盘上方的一根晒衣绳上晾干，看着图像显现。他使用相机时感觉自己很强大，做的是胜利者的事情——曝光与捕捉。在音乐上，你需要太多的放下；在摄影方面，他却可以贪婪地获取拍摄的事物，就像个收藏家、掠夺者或者小偷。钢琴给予；摄影师索取。

格莱戈能听到父亲在另一个房间里大骂她。即使房门紧闭着，父亲声音里的愤怒也很明显。这次又怎么了？他的晚饭凉了吗？母亲忘记买伏特加了吗？还是她又在钢琴边坐得太久了，没有陪他坐在黑暗里，看他一边喝酒，一边盯着他看不懂的美国情景喜剧？

不，这次是别的事——听起来比平时更糟。米哈伊的声音沙哑爆裂。相片还泡在化学药水里，格莱戈就把壁橱门打开了，这已经够糟的了，它们一见光马上毁了，但他还是在门边迟疑着。他早就了解，如果父母吵架时他不介入，对母亲也许会更好，但当他听到米哈伊用英语尖叫“你这个婊子！”时，格莱戈朝她跑去。

“你他妈的婊子！你凭什么这么对我？我为了你做了这么多！”米哈伊面红耳赤地逼近，对她抖着一沓皱巴巴的信纸。卡佳恐惧地后退避开他，躲到钢琴后面保护自己。

“这是什么？嗯？这件事持续多长时间了？他甚至不签上名字！怎么着，以为等我发现这封写着‘我爱你’的信时，不会注意到我老婆是个婊子吗？”他看着信尾，用嘲弄的声音读出来，“‘我爱你’”我爱你？有人对我的老婆说‘我爱你’？除了我，不该有人爱你！”他一拳狠狠地砸在乌木琴箱上，连钢琴都在硬木地板上弹了一下。

“不要，米沙！停下！不是你想的那样！”卡佳尖叫起来，挥舞着纤细的胳膊。米哈伊再次握起拳头时，格莱戈把她抱住。

“多久了？嗯？”

“妈妈！”格莱戈叫嚷着，试图在父亲的下一拳落下前把她拉走。他从没见父亲这么愤怒过。

“什么事都没有，米沙！求你了，住手！”

“没有事的话，他这封信为什么会在你抽屉的衣服下面？我认为你一定是把它像埋藏的宝贝一样收起来，所以你不能跟我说什么事都没有！”

“我给你倒杯酒。做点吃的。我会解释的。没有什么好嫉妒的，只是一个感情糊涂的年轻学生——"

"我把你带来美国，每天让你晒到阳光，不用排队就顿顿有肉吃。我每天工作这么多个小时，夜里我做梦梦到的都是那辆该死的士的黄颜色。可你呢，你都做了什么？你整天弹你的钢琴，要不就是教别人弹你的钢琴，之后你还给他们开小灶，是不是？你有没有在我的床上睡过那个罗密欧？"

卡佳的眼睛因为恐惧瞪得很大，眼底很干，连眼泪都害怕得不敢掉下来。

"你想知道我看到这封信时是什么感觉吗？叶卡捷琳娜？这么些年我为了你做了这么多。就是这样的感觉！"米哈伊面红耳赤，因为领口太紧，脖颈血管喷张。他转身从壁炉上拽下火钳——火钳是装饰用的，他们在洛杉矶从来没必要生火——把它敲在钢琴的琴身顶上。

博兰斯勒用破碎的嘎啦声回应着，但仍然稳坐不动。

"住手，米沙！求你了！"卡佳求他，她任由儿子抱着她的胳膊把她拖走。"你不理解。"

"我不理解什么？你是想让我揍你吗？那有什么用呢？那样你是没感觉的。"米哈伊压低声音开始咆哮，"我要像你敲碎我的心一样敲碎你的钢琴。那样你就知道痛了。"他用两只手把火钳举过头顶，就像个即将砍倒树木的伐木工人。

格莱戈放开母亲，一个箭步朝他冲去，用自己的粗壮胳膊扣住父亲的壮实手臂。他继承了母亲的激情，但在体格上，他是米哈伊的强壮青少年版。他没能阻挡那一击，但他缓和了它。火钳本来会把琴箱砸成碎片，现在只留下一个生硬的凹痕。它负伤了，但不至死。

米哈伊转过身来，把过早变得阴冷的目光锁定在儿子身上，他的眼睛因为暴怒而湿润。格莱戈记不起上一次父亲出于何种原因这样直视他是什么时候了，父亲激动而强烈的凝视让他想到一头狩猎的狼。

"不要啊！"卡佳尖叫起来。

"你要保护你的母亲，是不是？"米哈伊蹒跚缓慢地走向他，声音压成恐怖的男低音[1]，"你这孩子啊。蠢孩子，既想当大人，又想吸妈妈的奶头。"

格莱戈决定要用气势与父亲对抗，当父亲一脸愤怒地高举火钳朝他逼近时，他努力不退缩。即便膀胱不争气，牛仔裤都尿湿了，他还是一动不动。然后，米哈伊作为一个开始衰老又过胖的酒鬼，竟开始用难以置信的速度和力气残酷地棒打儿子的左腿。母亲在尖叫，格莱戈失去了意识。

在未来的几年里，格莱戈会反复回到当时那个瞬间，每次都想用意念让年幼的自己闪开，拉起母亲的手逃跑。但是，当然，他永远做不到。反之，父亲、火钳与客厅里回荡的敲碎他股骨的那一下子声音，就像一颗锋利的石子，永远硌在他的鞋里。他只能跛脚行走，把疼痛降到最低。

1 原文为意大利语音乐术语，basso profundo。

26

他们离开优比喜比火山口后，格莱戈又退回忧郁的沉默状态。她想了解更多，但又不想强行打扰。根据她这几天对他的了解，已经得出结论：他的情绪与他们开车通过的沙漠一样难以预测，就像等待风暴过去一样，你得相信云开雾散之后会有太阳。

他们转弯向南，开始上坡，平坦的铺面道路让位给土路。他们在惊人舒适的沉默中开过几千米后，经过一个路牌，上面推荐开始使用四轮驱动。道路看起来没那么吃力，但克拉拉留意到这句警告。

“搬运卡车没有四驱系统。”她说。

“它当然有。”格莱戈说。

“不，没有。搬运卡车都没有。而且地隙还很低。路况会变得糟糕？”

“我听说会很颠簸，不过要到开过茶壶路口后的最后十二千米才特别糟糕。这里到那里之间的路段还可以。据说公园的这一片昨天下过暴雨，但没有路段被冲坏。我们慢慢开就好。”

克拉拉拿起格莱戈带来的国家公园管理局的死亡谷边远地区道

路图，看看他们在哪里。他已经圈出了十几个地标——想必是打算拍摄钢琴的地方，他们已经去过其中的几个地方。她找到优比喜比火山口，沿着路线把手指移向下一个目的地。根据图例，沿着赛马场山谷路的四十三千米是“高地隙”道路，因为路面砾石松散、搓衣板一样高低不平，还有石块。她读出声来：“这条路上经常爆胎，所以要确保你的标准尺寸备胎已经充好气，千斤顶的所有部件都在手边，以及轮胎表面完好。出于道路状况变化以及不定期维护问题，或许需要使用四轮驱动系统，请见张贴通知。”

“我们会没事的。”他说。

“你检查过卡车的备胎没有？确定充好气了？卡车上有千斤顶吗？不到为时已晚租车的人通常不会考虑那种事。我要是早知道要开越野路的话，就会亲自检查一遍。”

“是嘛，那为什么我就不会想到？”他看着她，提起一边的嘴角，似笑非笑。

“你大可以嘲笑我，但我们正好在一个鸟不拉屎的地方，如果爆胎的话，我都不知道怎么找人来帮我们。”

“所以才带上你啊——对不对，修理能手小姐？”

她叹了口气。“你说什么都对。”她看着窗外滚滚而过的丘陵与山脉，点缀其间的箭草丛疯长得无法无天。根据地图提示，这里就是绝地山脉。

道路在一片长草的平顶到达最高点，四处都是零星的短叶丝兰树林，三棱形的叶片成簇生长，就像苏斯博士说的奇怪结构。然而，随着海拔开始骤降，路面迅速坍塌成一片涟漪形态，他们驶过时震荡得过于厉害，克拉拉感到自己的脑子被钻进了颅骨里。

“停车。”她说。

“搞什么鬼。”格莱戈说，刹车时紧握方向盘。克拉拉猛然转身，看到搬运卡车在他们后面砰的一声急停。“我猜那就是他们说的‘颠簸’。”他补充道。

“我们得给卡车的轮胎放气，”克拉拉打开车门说，“我们的也要。”她走到后面拿工具。

“什么？为什么？”

“如果我们把轮胎的气放到40psi[1]，胎面就足够平，可以适应路面，”她说，“这样可以开得更稳一点，也可以让钢琴不要弹来弹去。但我们得慢慢开。”

“那我们要怎么再给轮胎打气？”

“我带了打气筒，”克拉拉举起它微笑，同时享受一下片刻的洗脱冤屈的感觉。“我来搞轮胎的事，你去检查一下钢琴。还好你不是带它来开演奏会的，就算它之前没走音，这么一折腾肯定完全走音了。”

她工作时，胡安和贝托靠在卡车上大口吸烟。她蹲下来拧开第一个阀门时，胡安对她点点下巴，以示战斗友谊。她也点点下巴——在她证明自己也有蓝领专业技术之后，他似乎对她多了一分敬意，把她看成同道中人。“Le ayudo?”[2]他问。

“我应付得来。”她说。他点点头。

她做完后正把工具放回格莱戈的车里时，电话在口袋里响了。她看也不看，就知道是彼得打来的。“我得接这个电话。”她告诉格莱戈，然后走下公路，在这几千米的广阔地带里找到一点隐私。

“嘿。”她对着电话说。

“嘿你个头，”彼得用他缓慢低沉的声音说，“我不想打扰你，

1 Pounds per square inch，磅力每平方英寸，英制压强单位，定义为1磅力在1平方英寸面积所产生的压强。

2 原文为西班牙语，“需要我帮你吗”。

只是想看看你是不是没事。”

“我没事，”她笑了，“谢谢你查岗。你怎么样？”

“我？哦，我很好。这个星期三算忙的。”她看看表，快到中午了。他的母亲马上就要开始打开食物包裹，坚持让他们停下手里的活儿，吃点东西。“再等一分钟，妈。”他经常会这样说。克拉拉能听到背景里熟悉的车库声音：车轮螺母被铆钉枪拧开的气动声，泰迪的大笑，还有莱柯音乐。“上周日古蒂500赛车比赛，”彼得继续说，“我不知道你看了没有。”

“没有，我没看。”她甚至想都没想到。她和彼得之前计划一起看的。“詹森赢了吗？”

“嗯。基本上雄霸整场比赛。布施第二，卡内第三。我就猜詹森会赢，但你永远猜不到结局，不是吗？”

克拉拉点点头。她回头看SUV，格莱戈正在看地图，一只手插在裤兜里。“对不起，我错过了。”

“没关系。我没收到你的消息，就猜你应该赶不回来了。但还是给你留了位置，以防万一。”

她想象彼得坐在他父母的沙发上，一边看比赛，一边护着他身边承诺过的位置，胳膊搭在沙发的靠背上。泰迪或者艾利克斯可能会飘过来，坐下，他会说，“不能坐那里。那是给克拉拉留的。她随时会过来”。他很少约会，尽管她知道，如果他给谁一次机会的话，任何理智的单身女人都会轻易为他沦陷。她见过几个女人曾做出尝试。她想象自己如果真的走进那扇门，他的脸上会是什么表情，她心里的结缩紧了。他会瞪圆双眼，嘴唇张大咧开，流露出他的高兴。然后，因为他了解她，不想把她吓跑，他会尽力掩饰，尽力假装只是很高兴有个哥儿们一起看电视。

“克拉拉？”

“对不起，我在呢。”她一边应着，一边收回飘远的思绪。她还是有一点感觉不爽，因为之前是他很爽快地鼓励她把钢琴卖给格莱戈。

“话说回来。你到底在哪儿呢？周日我没有你的消息，开始担心，昨晚我也路过你的公寓。看起来你不在家。”

她可以骗他说自己决定休几天假，在拉斯维加斯的赌场试试运气。要不然她可以解释说，格莱戈原来是个很有趣的人，人非常好，他邀请她一道帮忙拍照，这倒不完全是个谎话。不行，彼得很可能还是会担心，肯定也会有一点点嫉妒。她想到了之前告诉他自己要去约会时，他脸色一沉的样子，就更别提她告诉他自己要搬去跟莱恩同居，他的脸部肌肉一抽的样子了。

她叹了口气。彼得太了解她了，不会相信她在赌场。她唯一愿意接受的赌博就是尝试不熟悉的希腊食物。即使搬去跟莱恩同居都不算冒险：她甚至没有足够的资本在赌桌上多坐一会儿。“我还在死亡谷。”

漫长的停顿之后，他说：“克拉拉。”

“我知道。”她说。她能看到他闭上眼睛摇头的画面。“你什么都不必说。这很疯狂，也很冲动，我不该这么做，但我停不下来。你记得我说过，我的钢琴很罕有吧？原来这个家伙，就是格莱戈，他的母亲曾经是它的主人。你能相信吗？然后她居然在这里自杀了。还能比这更混乱吗？好吧，或许也不算混乱——他没说她为什么自杀。我觉得他不想谈这件事，我也不确定他对我留在这里是什么感觉，但我只是觉得我必须留下，再多待一小会儿。”

“你不需要——”

“彼得，我知道你想保护我。我知道你觉得我来这里很傻。本来可以把钢琴卖给他就一了百了的，而我却让他租琴。妈的，我也觉得自己很傻，但理由截然相反。我无法相信，我竟然能让这个陪伴我这么多年的该死的东西离开，”她说，深吸了一口气，“我恨它，但我需要它。我希望你能理解。这是我唯一重要的东西。而现在这里有个人跟它有联系……"

"克拉拉，你打断了我的话，"彼得说，但没有责备的意思，"我是想说，你不用跟我解释。我懂。"

"你真的懂？"

"好吧，我并不完全懂。但我相当了解你，我觉得。如果你需要在那里，或者干点别的什么，你做就好了。我不是说我想让你那么做，但我也不会劝你不要做。"

她想起他在黑暗里站在她家的门阶上，手里拎着小型取暖器的样子。他多么善良，多么体贴。"谢谢你，"她静静地说，"我很感激。"店里有人来打扰他，很可能是泰迪，彼得低声说了几句回答。"你没发火，我有点惊讶。"他回来时，她说。

"发火？克拉拉，我是你朋友。不是你的父亲。"然后，他几乎立刻改口，"妈的，对不起。我不是有意那么说的。"

"没关系。"

"不，有关系。对不起。"

"我只是很高兴你没发火。如果你发火的话，我会讨厌你。"

"我没有，行了吧？"他的声音很严肃，"但听着，你要小心。你是很坚强没错，但是要提防那个家伙。我甚至都不认识他，就已经不喜欢他了。"

克拉拉想到格莱戈冷若冰霜的举止，一瘸一拐的样子，她喷出小小的一口气，几乎是在笑。他就是得克萨斯州出生的姑父口中"牛仔帽戴得跟真的一样，却套不着牛"的那种人。反正没有威胁。"我会小心的，"她说，"我保证。哦还有，我们这周日肯定能一起看沃斯堡的比赛。"

挂断电话后，她漫步回到搬运卡车旁，格莱戈正在说明他们去赛马场盐湖剩下的路程，手指在地图上划出路线。贝托点点头，格莱戈合上地图。他转过身时注意到克拉拉，一瘸一拐地与她并肩走向他们的车。

“是男朋友吗？”他问。

“什么？”

“是你男朋友吗？打电话来的。”

“不是，就是朋友。怎么了？”

他耸耸肩。“是你讲话的样子。我听不到，但你看起来像是在跟男朋友讲话。”他盯着她。或许那就是他成为优秀摄影师的原因——他能看到事物表面以下的东西。人也是。她好奇如果相机的镜头掉转过来，他会有什么感觉。

“你嫉妒了？”她问。

他张开嘴巴仿佛想说什么，又合上了，然后再次尝试。“当然没有。”他说。

“你有女朋友吗？”她问，“老婆呢？或者老公？”

“这个问题相当隐私，不是吗？”

“所以就是……没有重要的另一半咯。”她说，但语气并不刻薄。在他不知害臊地消遣她、戏弄之后，看到他脸红也蛮好笑的。事实上，他流露出的小小脆弱甚至很讨人喜欢。

他猛地打开车门，没有回答就钻了进去。

27

卡佳第二天把儿子从医院带回家时，米哈伊在他们的卧室里神志不清——是一直昏过去没醒？还是又喝高了？——伏特加混合愤怒的典型鸡尾酒。卡佳都不知道他有没有去工作。他没有跟他们上救护车，也没有出现在医院里，这是肯定的。卡佳推测他一直在卧室里，儿子倒地之后，他就摔门进屋了，因为他很羞愧，而且可能也害怕她会把他做的事告诉警察。但她怎么能说出去呢？要是他们不把他关进监狱，他又回来伤害他们怎么办？又或者是他们真的把他关起来呢？她爱的人还是已婚的，况且她教课赚的钱不够养活儿子和自己。她也不知道米哈伊醒来后会有什么表现。她希望他能因为懊悔而老实一点，至少消停一会儿，给她时间想个计划出来。但最近的这次暴力举动是迄今为止最恶劣的一次——她真的不想去想象他还能做出什么。

他们给格莱戈动手术修复他的断腿，然后给了他镇痛剂，在镇痛剂的安全控制下，他在客厅沙发上睡着了。米哈伊丧失了意识，格莱戈在睡觉，她想趁自己还有勇气，拿起电话飞快地按下号码。他用职业的声音接起电话，但他听出是她时，声音温和下来变成低语。

“求求你，”她也在低语，“求你快来。我觉得你必须把我的钢琴带走。他醒来时，钢琴最好已经消失。”

“卡佳，还是让我带你和格莱戈走吧。这太疯狂了。”

“你知道我现在不能那么做。但求求你，至少保证我的钢琴安全。这是最好的解决办法。”

“钢琴不重要。现在不安全的是你。还有你的儿子。我应该保护的是你们两个。”

“没时间解释了。我不知道他什么时候会醒。”

“他在那儿呢？老天爷，卡佳，神经病吗？你想让我在他在家的时候来你家？”他重新用职业的声音说话，“你能意识到会发生什么事吗？”

“格里沙在这儿睡觉。我想米哈伊是喝伏特加喝晕过去了。我从客厅里都能闻到。就算他醒过来，也什么都做不了。”

他听起来很苦恼。“你想让我把钢琴带到哪儿去呢？这又不是你出门购物拿起钱包就走。我需要帮忙的。需要一辆卡车、几个搬运工。你有没有打给那家店？是不朽琴行吧，还是叫什么名字来着？”

“不，我没有打给他们。我只打给你了。”

他叹了口气。“当然。对不起。”

“你是个聪明人，是个强壮的男人。我知道你会有正确的办法。你会的，对吧？”

“是的，”他说，“我会想出办法来。”

“赶快，求你了。”

“好。”

她去看房间里的丈夫，他正和衣躺在被窝里。他钢丝般的灰白头发在枕头上往四面八方炸开，张大的嘴巴里喷出口臭。她尽可能安静地关上门。然后她查看儿子，即使在睡梦中，他都是一脸苦相。她吻过自己的指尖后，去摸他的脸颊、他的石膏，他没动弹。

最后，她在钢琴旁坐下等待。十分安静，她能听到时钟嘀嗒的每一秒，像个节拍器。她开始轻柔地弹琴。出于习惯，她先弹音阶，然后，一首首地弹奏自己拿手曲目里最好的乐曲。米哈伊烂醉如泥，不会被乐曲吵醒，但她希望儿子能在梦中看到它们。她以米约的《缪斯梅纳雷》里几首很短的乐曲作为开始：《夜晚的甜蜜》《夜读》和《认出缪斯》。然后是肖斯塔科维奇宏大的序曲和D小调24号赋格曲，以及肖邦的《阳光》练习曲。她继续弹舒伯特的降A大调第四即兴曲，她喜欢它左手的强劲旋律与右手琶音的平衡。最后，拉赫玛尼诺夫著名的《升C小调前奏曲》，一曲精致的挽歌，据说作曲家创作时可以预见到自己的死亡，她也是一样。沉甸甸的泪珠模糊了她的视线，她于是闭上眼睛，任由泪水落下。

弹琴是她抵御悲痛的唯一办法。即使还是个小孩，她也每天会这么做。她想起自己不得已失去博兰斯勒时度过的那些可怕日子，以及它回归后，日子离悲惨越来越远。手指在琴键上的触压就是她苟且于世的方式，现在她别无选择，必须把它送走。她无法想象它的缺失，但她知道至少钢琴——和儿子——可能安全。

她又开始弹琴，这次绝对是她的最爱——斯克里亚宾降E小调序曲，激昂的节奏要求她高度专注，她很快陷入颜色与冲击的涡流，都没有听到敲门声，也没注意到儿子已经醒来，在用深爱与崇拜的眼神看着她。

“妈妈，门。”她刚一弹完，他说。

她跳起来，整平连衣裙。去开门的路上，她在格里沙身边停下，再次把手贴在他的脸颊上。他闭上眼睛。“你会很难理解这件事。”她说，然后把门打开。

卡佳站在那里，有片刻的尴尬，她看着她家门阶上的三个男人。她的脸滚烫，目光迅速越过他们，就像莫扎特《土耳其进行曲》中的不连贯音符一样，一言不发，却说出很多，直到其中一个人握起拳头咳嗽。

“嗨，[1]泽尔丁夫人，”他说，“我们可以进来了吗？”

她用压低的声音说话，不想打扰格莱戈，也不想吵醒米哈伊，介绍基本情况之后，她领着他们走向钢琴，一只手放在琴箱上，爱抚火钳造成的伤口。“就是它。”她说。她还想说很多话——请照顾好它，不要让它受到伤害——但她无法鼓起勇气要求更多。

其中一个人转向同事，讲了那个掩人耳目的故事。“真美。和描述的一样。我就是在找这个。”他对卡佳微笑，她别过脸去。

“妈妈！”格莱戈喉音沙哑地说，“这是怎么回事？”

“嘘——嘘——嘘。你正在犯迷糊呢。是药物的原因。闭上眼睛，继续睡觉。”

男人们开始摆弄钢琴，一边试探它的重量，决定要怎么在不伤到自己的情况下搬琴。格莱戈瞪大眼睛，机警地看着他们。

他确实很困，也很迷糊，但他不愿意继续睡觉了。他看着男人们像捕食者一样包围钢琴，决定要怎么捕获它，把它杀死，低沉地对彼此发出指示。他看着母亲拿来盖琴的毯子，是他们每晚睡觉用的好毯子，是祖母亲手做的，很多年前他们从俄国移民时带过来的。他看着母亲的眼睛里饱含泪水，男人们终于举起钢琴——他们的猎物，现在已经死去，被盖上毛毯——举得有气无力，他们对这种力气活不太习惯。他一直看着他们奋力地抬着钢琴跨过门槛，走出视野之外。他也

1 原文为俄语，Privet。

看着母亲站在门口，一只手捂在胸口。

“要小心，”她说，“注意。”然后声音里充满绝望地大喊，“Я люблю тебя[1]。”

他不知道她的爱是说给那些男人们听的，还是说给钢琴听的，还是皆是。但他知道，他们开车刚走，她就开始哭，而他什么忙也帮不上。

1 俄语，“我爱你”。

28

沿着赛马场山谷路往下的十千米，是迄今为止最烂的路：单调乏味、不舒服，而且慢得要命。他们开到平均时速十二千米，而且每隔几百米，感觉汽车就要散架的时候，格莱戈就会猛踩刹车。克拉拉每次都要回头确保卡车没事，胡安也每次都朝她竖起大拇指。不过她还是在担心钢琴。搬运工们也看不见后车厢里面，也不知道乐器什么状况。

她泄气地对格莱戈说，“我知道踩刹车是直觉反应，如果你加一点速度开过颠簸的话，就不会晃得这么厉害。你要是同意，我可以来开”。

“我能开。”他说。他没有认可她的提议，但她注意到，他确实照她的建议做了。二十多分钟后，他们能看见远处将近五千米长的干涸的湖床，它被称为赛马场盐湖，有一块巨大的深色地表岩石戏剧性地从盐湖广阔平坦的明亮沙色表面升起。他们沿着西线朝南端行驶，想抢在夕阳早早在临近山脉的背后西沉前到达。路面开始变平。

“我们在这里停一下，”克拉拉说，“需要给轮胎打气。”

"为什么？那我们回头出来的时候，不是还要再放气吗？"

"是啊，我们回到土路之后还要放气，但现在路面平坦，我们需要让轮胎回到正常压力。"

"再开一会儿就到了。马上这种光线就没了。我们可以之后再打气。"

"我跟你说，那不是个好主意。轮胎里空气不够，就会产生更多的热，让橡胶变脆。我们像这样开了太久，很容易爆胎。"

"如果我们现在停车，我就会错过拍摄。只剩十分钟左右的路了。我们会没事的。"

西边的悬崖已经没入阴影，湖床的表面似乎在较低的光线斜角里发亮。但随着他们似乎没有尽头地一路开下去，克拉拉变得越发紧张。

终于，他们抵达一个沙地停车场。克拉拉跳下SUV，去检查轮胎是否完好。轮胎上没有凸起明显的磨损迹象，她很满意，决定在重新打气之前先让轮胎冷却几分钟，然后踱步到格莱戈伫立的湖床边缘。在起伏不平的路面上颠簸了两个小时让她神经紧绷，她用好手揉捏后腰，放松肌肉。同样，格莱戈也用手揉搓他的那条瘸腿。

"那是我母亲的最爱，"他带着一种渴望的敬意说，一边远眺盐湖，"我的意思是，那张照片是她那趟旅行的最爱。"他摇了摇头，"我看过那张照片一千次了。它没有充分表现这个地方。"

落日照亮了一片异常规整的六边形干泥地。"看看这个。"克拉拉说。从远处看，它显得很平滑，但凑近之后，它让克拉拉想起她用宝洛克斯粉末香皂搓掉工作油污后，自己手背的样子。彼得的母亲曾经拿起她一只干燥、开裂的手，发出啧啧声。"皮肤这么粗糙，对女人可不是件好事。"她说，"你还是个女人哦，小寇克拉，就算你在这里跟男孩子们一起工作。你也需要好好护理你的手。"第二天，她拿来一些厚重的护手霜，放在洗手池边上，但克拉拉不愿意用。护手霜让她的手太滑，握不住工具。现在她能感觉到石膏下面的干皮在痒——如果可以的话，她要用一整瓶那个乳霜来按摩双手。

过了一会儿，格莱戈对搬运工们点点头，如今他偏一偏脑袋，就能把指示表达出来。“快点。如果我们要及时让钢琴到位的话，就得赶快。那些黑影来得很快的。”

他们走上盐湖，朝几块零散的黑色白云岩走去，格莱戈背着器材，胡安和贝托为钢琴左右护驾，稳健地把它推向风中。“我们先去第一个地方。”他指着一个小土包说。不过等他们到达时，克拉拉很惊讶地发现，它比她预期中大多了；公园微妙比例的又一个例子。

“这些是漂移石，”格莱戈说着指向临近湖床东南端的一个陡角，“那边是石块开始漂移的起点。它们从那个斜坡塌下来，掉在盐湖上。不知怎么回事，有一些石头就开始自己到处移动，穿过湖床，其实湖床的一端到另一端几乎完全水平——根本没有坡度，这是真正的奇迹现象——然后在土里留下这些拖尾，就像航船的尾流一样。”的确，几块石头的后面有拖尾，让她想起以前下雨天的早晨，她在姑父的水泥门廊上见过的鼻涕虫痕迹一样。她蹲下来去摸。尽管痕迹不是很深，在规则的瓷砖状多边形地面上却能凸显出来，因为平滑表面反射阳光的角度不同。

“它们自己怎么会动？”她问。“一定有点什么。风，或者地震，或者别的力。要不或许是人推的。”她靠在一块石头上，用腿作为杠杆来测试这种可能性。石头纹丝不动。

“有各种理论。不过从没有人见过它们移动。这是死亡谷最大的谜团之一。”

她环视周围，没看到车辆驶过的痕迹。远处是更多大小各异的暗色石头，都走在自己的蜿蜒小径上。它们就像集体熄火的赛车，半途放弃了比赛。

“它们看起来就像打算逃跑，”格莱戈说，他仿佛读出克拉拉的心思，“它们都是流亡者，全部从一个地方溜到另一个地方。”

“感觉有点诡异，就好像我们打断了它们一样。你觉得如果我们背过身去，它们会不会多走一点？”

格莱戈低声哼了一下。“也许吧。但如果我们继续浪费时间的话，就没有光线了。我们其实已经晚了，该死的。从那条烂路开过来花了太长时间。”他叫胡安把钢琴放在一块小圆石的正前方，这样看起来就好像是博兰斯勒在盆地留下背后的轨迹，而不是石头。它变成又一个沉默地逃离自身历史的重物。

克拉拉在好奇，万一博兰斯勒不只是一件任由主人摆布的无情物呢？万一它是个被冻结了生气、却有意识的实体呢？如果通过某种魔法，它突然可以为自己发声，它会说些什么呢？如果它可以的话，它又会去哪里？它想要什么？它会渴望使用音锤和琴弦吗，或者每天盼望让声板有微小的弹性弯曲吗？它会想念人类的触碰吗？让它再次歌唱？

她自己呢？如果钢琴要神不知鬼不觉地消失，把克拉拉和她的过去留在尾迹里，她又会怎么样呢？不管是失去钢琴还是失去过去，她想到都会战栗。

她看着格莱戈拍摄尾迹和漂移石间的钢琴，直到阴影几乎抵达盐湖的这一块。他工作时看似很焦虑，跛得似乎更加明显，动作也没那么流畅。他走路时似乎从不轻快，但现在就像在被迫行军。尽管她克拉拉钦佩他的独立自主，但她看到负担时心里也有数。她从没想过要继续打听关于格莱戈母亲的事，只是知道她不在了，就让克拉拉感觉对他多了一分同情。这似乎既能解释这些古怪的相片，也能解释他为什么断然要在相片里用她的钢琴——也是他母亲的！而且，如果她是近期自杀的，或许也能解释他阴晴不定的情绪。

格莱戈把装备放回SUV的后备厢时，克拉拉把移动式气泵插进SUV的电源插座，给两辆车的轮胎都重新充好气。她做完时向搬运工们竖起大拇指，贝托发动卡车。

“所以接下来要怎么样？”她绑安全带时问格莱戈，希望能把他从粗鲁的幽默里拖出来。

“我有个想法，我想离开前到盐湖的另一端试一下。在最后一点光线消失前拍摄钢琴的侧影，或许可以爬到我们路过的那块地表岩石上，角度更高。”他不太热情地说。他发动汽车，他们原路返回。

克拉拉在认真地听着。“你站得更高，它看起来不会更小吗？”

“我要是用广角镜就不会。如果我在拍摄对象的上方，把它放在画面中央，镜头其实可以强调它的存在。而且地平线看起来会是一条弧线，”他用空出来的一只手比出拱形给她看，“就好像钢琴坐落在世界之巅。如果我能抓到它背后的最后一点落日，看起来会像是钢琴在发射光线。”他思考片刻说：“或许这两种方法我都会试一下。用广角镜让它看起来宏伟，然后再拍一条，让它在巨大天空下看起来微不足道。或许那还是更好的隐喻。”

“我猜这取决于你要说什么。”她谨慎地说。

“我想说这一切都有意义。”他的手挥过仪表盘，指向地平线，可能指示的是夕阳下的一切。他的声音劈开，似乎突然返老还童，听起来受伤而绝望。“我想说这架钢琴存在世上是有原因的。就是这一架钢琴，对制作它的人来说，对弹奏它、失去它、找回它、又失去它，以为它永远消失了的人来说，它身上有着很重要的东西。这架博兰斯勒从虚无中创造音乐，融化冻结的想象，然后被付之一炬，又带着旧伤与一位新主人重新现身。这架钢琴一辈子在我的脑海里演奏，甚至都没人知道。没人知道它一直在我的脑袋里弹啊——弹啊——弹啊，他妈的一直在弹，我无法让它停下，我从来没能把它赶出他妈的——”

他们的身后响起汽车喇叭声，格莱戈看向后视镜。“操。”他说着猛地一刹车，克拉拉的上半身都要被安全带勒死，“他们爆胎了。”

他们下车跑起来，格莱戈不稳地连跑带跳，大概跑了五十米，来到卡车断续刹车的位置，就贴着坑洼路面旁的灰土堤，车侧翻到了一边。胡安和贝托从驾驶室滚出来，盯着已经瘪掉的右前胎，然后右后胎也一边发出咝咝声，一边喷出空气，最后也报废了。

“你们是在逗我吗？”格莱戈说，“到底怎么回事？”

“Coño[1]。”胡安用气音说，一边摇头。

“是路面的问题，太差了，”贝托说，“很多石头。”

克拉拉弯腰下去摸前胎。“是的，这两个轮胎轧了一块尖石头。我们可以把备胎装到前面。我或许能补好后胎，但我认为它撑不过整条搓衣板路。我们需要一个新轮胎。”

“SUV的备胎能用吗？”格莱戈问。

“装不上。那个轮胎的螺栓样式不一样。”

“操！”格莱戈说。他在空中挥舞他的手机，每隔几秒钟就检查有没有信号——越是深入公园，手机接收信号就越差。“过来，”他告诉她，“你看着地图，把公园管理处的号码告诉我。”他非常烦躁，她按他的要求做了，尽管她憎恨被使唤。如果在她开始想给轮胎打气的时候他同意的话，现在也不会这么容易就爆胎。

“你们是在搞笑吧？”格莱戈马上大叫起来，“那我们交该死的入园费是干什么用的？……那我要怎么办……好吧，至少你能把他们的电话给我吧”？他很用力地按下结束键，拇指都煞白了一下。

“他们怎么说？”克拉拉问。对她来说，可能要被困在沙漠中

1 西班牙语，“去他妈的”。

央似乎不是一场危机。这是个美丽的夜晚，他们有食物。或许他们甚至能看到石头苏醒过来，安静地绕着盐湖漂移。况且，她还能做什么呢？

“他们不会派任何人过来。她说人手不够。她叫我打电话给比亚蒂的救险服务公司，因为他们离得最近，然后她又说这个点没人愿意开车这么远过来。我们得等到早上才会有人。”他向后一仰，恶狠狠又僵硬地踢了一脚地上的石头。石头几乎没动，这只让格莱戈更加暴怒。“我他妈的才不在这里过夜。我们把卡车留下，自己开车进城。”

“我们不能留下卡车，”她说，“我的钢琴在里面。”

“克拉拉，”他说，一边把怒气撒到她的身上，胳膊挥过整片盐湖，“这里一个人都没有。”

“现在或许没有。但万一有人过来呢？比如其他摄影师呢？酒店里有一群摄影师。”

“是哦，摄影师们看到一辆有两个瘪胎的搬运卡车，会决定闯进去，因为说不准里面就有一架钢琴让他们拍摄呢。”

姑父的建议：客户永远是对的，克拉拉。记住那句话。不是永远都对，她心里想。“不，当然不会。只有疯子才会想在这里拍钢琴的照片。”

“哦，棒极了，”他说着把手向上一摆，随它落在大腿上。“好。你想留在这里站岗是吧？随你的便。但我们要离开。”他转向搬运工们，“把卡车锁上。”

克拉拉跟他走向SUV。

“哟，改变主意了？”格莱戈问，口气很刻薄，“跟你认识的疯子待在一起总比不认识的好，对吧？”

“不。我只是来拿我的东西。还要一点水。万一你们几个明天才能回来，我得让自己尽量舒适些。我很久没有野营了。这或许很好玩。”她搬下来两加仑的水、道路应急包，还有她的背包，然后把手伸进小冰箱拿出一瓶红酒。“我相信你不会介意的，”她说，“反正你整夜都要开车。”

“全拿走，”他说，“你可能得跟其他出现的钢琴摄影师一起喝呢。”他拎起小冰箱，丢在她的装备旁边的地上。“玩得开心。我们明早见。”然后他转向搬运工，朝汽车比大拇指，“Vámonos。[1]”

搬运工彼此对视着，然后又看看克拉拉，显然不愿意丢下她。她却摇摇头，示意他们走。贝托把卡车钥匙递给她。

格莱戈真的发动汽车开走时，扬起一阵飞沙走石，她既不惊讶，也没有感觉被冒犯。克拉拉带着平和的超脱感看着他们离开，透过后窗注意到他一直目视前方，眼睛想必只盯着路面。倒是胡安从后座上转身回头看她。她站在那里，觉得他们会停车掉头，但如果他们没有的话，也完全不会介意。直到他们之间的道路被汽车拉成直线，直到汽车变成又一块移动中的暗色石头。

克拉拉把小冰箱和她的其他东西拖到搬运卡车靠近盐湖的一侧，这样就能躲开土路上靠近的人了。他们完成拍摄时，寥寥几辆停在漂移石附近的车辆已经开走，而且自从他们离开之后，就再也没有汽车经过。但她不喜欢暴露在外——不只是对人，对动物和自然力量也是。

她抬头仰望，云朵聚集，然后自行分离，之后又聚在一起，映照出红橙色的光，仿佛天空在燃烧。影子在结实、干裂的土地上拉得更长，大地的接缝好像要被扯开。除了风之外，克拉拉感觉被一片无限奇异的寂静感所包围。她考虑“desert”这个词作为名词和动词

---

1 西班牙语，“我们继续”。

的双重意义，多么恰当啊，她在这里的确感觉被遗弃了。她看着最后一缕光线在山后消失殆尽，感觉太阳也把她身上的一部分拽下了地平线——警戒的那个部分，那通常能保护她不受狡猾的空虚感所困扰。这种感觉潜伏在她的心里，她虽不愿意承认。但站在死亡谷里一片干枯盐湖的中央，随着天空逐渐变暗，她无法无视孤独感的回归，让人窒息，以及她将永远孤身一人的依稀恐惧。

她已经失去父母、姑姑和姑父，还有男友。她没有像自己认为的那样思念莱恩：在他最终意识到时机已到之前，原来她已经沉默地离开他几个月了。等他叫她搬出去时，她已经接近悲伤的尽头。现在她感觉到那个空洞在拉拽着她，里面充满贪婪的饥饿，求她喂它。然而她害怕渴望任何东西，因为她一旦拥有什么，就很容易失去它。

她想到了彼得。她目前的脆弱是在与长期的决心作对。她为了保存他们的友谊，一直与他保持安全的情感距离，然而，她现在感觉到渴望的心塞。她想象他从变暗的地平线处朝她走来，拿着热汤或者毛毯，来驱散让她颤抖的寒意。他会等待她的迎接，让藏在胡子后面的那一丝微笑慢慢绽放成开怀大笑。她会伸出手来邀请他，他在她身边坐下。然后他会张开双臂，把她拉进他那个广大温柔的空间，让她贴在他的怀里。她会依偎在他的身边，寻求温暖和舒适，那个小小的举动就能缓和一直在威胁她的毛骨悚然的孤立感——即使她和某人在一起时或许更甚。她伸手去拿手机打给他。

屏幕上没有信号。她往北走上大路，心想越是靠近主路，信号应该越强。格莱戈是怎么接收到的？还是没有。她转身往反方向走。一格信号出现了一下，然后又没了。起风了，温度在下降，她怀疑要有风暴。现在已经天黑，她害怕起来。她一路小跑回到卡车那里，去摸口袋里的钥匙。没有信号服务，没有人迹。风中没有话音，远处没有头灯。

她翻找小冰箱：锡纸包的三明治、一块芝士、几块饼干、一些葡萄和一板黑巧克力。食物充足，但她只抓起两罐水。她为什么不把水全留下呢？可是，她为什么要坚持留守呢？她踢了一脚卡车的门。她想起姑父跟她讲过的故事，那个在死亡谷被蛇咬了一口的人。那里除了爬行动物，可能还有其他危险动物，山猫、土狼或者山狮。

她捡起背包、保温毯和两瓶红酒。她要把水留到后面喝。她坐进卡车的驾驶室，锁上身后的车门。她决定了，如果那几个家伙在黎明破晓前还不回来的话，她就徒步走出去。肯定会有人发现她的。

29

“这一架我应该记得的。我肯定会记得。或许是我以前的合伙人经手的，你是说四年前对吧？假如是我的话，我肯定能记得。我什么琴没见过。施坦威、雅马哈、梅尔维尔克拉克、韦伯、鲍温，等等。数都数不完。现在你在美国见不到几架博兰斯勒，尤其是竖式博兰斯勒，尤其没有这么老的钢琴。但欧洲肯定有。跟舒洁纸巾一样平常。他们说起博兰斯勒就是那个样，就像我们说舒洁等于说纸巾一样。他们说博兰斯勒等于是说钢琴。嗯，反正在英国肯定是这样。但你说，你是从俄国人手里弄到的？没错，俄国人也很爱它们。事实上，我听说他们现在正为弗拉基米尔·普京私人定制一架。”技师提起键盘盖，单手弹奏了短短的一段，然后边听边过了一遍音阶。“我现在就能做好调音，那是肯定的。我很荣幸。”

新主人改变站立重心，清了清喉咙。“唔，我其实希望你能把它带回你的店里。”考虑到他把它带回家时，妻子对他怒目而视，他怀疑那终归不是个好办法。或许他应该把它带去上班，甚至租个临时仓库。

“哦，不，没必要。只要一个小时，撑死90分钟。”那个人说。

“我以为在更专业的环境里调音或许更容易，我是外行啦。”

“为了调音而搬琴几乎没有意义。运输成本比调音还高。完全是浪费你的钱。不，永远是技师到你家来调音。”

“好吧，你会不会还需要做点别的？我也不知道，可能要修理一小下？”

技师笑了。“这是你的第一架钢琴？”

他点点头。

“那我们看一眼。”他打开琴壳，往里面瞧。“这是一件美丽的乐器，一个真正德国工程的精美范例。这么老的一架——我看一眼序列号啊——没错，这架琴很可能是1903年到1907年的某个时间造的，是在他们的五十周年纪念后不久。博兰斯勒钢琴在100年甚至150年后还是很好，是因为音板好。朱利叶斯·博兰斯勒在物色合适的木材这方面真的很有天赋。据说他当年奔波到罗马尼亚的北部，去敲打云杉树来检查音色。只挑那些年轮很密、没有一点裂片的树，他们还说，他能从树木倒下的样子辨别出它是不是一块好的音板。所以你就懂了。一块好的音板经历时间的磨砺会变得更好。它被弹奏得越多，就越有弹性。就好像它能记住音乐的感觉似的，你懂吧？”

“看来它上次在店里很可能被重装过琴弦。你看琴弦的色泽还相当明亮吧？”他弯下腰去检查机械装置。“没错，没有太多氧化。那是一套经典的鸟笼装置。不过音色确实有点钝。但现在看来，我会说你不需要重新装琴弦。通常在钢琴一生的寿命中，你只能换一次琴弦，除非必须替换弦板或者音桥。嗯，我会说，一切看起来都相当不错。如果你十年前做过修复，我真心觉得你只需要调音。琴盖上这些圆凿确实很可惜。已经没有人给木头上乌木色了。那可真是工匠手艺。过去，他们经常人工上几十层的漆。现在全是生产线了，你懂吧？就是工人按个按钮。”他的手抚过琴箱顶部，在最深的刻痕处短暂停留。“你想的话，我可以现在做调音，然后把琴盖带回店里。重做这些草皮层，用砂纸抛光磨平，重新喷漆。要搭配这种黑色很棘手的，尤其还要使用现代工艺，但我会尽可能做好。你见过台上的演员吧，一身黑的那种？他们出门时以为自己的黑裤子能搭配黑衬衫和黑夹克，但在舞台的灯光下，看起来完全不一样。有点不协调，是不是？我可以给整个琴箱重新喷漆，让它看起来不要有斑块，但那可是一大笔钱。这取决于你想要什么，以及你愿意花多少钱。”

“我猜我没有认真考虑过这件事，”他用手抹了一把脸，一瞬间凸显出黑眼圈，“说真的，我只是需要把它从我家弄走。”

“你在考虑卖掉它吗？很可能没什么市场，说实话。你介意我问一下你花了多少钱吗？”

“我不想卖琴。我只需要把它暂时弄出这里。它导致……我妻子和我之间有一点摩擦，如果你想知道实情的话。”

“呃。”技师说，一边壮胆瞄了一眼阳光灿烂的客厅。“好吧，我得说我从没听说过这种事。嗯，那样的话，我猜我可以帮你把它带回店里，帮你保管。要收费的，你懂吧。我只有那么点空间。工作室很小，但我现在只有三架钢琴，全是三角钢琴，一架我在做调音和校正，另外两架是别人托我卖的。”

“听起来还可以。你把琴带走以后，如果觉得需要做什么，就尽管去做。但我不知道她愿不愿意让我给整架钢琴重新喷漆。或许只要修饰一下特别糟糕的地方就好，可以的话，让它们不要太明显。这你能做吗？”

“当然。我把搬运业务外包给一家很好的搬琴公司。你愿意的话，我可以打过去问他们今天能不能过来。”

“我愿意，请你打吧。这是一架美丽的钢琴，但它现在真的让我不省心。”

30

克拉拉听着风声醒来。天仍然很黑。她撑着身体坐起来，咂吧着嘴里的棉絮状残留物。她查看手机：电池还有电量，就是没有信号。她很渴，想起自己留在卡车旁边的水罐，却去喝干了瓶子里的最后几口红酒。风在耳边嗖嗖而过，吓得她直打哆嗦。听起来几乎像是乐音。她把肩膀四周的毯子掖紧，扬起头来。不是风。

她的头脑一定在耍花样：当然，她有一点醉，但太阳穴里有一种异样的悸动，她认出这种悸动来自很久以前，是一个钢琴老师试图教过她的东西。是肖邦吗？其中一首夜曲？然而即使她处在睡眠被打断、东倒西歪的混沌状态，仍知道这个声音不只是想象。她完全没有这个本事，可以在记忆里保存这么多的音乐细节——不像父亲和别人那样，他们的大脑可以逐个音符地弹奏整支乐曲，幻听虫在他们的颞叶里拱出隧道。她在座位上转身，试图确定旋律的来向。不同的风速把音符提起放下，让音乐既难追踪，声音听起来也含混不清，极度走调。或许她还是睡着的，只是在做梦。

旋律似乎在往下倾斜，就像从山脊崩塌下来的石头，落在盐湖上、爬升上更高的高潮又渐弱，把她带向周围的锯齿状山脊，音阶高声部末端颤奏的音符变成火花四溅的色彩，映衬在积落灰尘的世界地板的背景上。然后，波浪般的旋律指挥起头顶云朵的运动，阴郁地起伏波动。她正看到自己听到的东西。

最后它停下，时间长得足以让她意识到，不仅音乐是真的，而且这音乐来自她的钢琴。音色之所以沉闷不清，是因为钢琴在搬运卡车里。她从驾驶室里出来。“哈喽？”她用弱声[1]说。她蹑手蹑脚地走到卡车后面时，心跳开始加速，卡车的后门还是关着的。难道搬运工们忘记锁了？

不管那支乐曲是什么，它结束了，她在突如其来的寂静中僵住。或许真的只是她的想象。她尽量屏住呼吸，等待着。她呼气的时候，呼吸在冷气里依稀可见，同时，又一支乐曲开始了，急促有力，连贯的节奏近乎疯狂。她的心再次跳跃起来，因为她知道这支曲子。事实上，即使经过这么多年坚定却归于失败的钢琴课后，这是她唯一能立刻听出来的曲子，即使是一架走音钢琴传出来的，因为这就是她父亲在生命的最后一两年里，一遍又一遍用音响播放的曲子，事实证明这首曲子她弹不出来。从此在梦里阴魂不散的曲子：斯克里亚宾的降E小调14号序曲。

她忆起父亲坐在书房的翼状靠背座椅上，闭起眼睛听这支曲子，双手紧握座椅扶手，仿佛努力让自己不要“漂”走，音乐放得十分大声，都惹恼邻居了。早晨的阳光射进窗户，照亮他的暗红色头发，就像一圈光晕。母亲已经去上班了，轮到他开车送克拉拉上学。克拉拉进来是要告诉他，他们需要出发了，不然她会迟到的，但当她看到他紧握扶手的关节发白，眼泪滚下刚刮过的脸颊时，她知道不该去打扰

1 原文为意大利文音乐术语，sotto voce。

他。她很少上学迟到，所以班主任会理解的。

是爸爸，她现在意识到，她的不确定感消失了。她或许是站在午夜的沙漠中央，或许是在做梦，她甚至或许就要开始发疯，但她不在乎。她抬起拉下的后门，原以为会看到内部摇身一变，父亲坐在座椅里，正在等她。她这次不会让他离开了。她会爬到他的腿上，做她过去十四年里一直极度渴望做的事，甚至比十四年还久，她要把自己寂寥的脑袋靠在他的肩上。

但卡车里的人却是格莱戈，坐在她的博兰斯勒前的小冰箱和一叠毛毯上。他在弹琴。

那支乐曲很短，只有一分钟左右：色彩爆裂与手指飞舞。格莱戈俯身向前，弓在琴键上方，坏的那条腿僵硬地从左边伸出来，右脚在踩踏板。他似乎没觉察到开了的车门、卷着灰尘呼啸进来的冷风，以及瞠目结舌站在那里的克拉拉。她能看到他泛红的苍白脸庞上有薄薄的一层汗珠，他逐步把动态的音浪推向冲击的高潮，然后韵律下落，以一声响亮缓慢的坠落戛然而止。他弹完后，手留在琴键上，低下脑袋抵住手背。上身因为大口喘气而上下起伏。

一声高音的号叫卡在他的喉间，然后他突然释放出一阵无意识的啜泣，这下把克拉拉逼到开着的卡车门边。偷听一个成年男人哭泣或许是可怕的侵犯举动，但让他独自哭泣似乎更糟糕。她拎起毛毯的边缘，它像斗篷一样搭在她的身上，把自己撑上车厢，挨着他坐在临时拼凑的琴凳上，脚收到下方。

过了一会儿，他抬起脸庞，用袖子擦泪。他的左手还留在琴键上，落败地平趴着。以前老师坚定的声音回到她的脑海：“手这样放，像球一样撑圆。”克拉拉提起自己的手——她的右手，好的那只——放在格莱戈的手背上，这个举动让两人都很惊讶。

有好几秒钟，他一动不动。然后他抽了一下鼻子，没有直接看她，只是拇指去按她的小指，力度足以传送一个信息：不要动，就这样。

她停留没动。“你回来了。”她说。她感到的释然让自己吓了一跳。“为什么？”

“是胡安。那个家伙，他通常不怎么说话，但我们离开后，他一直叨叨着把你丢下了。在路上开了几千米后，我开始赞同他的说法，于是自己下车，让他们继续开。”

“所以是于心有愧喽。”她说。

“总是有的。”

“他们也在这里吗？”

“没有，我叫他们在镇上待到早晨，但天亮时要过来。让大家一起露营没有意义，我给他们现金去买轮胎了。”他停了一下，“我很抱歉把你留在这里。”

“我也很抱歉叫你神经病。”

“没事。神经病很可能是个相对准确的描述。”

她已经把手抽回，他又拉起她的手放在自己的手背上，然后再次开始弹琴，这次非常缓慢。这支乐曲的音调不同，主要是渴望，但又不完全是。他的左手载着她，就像载着一名乘客，飘浮起来，在稳定、重复的琶音里行进，同时右手在编织绵长流动的乐句，相当疯狂的节奏被叠加到韵律上。听起来几乎像是即兴创作的，右手活跃挥舞，与左手形成鲜明对比。乐曲的段落之间似乎在来回切换——快乐与悲伤，大调和小调——非常完美地模拟了她自身的矛盾情绪，让她以为他或许在读她的心思。她不确定他们之间在散发什么，但她肯定从没在生理和情绪上，如此贴切地理解弹奏她的博兰斯勒是什么感觉。

“我以为你说你不会弹琴。”他弹完后，她低声说。

他看她的时候，眼睛非常悲伤。“不。我说的是，我不弹琴。”

“你弹的第一支曲子是斯克里亚宾的吗？”

“你知道斯克里亚宾？”

“只知道那一支，”她说，“你怎么就会刚好弹它呢？”

他叹了口气。“相当不错，我得说。那是我母亲最爱的曲子。”

克拉拉倒向一边看着他，同时大脑在处理这个巧合。“等一下。那也是我父亲最爱的曲子。”

“是啊，”他安静地说，“我一点都不惊讶。”

“什么？”她瞪大了眼睛，“为什么？”

他又开始了那种可以勾人目光的坚定凝视，即使在最稀薄的月光下也能把她困住，或许这是一种超出礼貌的目光接触。然后他站起来，手指抚过钢琴的顶部。“你知道其他的这些疤痕吧？这些没出现在你发布的照片里的凹坑。”克拉拉点了点头。“你说过不知道它们为什么在那里。但你又怎么会知道呢？我父亲弄出它们的那一天，你又不在现场。”说到这里，格莱戈的眼睛变得模糊。“他操起火钳，一次又一次地砸下去，同时一直在朝我母亲尖叫时，你又不在场。我以为他要杀了她。他确实用他的方式杀死了她，不是在当时，也不是直接杀人。但他想伤害她，于是决定攻击她的钢琴。他没有毁掉它，因为我出现了，他就决定把火钳用在我的身上。”他僵硬地把腿甩出来，为了证明这一说辞。“一直没有真正痊愈，但至少打是我，而不是她。”

“哦，老天啊。”

“于是在我们用‘意外’代指的那天之后，我父亲就回归他平常的酩酊大醉状态。我自己因为止痛药而恍恍惚惚。我母亲在她隔绝的个人地狱里，努力处理所有事情，所以好像也变得麻木不仁。但我非常清楚地记得，她想趁他酒醒后毁坏钢琴之前，把它弄出家门。”

“你说她必须摆脱钢琴，是这个意思吗？”

格莱戈点点头。“我想她是真的相信，是钢琴让我父亲那么愤怒，甚至超过她找了情人的事实。”他清了清喉咙，“于是她打给他——我指的是她的情人——叫他过来把钢琴带走，帮她保管一阵子，等我父亲平静下来，或者等她最终可以离开我父亲为止。他确实做到了。”

“他平静下来了？”

“不是。”他再次清清喉咙。“我指的是他——她的情人——来了我们家。他接走了钢琴并把它带回家，”格莱戈停顿了一下，“给了他的女儿。”

克拉拉站起来，向后退了几步，差点被一条毛毯绊倒。她脚下的世界开始退离，她被拉回去，拉回火灾发生前的日子里，记忆的朦胧深处。她回想父亲把钢琴带回家的那天夜晚，他同事的低语，母亲的警戒姿态，她问“布鲁斯，你要那架钢琴做什么？”时的紧张语气。

克拉拉又退后一步，然后转身跳出卡车的车厢，她仿佛要让自己与格莱戈的故事保持距离。“太荒谬了。完全荒谬。”自己的声音听起来如此沉着坚定，她很满意。

“荒谬吗？”他温柔地说，“你告诉过我，你不知道他是从哪儿弄来的钢琴。喏，他就是从我母亲这里弄走的，她是他的情人，他把它带回你们家，帮她保证它的安全。”

她感觉一股冰冷的热气爬上她的脖颈，舌头下面有金属的滋味。她扯下肩膀上的毛毯，丢在地上。“我父亲把这架钢琴带给我，是作为生日礼物的，是一份礼物。我不太确定你在暗示什么，但是听起来，你好像在说我父亲是个奸夫和骗子。”

格莱戈跟着她跳出卡车，张开双手摆出默认的姿势。“我不是在侮辱你的父亲。在那个时候，我不知道他们的关系。但从我母亲去世前告诉我的仅有一点事情来看，他是个很棒的人。她爱他。她信任他。他们当时在相爱，他们计划在一起生活。”

“一起生活！你说的是真的吗？他已经结婚了！他没有爱上你的母亲，他爱的是我的母亲！”

“你怎么知道呢？”

他提问的冷静逻辑激怒了她。“你听不到自己在说什么吗？我的父母十四年前双双死于一场住宅火灾。一起。”她提高音量，为了压制自己的怀疑。调查员称之为一场“起源可疑的”火灾。他们一直没能确定是蓄意纵火还是意外，所以她只知道他们不在了，其他一无所知。

“克拉拉，”他更加轻柔地说，“听着。你父母的事我很遗憾。相信我，我知道那有多伤人。但我是在告诉你事实：你的父亲和我的母亲相爱了。他们因为博兰斯勒相遇。我们离开俄国时没能带上它。她很多年后才拿回钢琴。不知怎么回事，你父亲帮忙把琴还给她，他们就成了朋友。我当时14岁。你当时才多少岁，七八岁？她告诉我，他们认识之后，你父亲就开始找她上钢琴课。”

克拉拉摇头。“他一节钢琴课也没上过。从来没有！他完全不会弹琴。他亲口告诉我的。”

“你说他不会弹琴是对的。我母亲说，她用了两年的时间教他，但他只会用食指戳琴键，因为他从不练习。不过他并不是真心想学。一开始上课只是个幌子，是让他们相处、滋生发展感情的一种合理办法。她告诉我，他们通常只是聊天，要不就是她弹琴给他听。她最爱的曲子就是斯克里亚宾的那一支，他很爱听，一遍又一遍地听。最终，事态显然像人们彼此吸引时那样演变下去。”他耸了耸肩。“我们的父母是一对情人，克拉拉。至少在他生命的最后三年里是。那回答了你的问题，为什么你父亲也深爱她最爱的那支曲子。我讲给你听可能很浑蛋，但这就是实情。”

他看起来那么自以为是。他对她父亲的人生真相能了解多少？他的大言不惭让她怒不可遏。她不假思索地朝他扑过去，右拳直捣他的胸口。那一袭之后，她一拳又一拳地捶打格莱戈，直到他自己的瘸腿绊了一下，向后跌倒在开裂的土地上，她跟他一起倒下去，现在两只手一起拳如雨下，巴掌也拍打上去，就连骨折的手也用上了，打在他的胸口、脖子、脸庞和耳朵上。她用的是姑父教她的、以防哪天需要的那些自卫技能，即便她捍卫的自己不是一个身陷沙漠的大人，而是蜷缩在内心深处那个绝望的12岁孤儿。

31

卡佳后背挺直，坐在沙发边缘，儿子的断腿架在她身旁的一堆枕头上。他又在睡觉，对她和别的东西都毫无知觉，但卡佳不愿离开他的身边。她还能做什么呢？他们两人都在为各自的原因刻骨疼痛着。如果她无法保护他，那么她至少要陪着他。米哈伊终于酒醒，喃喃一句道歉就去上班了。就算他注意到钢琴不在，他也只字未提。现在，他们的小房子里弥漫着一股深沉的寂寞感。

死亡谷的宝丽来旧相片摊在她的腿上，她在爱抚赛马场盐湖那一张的边框。她感觉自己倒回十五年前，再次悲惨不堪。她看着照片里的漂移石，孤零零地在贫瘠的盐湖里，离她远去。她想知道她的钢琴在布鲁斯家里的哪个地方。她秘密地去过那里几次。他家比她家要大，但没有多少大的空间。他把它放在客厅了吗？要是她就会那么做。他女儿喜欢吗？他妻子呢？

电话响了。“是时候了，卡佳。从你告诉我再等两年到现在，差不多两年了，”布鲁斯在电话里对她说，“我们这样不是在过诚实的生活。你说你想等到格莱戈高中毕业，他已经毕业了。而且既然米哈伊都知道了，就没有理由继续等下去。这对你来说不安全。他下一次对你或格莱戈大动肝火是迟早的事。甚至对我都是，假设他发现我是谁的话。”

“他不知道你的名字。我告诉他只是个苦恋的年轻学生写的信，我发现他的真实情感时，就把他赶走了。然后他想知道我为什么保留那封信，我说我留着它只是作为证据，以防哪天这个疯孩子胡闹。”

“想得很周全，亲爱的。没错，我确实想胡闹。”这本来是想搞笑的，她知道，但他们两人都太焦虑了，笑不出来。过了一会儿，他说，“告诉我你会离开他。”

“一旦能安全脱身，我会的。”她想离开米哈伊，她会的。她已经向往了将近四年，从在她家客厅里坐在博兰斯勒旁第一次接吻开始，她就向往。她试过让自己保持柏拉图式的感情，而且几乎成功。但很快，坐在他附近却不能去感觉与他嘴唇相贴，不让他的手穿过她的头发，那会变得难以忍受。钢琴课成为一种婉转的说法：我们明天下午能上一堂钢琴课吗？或者那堂课真美妙。他们第一次做爱之后，很快开始谈论一起共度未来。但现在就是未来了，未来已经是真实的可能，她却害怕了。她无法想象，如果她告诉米哈伊她要离开，他会多么愤怒，况且至少必须等到格莱戈可以站起来为止。

“我这周就告诉爱丽丝。就是这周五晚上，我会安排克拉拉到她朋友家过夜，我会叫爱丽丝跟我离婚。我把钢琴带回家时，她就知道有事要发生。是时候了。”

“会不会很难？”她说。一年前，他们去听过一场音乐会，之后去一家偏僻的小酒馆吃晚餐。那里很暗、很浪漫，食物也美味。他们抿着餐后甜酒时，布鲁斯的手伸过餐桌拉着她的手。他们谈论计划：介绍格莱戈跟克拉拉认识，他们可以在那里结婚，或许还能开一所小型音乐学校。那是个完美的夜晚，直到布鲁斯注意到他的妻子就在对面的角落里——尽管她也在跟别人拉着手。当时爱丽丝已经说服了他，为了克拉拉，尽量努力和解，他留下来已经感觉足够愧疚，但愧疚感没有延续多久。过了四个月他又打给卡佳，就是五个月前，求她跟他在小别墅见面。卡佳现在很内疚，她好奇一旦爱丽丝得知他们恢复了婚外情，会有什么感觉。

他犹豫了，她能听到他深吸一口气。“是的，”他说，“会很难，尤其对克拉拉来说。”

“你觉得她能理解吗？还那么小——甚至没满12岁。”

“我不知道。肯定不会马上理解。但最终她会理解的。我知道等她终于见到你，开始了解你之后，她会爱你的。”

“我很想让她爱我。我一直想要个女儿。”

“我知道。我也希望格莱戈能理解。”

“他无疑能理解。他非常不开心。米哈伊和他，他们两个相处不来。”

“显而易见。米哈伊是个野蛮人。”

“布鲁斯？”

“嗯？”

“你还爱着爱丽丝吗？”

“不像我爱你这样。”

“你很勇敢。”她说。

“我还有什么选择？”

“是啊。”

“勇敢的不是我，卡佳。是你。”

她盯着相片里那块很像她的钢琴的漂移石，开始在膝盖上用手指弹奏想象中的琴键，她的手指渴望做些有成果的事情。她听到脑海里那些失去的音符，在耳朵里像幽灵一样低语。她上一次做出改变一生的决定是什么时候？从米哈伊开始，她就习惯了让别人替她做决定。跟布鲁斯也会这样吗？她所有的才华似乎都没有使她独立。她一边弹奏想象中的钢琴，一边加入自己的失落，试图把那些虚无的碎片变成能够塞进身体、保留在内的东西：希望、力量或勇气。她的手指在无形的琴键上舞动，在她的膝上舞动，就挨着骨折的儿子，但事实是，她完全不觉得这很勇敢。

“妈妈，给我讲那个故事吧。”格莱戈昏昏欲睡地说。即便隔着裙子的衣料，她轻敲的手指还是弄醒了他。“萨莎怎么把冻土变绿的故事。”那是8月的加州，但他仍在沙发上瑟瑟发抖。他的腿无时无刻不在疼痛——他已经开始习惯疼痛——但当他看到她用自己的腿替代钢琴时，更加心痛，仿佛她也在某个寒冷遥远的地方迷路，在徘徊。博兰斯勒被带走后的这三天，她不停地拧绞双手，按摩手指。它们渴望弹琴，有他渴望听到音乐那么强烈吗？他需要让她想想别的事。“求你了，妈妈。”

“我不想再讲萨莎的音乐，”她说，然后重新把相簿用布包起来。“现在不再有音乐了。”

“你能不能打电话给那些人，叫他们把钢琴带回来？”

“不行，格里沙。我不能。”

“但你需要它，妈妈。”

“不。嗯，是的，”她小心地从沙发旁站起来，尽量不去碰到他的腿，“但如果我把钢琴带回来，你父亲会毁掉它的。”她不想说米哈伊可能会做出更糟的事，就从格力戈里开始。

“我不会让他那么做的。”

“那你打算为这件事再牺牲另一条腿吗？不行，我的儿子，我要尽量找出办法让我们两个人都安全，你和我。而且要快乐，非常快乐。但我们目前必须等。”她不敢告诉他，他们在等什么。

“那些人是什么人？”

“是好人，也是善良的人。”

“可是，他们是谁？”

“嘘——嘘——嘘。那你不用操心。”

“他们把它带去哪里了？”

她只是摇头。格莱戈看着她低头在看自己纤长的手指，仿佛不是她自己的似的。他的母亲或许信任那些带走钢琴的人，但他不信任。她甚至都不知道他们把它带到哪儿去了，他凭什么信任他们？她没有博兰斯勒就变了个人。他们要是不把它带回来怎么办？会发生什么事？

32

格莱戈完全没讲话。克拉拉捶打他的胸口时，他哼哼了几下，她扇他巴掌时，他发出断断续续的哼唧声。他只是稍微避开她的击打，大多数时候似乎在等她结束，就像个习惯挨打的人。他拒绝回击，这更激怒了她，但很短暂。父亲的画面开始闪进她白热化的记忆屏幕，她慢下来，然后停止，但仍骑在格莱戈的身上，他的胳膊无力地搭在脸上。她最后一次把拳头捶在他的胸口，然后倒在他身边的尘土里，身体伴着右手撕裂的痛感与脑海里的问题蜷缩起来，现在她开始哭泣。

格莱戈慢慢地把自己撑成侧卧的姿势——她肯定造成了一些疼痛——碰碰她的肩膀。

“克拉拉。没事了。”

她迷失在自己的世界里，对他的触碰和声音都没有反应。她对着尘土大哭，直到再也哭不出来为止。她停下来时，他的手仍轻轻地放在她的肩膀上。

她侧躺了一会儿，透过黑暗，从这个不寻常的角度盯着地面的多边形状。她父亲死时除了爱着母亲，还爱着别人？她口干舌燥，嘴唇沾满尘土。她可以死在这里，所有的体液向外流失，流向这片脱水的不毛之地。但又有什么关系呢？到目前为止，她拿自己的生命又做过什么有用的事呢？除了把别人的钢琴从她的童年拖进无关紧要的青春期，再进入毫不起眼的成年时代，还有什么呢？那架钢琴，她的竖式伙伴的八十八个琴键，都是她上锁记忆仓库的钥匙。或许她太过频繁地回访关于父母的脆弱回忆，每一次都不断地改动它们，就像相片一样，她再也记不起初始体验，只剩下最后一次想起的回忆。或许如今，她所有的记忆都是谎言。

“你见过他吗？”克拉拉问，她的脸仍贴着尘土，渺茫地希望格莱戈把她的父亲跟别人搞混。

“就一次。就在意外之后。那一晚他来搬琴。我相当迷糊，但我记得一件事：他脸上的葡萄酒色瑕疵。他是有一个胎记吧？大概一周之后，我向母亲提起过一次，我问她，那个有胎记的男人是谁？她号啕大哭。就是在你父母去世过后，她的心碎了。她其实把一切都告诉我了，不是只言片语：他们是什么时候认识的，他们本来没打算相爱，很长一段时间里都是单纯的关系。她担心我会批评她，但我没有。即使在我父亲打断我的腿之前，父亲也是个怪物。我不怪她想跟别人在一起。不过她不愿意告诉我你父亲的名字。她说，她上一次大声说出他的名字是在他去世前的夜晚，她告诉他，她爱他，她拒绝再提这个名字，永远。她想把有他名字的那支音乐留在自己的心里。”

她父母过世前的那个夜晚应该是周四。她父亲周四总是工作到很晚，不是吗？为什么会那样呢？她母亲当时在做什么？一只手扶在胯上，一边抽烟一边眺望窗外，垫肩帮她摆出一副攻防架势，不知是什么让她总是那么急躁。那是个容易遗忘的夜晚，和其他夜晚没什么两样。克拉拉完全不记得当天的天气，不记得她们晚餐吃的什么，不记得自己有没有和往常一样，在睡前打电话给她最好的朋友。就在那一晚，似乎没有必要留存那些世俗、常规的细节。但她不知道，那会是她的童年里最后一个正常的夜晚。

“布鲁斯。”她说。

“什么？”

“他的名字是布鲁斯。布鲁斯·朗迪。他是UCLA斯拉夫文学系的终身教授。他有一头红发和棕色的眼睛。还有，没错，他的脸上是有一块胎记。”

格莱戈点点头。“对不起，克拉拉。由我来告诉你这些，我也很难过。”

克拉拉坐起来，提起肩膀掸掉脸上的灰土。她的手在悸动，她怀疑是不是又弄断它了。“我还是不确定我相信这件事。”但即使说出这句话，她仍能感到一股渐渐渗入的不安。他们去世时，她甚至不满12岁。她对他们的婚姻内部运作能知道些什么呢？说真的，除了他们是她的谁，她对他们两人又分别知道些什么呢？她对他们带进婚姻里的历史毫不知情，也不知道这段婚姻里包含的秘密。这事哪有小孩知道？

“你之前为什么什么都不对我说？”她问。

“我从没指望会再次见到那架钢琴。让我这么告诉你吧，那对我是个冲击。我以为它在夺走你父母的火灾中一起消失了。但之后它又出现，还有你，那么争强好胜又无辜。我不想告诉你我是谁，以及你是谁。我只想让你离开。”

“所以你才那么浑蛋？”

“或许吧。多数时候，我就是个浑蛋。”他微弱地欢笑，“不过我的治疗师说还有希望。”

她第一次开始从格莱戈的角度考虑问题。他要把她——克拉拉——与母亲的死联系起来，会是什么感受？“她是什么时候去世的？”

“1999年9月4日，周六。你父母的周年忌日。她给我做了早餐。

然后她说有几件杂事要办。她拥抱我很长时间，说如果她没有很快回来，请我尽量理解，因为她有很多事情要做。那是个美丽的周六早晨，她一路从洛杉矶开到死亡谷。她爬上悬崖……”格莱戈的眼睛在月光里闪耀，但他没有再次大哭。“当时有目击证人。警察到家里来，需要有人去认尸，我父亲不愿意去，于是我去了。”他深吸一口气，闭上眼睛。“他们把她的车钥匙给我。她在座位底下留下了一封信，以及我给你看的宝丽来照片。她写道：‘她给自己四季的时间，看没有他能不能活。她求我原谅她。’”他皱紧鼻梁，用力地吸鼻涕。“我已经努力了十三年。”

克拉拉端详格莱戈，他的侧影斜向地面，瘸腿伸出去。他的母亲选择了死亡，而没选他，因为——如果是真的话——她已经选择了克拉拉的父亲。“我很抱歉。”她说。

“不是你的错。也不是你父亲的错。总之，我当时马上就飞去了纽约，甚至没有回家打包或者说声再见。我离开了就没回头。这么些年来，我一次话都没跟我父亲说过。永远不会。我甚至都不知道他是不是还活着。这是自她去世后，我第一次回南加州。”

凉风刮了起来，他们感觉到几滴雨点。“来吧。”格莱戈说。他撑上卡车后备厢，然后伸手来帮克拉拉上来。这一次，她接受了。她爬进去，他们在敞开的卡车门前彼此相望，如临绝壁。他没有松开她的手。她能从他刚硬的外表下看到一丝温暖，一种彼此理解的信任。他似乎在传达他的怜悯，仿佛是从深刻的长期视角来看她。

“你是怎么摆脱的？失去她的悲痛。”她问，一边在他脸部的沟壑里寻找答案，“你是怎么做到的？”

“我没有做到。你看不出来吗？所以我才在这里。我一直没有摆脱。”

“那我还有什么希望？”她看向他身后的黑暗，看着朝四面八方伸展开去的景貌，雨势很凶，月亮显得模糊不清。

他的回答是，靠过来试探性地用唇掠过她的唇，仿佛在小心地不让她躲开。她没有。她内心的深壑打开了。

他把手指沿着她的颈背一路上去，伸进她的头发里——这种亲昵感十分惊人——拼命地吻她。因为他是世上唯一能理解她特有的怅然的人，她也想做同样的事，去抚摩他的脖子和耳朵，他无法控制的身体部位，她愤恨石膏限制了她使用手指。她把手伸到他的背后，把他拽向自己。她把瘪轮胎从车轴上拽下来的动作都比这细腻，但他似乎并不介意。他松开她的手，捧起她的脸，停下亲吻来看她，她在他的表情里看出了超出欲望的东西，仿佛他在试图传送无声的信息、一句承诺或恳求，她勉强有一点笑意时，他再次开始吻她，她有种要被囫囵生吞的感觉，她真的想。

格莱戈的唇仍贴在她的唇上，他终于说出，“我们可以吗……”？她把那句“可以”呼进他的嘴里，过了一会儿，他退后一步，把搬运毯一条条地扔到地上，尽量把它们铺好，不浪费一点时间。在克拉拉的眼里，毛毯就像个窝，他领她走上去，他们躺下，脑袋冲着卡车高的一头，在充满气轮胎的上方。

“你可以吗？”

“嗯。你呢？”

“我可以。”

在他们的炽烈中，一幅画面闯入：他们第一次见面的早晨，格莱戈拿着那杯咖啡站在她的车旁。她以为他是准备趁她睡觉时袭击她的攻击者。他从口袋里掏出糖和奶精给她叫她回家。他给她订了一间酒店房间，然后在之后几天的多数时间里都无视她。他邀请她进入不毛之地，把她留在漂移石中间，自始至终让她继续对博兰斯勒历史误解。就像他弹奏的最后一支钢琴曲一样，他交替变换节奏，掺入自己的心境，他推开、拉近又推开。现在他用意想不到的音乐和悲伤，以及饥渴的双唇把她拉近。不过，整个过程里，他一直是操控的一方，克拉拉对这一点的愤怒还是重新浮上水面。她用力地吻他，齿间都感觉得到。她想剥夺他的力量，想在同等水平上与他交会，于是她带着异常的侵略性说："脱掉你的衣服。"

他照做了，当他伸手过来要帮她脱衣时，她用那只好手把他推开。"去找个安全套。"他从裤兜里掏出两个——等一下，一直都是他计划好的吗？——然后把裤子丢到一旁，等她脱衣服。她脱掉牛仔裤和内裤，但仍穿着绒衣。出于原则，她想保留一些东西。"戴上。"

他戴安全套时，她在黑暗中清点他。他的皮肤苍白，胸口和腋下稀疏的深色毛发很细。肩膀与手臂的肌肉紧致，不过小腹松软，被一条毛发细线分成上、下两段，这吸引她的视线往下移。她的视线先在那里逗留了一小会儿，然后移向那条横穿膝盖的凸起疤痕，裂痕上行到他的大腿，就像盐湖上那些多边形的硬壳边缘。下面的皮肤组织看起来很脆弱，仿佛他的腿是一件被打破过的瓷器，修复得很拙劣。她的手指沿着轮廓线游走时，愤怒得到缓解——那种毁灭的代价一定很大。她把手贴着他的胸口倚靠过去。他要怎么补偿那些年？

他亲吻她的唇时，眼睛因为欲望而变得失神，他把她的头向后倾侧去吻她的喉咙、脖子和乳房。哦，她心想，还是说出来了？她不知道。他们两人此时都气喘吁吁，身体已经压倒理智。她到临界线时都在坚持一个想法——她想成为做所有决定的那个人——但之后，当她在他身上滑入时，她已经不在乎谁来做决定，因为被抚摸的感觉太好。她搬出去之前，莱恩已经很久不抚摸她了，她突然想要感觉心脏贴着另一个人的心脏跳动，于是她最后还是脱掉绒衣，让自己紧贴着他。他们找到一种激烈的节奏，她的膝盖磨进粗糙的毛毯。格莱戈用极度渴望的眼神盯着她，直到他闭上眼睛张开嘴巴，而她感觉自己生猛的力量在压制他、包围他。她也快了，马上就要到了。她看到他到达感官顶点时下巴在动，然后他过去了，就像坠落悬崖。

她闭上眼睛，她看到的是彼得：在她的电视机后面给电缆接线的彼得；递来一盒柠檬蛋黄鸡汤的彼得；在赛车道边坐在她身边的彼得。尽管如此，她还是紧随格莱戈之后马上到了，强烈到甚至之后还震颤了几秒。她把彼得的画面推开，任由自己倒在格莱戈的胸膛上，试图在他气喘吁吁的瘦弱怀抱里歇一口气。

33

把克拉拉送去朋友家之后，布鲁斯当啷一声把车钥匙丢在厨房餐台上。另一个房间里正轰鸣着他的《拉赫玛尼诺夫自弹自奏》CD。多么恰如其分啊。爱丽丝确实有一种病态的幽默感。好吧，至少她知道接下来要发生的事，那或许会容易一点。他往玻璃杯里倒了两指高的波旁威士忌，喝了下去。然后他又往自己的杯子和另一个玻璃杯里分别倒了两指高的酒，端进客厅。

爱丽丝在沙发上等他，盘腿抱胸，肩膀后端，手里拿着一支烟。他关掉音乐，把波旁酒放在她的面前，用自己的杯子碰了碰她的杯子，然后坐在沙发的另一头，她的对面。她的烟灰缸——是克拉拉几年前在夏令营做的——在他们之间的靠垫上。

“爱丽丝。”他说。

“我叫你断掉的，布鲁斯，”爱丽丝说，“我断了我的关系。不是说好的吗？”

“爱丽丝。”

“不要那样看着我，摆出那副可怜的小狗脸。你现在不能假装愧疚了。顺便问一句，你要拿那架丑恶的钢琴怎么办？我希望你还给她。我不知道你在想什么，竟然把它带到这里来。发神经。”她把烟灰弹进烟灰缸。

“事情比那个更严重。”

“哦？我估计你想离婚，不是吗？你就可以跟你的俄国小公主私奔了？”

“事实上，是的。”

她朝他喷了一整口的烟。“你当然求之不得。”

他闭上眼睛等待香烟消散——他讨厌她抽烟，但现在不是批评她的时候。那样只会让事情更糟。

“你这次密谋逃跑多久了？”

“听着，爱丽丝，我真的试过断掉，像我们商量好的那样。我告诉她，你和我会把问题解决掉，我们有四五个月没见面。但之后，我实话实说——现在还有什么好说谎的，过了一段时间，似乎很明显，你永远不会原谅我，而我，好吧，我很寂寞。”他耸耸肩，“我就打给她了。”

“寂寞！够矜贵的。真是矜贵，布鲁斯。”她抿了一口酒，又点起一根香烟。

“你是在告诉我，你后来一次也没想过那个谁吗？你就从没想过要打给他？”

“我当然想过他！我也寂寞。但我信了你的话，以为我们能渡过难关。这种事情需要时间的，布鲁斯。你不能期待我们发生这么多事之后，马上又开始蜜月吧。开始肯定不行。甚至过四五个月都不行。但是，没有，从你在小酒馆看到我们之后，我就没跟他讲过话，因为我告诉过你，我不会。”

“对不起。”

“是，你当然应该对不起。”

他们几个月来都没对彼此说过那么多话。撇开那根香烟不看，她突然脆弱起来。

“你还想再来一杯吗？”

“当然。”她说着喝干杯里的酒，再把杯子递给他。

这次他把酒杯递到她的手里，他们的手指相碰了。他们也有几个月没碰过彼此。她把手抽开，仿佛被电击了一样。

“你知道这会伤透克拉拉的心吧？”她看着烟灰缸问。

“是。但我也认为，你我都值得有再一次幸福的机会。那一定也有价值吧。”

“谢谢你的慷慨，把我纳入这项宏伟的存在主义计划中。那你有没有斗胆想过，这可能也会伤透我的心？你和塔蒂阿娜从此幸福地生活在一起，而我却要一个人收拾克拉拉和我的人生烂摊子？”

“是卡佳。不是塔蒂阿娜。”

“哦，是吗？那我很高兴我们能讲清楚这件事。你处理问题的优先顺序真是让人叹服啊，布鲁斯。你刚刚宣布了我们十五年婚姻的终结，但要澄清的最重要一点却是你的邮购新娘的名字。卡佳。行了吧。我的发音正确吗？”她捻灭抽了一半的香烟，又点着一根。

“我猜我也没必要说，我没打算让事情走到这一步的。”

“说出来也不是毫无意义。这很不体面。”她把整个肺里的烟都喷到他的脸上，“更不用说很侮辱人。”

“我确实不是故意的。”

“你当然是故意的，傻瓜。这就是干别人而不是干自己老婆的后果。”

他放下酒杯，走去开窗。“你应该戒烟，爱丽丝。这个习惯很让人讨厌。”

“把窗户关上。你真想让邻居们都听到你幽会的第一手信息吗？我是说真的——关上。我希望你至少言行谨慎一点。我或许可以带着一点尊严逃离这场不幸。克拉拉也是。你想让她知道，她父母离婚的原因是她父亲管不住自己吗？如果你真的坚持要跟我决裂，那我会希望你先忍住喜悦，不要在公共场合遛你的女沙皇，等过一段恰当的时间再说。尽量表现出一点悲哀的样子——就算不是为了我，也要为了我们女儿。她不需要知道你原来是这么一个自私的混蛋。”

他向她走近一步。“打我能不能让你好受一点？”

“不要这么荒谬。那会让你感觉好受一点，我没有做慈善的心情。”

当然，她是对的。他是很自私。在过去一年里，他重获机会修复家庭，他却又慢慢地把它毁掉。他为自己选了最轻松的路，一条通往最可靠满足感的路。他不是爱丽丝的好丈夫。他凭什么想象自己会是卡佳的好丈夫？好吧，他希望自己是。或许他也能弄明白，该怎么当个更好的父亲。

“我爱她，爱丽丝。就那么简单。”

爱丽丝点点头。她喝完杯里的酒，然后狠狠地抽了一口烟，把它卡在凹槽上——克拉拉从黏土侧边凿出来的。然后她站起来，盯着布鲁斯的眼睛看了很久，这让他觉得不安，甚至出乎意料地有点兴奋起来，十分神奇。这让他想起他们面对彼此，站在牧师和一群为数不多的亲友面前，站在人生两个截然不同阶段间的分界线上，等待仪式结束，等待牧师宣布他们正式开始新生活时的那种高兴的恐惧。爱丽丝现在看起来比当时更严厉、更愤怒，当她走上前来亲吻他的嘴唇时，布鲁斯没有退开。除了香烟的味道，感觉还不错。不算浪漫，但有种舒服熟悉的亲密感。她缓慢地结束亲吻，然后推开他。

“你以前也爱过我。”她说。然后她暴跳起来，狠狠地一拳打在他的腹部。

他蜷起身子，胳膊捂在起伏的肚子上，感觉恶心。“妈的。”他蹦出这句话。

“嗯，谁知道呢？这确实让我感觉好受一点，”爱丽丝说，“现在我想再来一杯酒。再来六杯。你呢？”

他点点头，还在喘着粗气，一屁股坐在沙发上。爱丽丝走去厨房拿波旁酒，回到客厅后重新开始放拉赫玛尼诺夫的CD，然后把他们的杯子倒满。

“干杯。”她说。

“干杯。”

他们喝酒。爱丽丝目光空洞地沉默着抽烟，直到酒瓶见底，音乐早就放完了，他们只在倒酒时说了一句干杯，最后醉得连干杯都不说了。然后布鲁斯含糊地说，该睡觉了，爱丽丝点点头。她捻灭香烟，他们一起踉跄地走过门厅，走向他们和克拉拉的卧室。

“我今晚在克拉拉的房间睡，”布鲁斯说，“剩下的事我们明天再解决。”

爱丽丝笔直地靠在墙上，伸出一只手，他握了握她的手。“晚安。睡个好觉。别被臭虫咬。”她说。这是他们在关灯前喜欢对克拉拉说的话。

他点点头，他们各自进屋关门。

他们从沙发上站起来时，爱丽丝草草熄灭的香烟从烟灰缸边缘掉落，贴着编织的衬垫，香烟开始从面料上聚集热量。热量跟空气流通混合，燃起星星之火，在靠垫上烧出一个硬币大小的洞，棉线缩成一个坚硬的黑圈，香烟最后掉了进去。

然后香烟在洞里跟聚酯纤维的填充棉接触，在基础材料上触发出缓慢滋生的火势，蔓延到更深更广，直到释放出足够的热量吞噬整个沙发。沙发是中世纪的复古样式，那是布鲁斯和爱丽丝在克拉拉出生后不久买的。

他们在门厅尽头的房间里酩酊大醉地熟睡时，火从沙发蔓延到地毯、两把翼状椅子和柱脚桌子，它们都被临时挪开过，用来安置博兰斯勒，然后很快又回归原位。火势的滚滚黑烟在天花板上聚集盘旋，一向无人过问的烟雾警报器一直没响，电池早就被拆掉了，也忘记换上新的。黑烟一旦充满客厅，就钻进其他房间，吞尽燃烧所需的氧气，最后把幽灵般的手指伸进布鲁斯和爱丽丝的肺部，在他们意识到空气已经被偷走、周围的一切都化为灰烬前，停止了他们的心跳。

34

克拉拉没睁开眼就已经感觉到爬升的日光，仿佛晨光在敲她的太阳穴。用力挤眼只会感觉更糟，于是她用一条胳膊遮住脸，遮挡光线，同时清点理顺前一晚的记忆。随着事件逐渐按时间顺序重组起来，她惊叹，哦不。她进入关系相当迅速，但很少这么快跟人上床。

她保持不动，去听格莱戈的呼吸声。他是个睡觉很沉的人，张着嘴打呼噜，而她醒来过几次。有一次，她看着他的手指可能在想象的琴键上震颤。但现在卡车里很静。她试探性地把好手摸过搬运毯，去找一具身体。没摸到身体。她睁开眼睛，畏缩地躲开浅桃色的晨曦，用一条毛毯捂在胸口坐起来。她检查骨折的手的痛感，没有像她住手时那么疼了，这让她松了一口气。但是别的地方哪儿都疼：脑袋、后背和关节。她蜷缩着回忆起自己放纵不羁的掌控欲望，膝盖经受了那么急迫的摩擦。她重新躺下，把毯子拉过脑袋，像孩子那样假装如果她看不到别人，别人也看不到她。

终于，克拉拉需要小便了，她不得不站起来穿衣服，用手指梳头，咂吧嘴巴除掉酸臭的酒气。她合上暴露在外的琴键上方的琴盖，尽管感觉暴露的是她自己。

她把头探出仓门，左看右看。格莱戈在50米开外，手插口袋在看日出。她爬出卡车绕到背面，在路边小便。然后她拎起水罐，灌了好几大口，漱口后吐掉，又往脸上泼了些水。格莱戈的口气很自信，说那两个家伙会早早回来，所以她不必担心要节约用水。她在背包里找到了口香糖，很感激自己在旅行和舒适这方面很有先见之明，但对喝酒和男人却不怎么在行。然后，她觉得没法再继续躲了，就走到外面，朝盐湖上的格莱戈走去。

“早上好。”他说。他笑了一下，停下，然后再次微笑，仿佛在测试两人之间的亲密感有没有维持到早上。

“早。”不管她做的是什么表情，一定给予了他允许的暗示，因为他靠过来吻她，然后把她转向面对朝阳，从后面环抱着她，下巴放在她的肩膀上。昨夜的暴风雨激烈而短暂，现在天空已经放晴，地面开始发干。

“你觉得你我能安全地把钢琴搬出卡车吗？光线很完美。我有个想法，我想把它搬到湖床上，侧放在几层毯子上。你觉得怎么样？”他紧抱她一下，吻她的脖子。

“象征性的。”

“完全正确。”

“听着，格莱戈——”

“克拉拉，听着——”

“你说。”

“不，你说。”

克拉拉叹了口气。“我是要说，我对昨晚很抱歉。我喝了太多的酒，有点过于情绪化，已经不是我自己了。我不知道我是怎么回事。”

“显然我知道。”他一边说，一边把她转回来。他对她眨巴眼睛，然后再次亲吻她，这次更快，然后说，“不用抱歉。我不觉得有什么好抱歉的。”

她挣脱他的怀抱，但不是很唐突，她不想表现得粗鲁。“我通常不跟我不怎么认识的人上床。”她说。

“我可没那么想过，”他说，“所以这才更重要。”他拉过她的手，对那只骨折的手格外小心，捧在自己打开的掌心里。她低头去看：石膏已经开始变脏，尤其在薄纱般的边缘。

“格莱戈，我不确定……我是说，的确很棒——真的很棒——但我不确定‘重要’这个词用得是否恰当。”

他自己的表情变了，深色的眉毛轻微上扬，那是一个决意说服的人的苍白凝视。“实际上，它就是最恰当的词。你听我说完，克拉拉。我知道你出现在这里时，我不是很热情。我没法想象是什么迫使你一路开车跟到这里，然后坚持留下来。这有点疯狂，你必须承认。”

“我不认识你。我不知道能不能信任你。”

“你当然不知道。你不知道我们会有共同之处，不知道我和你一样爱你的钢琴。还有我们会有这样的一夜。”他夸张的媚眼把她逗笑了，“我真开心我们昨晚那样。你不开心吗？”

她其实非常不确定——那么突然，那么出乎意料，那么粗暴。但或许不是一件坏事，她不知道，但肯定是个安慰。至少是一次释放。她点点头。

“很好。”他吸了口气。“但我有件事需要告诉你，”他严肃地说，“好吧，或许我没必要说，但我想对你坦白。”

“好吧。”她说，脑子里在快速排查一系列问题：他结婚了？他是个罪犯？还是他有性病。他们是用了安全套的，对吧？

“我本来打算在这趟行程的最后毁掉钢琴。最后一张相片，我打算把它推下悬崖，在它坠落时拍摄。”

他倒不如说他也打算把她推下悬崖。她转身面朝他，准备要——怎么着？再打他一顿？在她开口和行动之前，他抬起一只手求饶。“等一下。求你。我当时不认识你。我不知道你对博兰斯勒的依恋。我一开始试图买下它的，记得吧？当然，我以为这一架已经烧掉了。我是在找复制品。”

“可是为什么啊？”她的心在怦怦直跳，博兰斯勒滚下楼梯的画面回到眼前，伴着同样的恐慌和想象中的失落。“你为什么想那么做？”

“我不想了，现在不想了。我向你保证，克拉拉。不用担心。我心里有更好的想法。”他把手放在她的手腕上，覆在石膏上。“你出现之前，我觉得我想让最后一张相片表现出我母亲的故事如何真正终结。但现在——”他捏捏她的胳膊，“现在你在这里。那改变了一切。你把我母亲带回我身边了。”

“我完全不知道你在说什么，格莱戈。把你的母亲带回来了？”她退开一步，“这太诡异了。”

“别啊，拜托。并不诡异。好吧，或许确实有点，”他叹了口气，“我真的愤怒了很长时间。这是被抛弃情结。反正我的治疗师是这么说的。他发现我母亲是自杀之后，没浪费一点时间就确诊我为‘不健康的应对风格’。实际上这是他的主意，叫我做些有创意的事情来帮助自己消化她的离世。做一件象征性的事情。所以我才想到这个，重新拍摄我们死亡谷之旅的照片，但里面要有博兰斯勒。它全程孤零零的，没有人弹奏，没有音乐融化冰雪。就像故事里那样。你不能理解吗？”他说，声音变得轻柔。“这架钢琴就是我的母亲。我想表现出她去世时我是什么感觉。音乐停止时是什么样子。”

“所以你打算把它推下悬崖？但那有什么意义呢？那不仅不会把她带回来，也不会改变任何事情。”

“我现在知道了，多亏有你，”他说，“我醒来时对整个项目有了完全不同的解读。把钢琴放在图片里不一定要代表音乐的终结。它可以象征潜在的音乐。也就是说，好像随时都会有人从画框外走进场景。就像音乐一直都在某处，即使音乐家本人不在。只需要换一种认知方式。所以，我现在不想用仿效的方式来阐释她的死亡了。很可能之后我也不会感觉好过一点。事实上，我或许会感觉更糟。现在只是想一想，都会让我有点不舒服。”他闭上眼睛摇头。

她仔细看他，同时心跳降到正常的节奏。他的激情令人叹服，这很可能也是他吸引她的第一点。“我喜欢那个想法，”她说，“用画面表现潜力，而不是事实。”

她的脑袋还在咚咚直跳，因为肾上腺素、宿醉和已经过于猛烈的阳光。但他对她微笑的样子还是打动了她，洁白整齐的牙齿就像她的钢琴琴键，当他伸手来拉她时，她接受了。

“你想想。如果你当时没有把博兰斯勒挂牌销售，我就永远不会发现它逃过一劫。我或许会找到另一架钢琴，按最初计划的方式拍这个摄影专题。我们就永远不会相遇。这么说来，听起来或许很疯狂，但感觉确实有一点像是命运，不是吗？或者天命、命定，还是别的什么。”他说。

“确实相当奇怪。”她承认道。他们两人带着钢琴，来到沙漠中央的概率有多大？她成年后的整个人生都倾向于惰性，而不是冲动。然而她此刻却在这里。她记得收到通知说钢琴已经被人买下时，彼得是怎么对她说的：我知道你很喜欢征兆。你应该把那当成一个征兆。

他们看到格莱戈租来的那辆SUV驶近，朝阳照亮它扬起的尘土，在空中飞舞，就像喷气式飞机后面的航迹云。克拉拉和格莱戈横穿盐湖，回到小冰箱、卡车和钢琴那里。她带着新的尴尬环视四周的场面：一个空酒瓶躺在灰土地上，是她听到格莱戈弹奏时，从驾驶室掉出来的，离那张皱巴巴的保温毯不远，已经被雨淋湿。她想起卡车后备厢里的临时小床，赶紧爬进去收拾他们做爱的证据，格莱戈则开始收拾外面的烂摊子。她抖开叠起的毛毯时，一个撕开的安全套包装袋掉了出来，但那枚安全套在哪里？她把包装袋装进口袋，去找里面的东西，但没找到。希望格莱戈把它处理掉了。她推开脑海中的不愉快画面：搬运工们发现安全套时，对她露出不悦之色。

卡车的车厢里很安静。如果在那一刻，有人叫她哼出斯克里亚宾序曲的任何一段，她都做不到。格莱戈那双手的触觉记忆也已经消失：钢琴上的，她皮肤上的。

她很感激听到摔门声和低沉的西班牙口音。她跳下卡车，看着胡安和贝托把两个十层的新轮胎拖出SUV。

“Buenas[1]。”胡安说，他们把轮胎放在卡车边上。“我们有食物。”

听到这话，克拉拉立刻被震撼：人类的基本需求一刻也不间断，甚至在危机中都是。这似乎是个粗鲁的悖论：一个人可以同时感觉饥饿和困惑。或者欲望与愤怒。

“谢谢你。”她说。

他们聚在打开的仓门周围，格莱戈递来咖啡和锡纸包的墨西哥卷饼，用事务性的方式问话：他们从哪里搞到轮胎（他们开进死亡谷时经过的比亚蒂镇上的修车厂，24小时开门），他们在哪里过夜（死亡谷旅馆），他们有没有带上更多的水（sí[2]）。两个家伙吃完东西后，格莱戈叫他们把钢琴搬到外面的盐湖上，这样趁他们换轮胎时，他可以拍摄。对照这套熟悉的例行程序——胡安和贝托卸下钢琴、推运、

1 西班牙语，“早啊”。

2 西班牙语，“有”。

安放，格莱戈架好设备，吼出命令——克拉拉一度觉得可以假装前一夜的启示与事件不过是一场梦。

她在卡车边徘徊，想搭把手，却知道自己没法只用一只手拧开螺母，也没法用千斤顶托起卡车。自从姑父教她怎么换胎后，她已经换过几千个轮胎，不论是在工作的车厂还是在外面。每当她开车经过，看到有女性陷入困境时，都会停下来帮忙，这是她小小的骄傲。保护其他女人免遭道路危险让她感觉自己像个小英雄。她有过两次停下来帮男司机摆脱困难。第一次是个年轻的专业人士，穿着一套看起来就不舒服的西服，似乎有点过于努力建立自己的权力形象，鄙视地说自己不需要帮忙，说他已经召唤了道路紧急服务车。第二次是一个体格魁梧的退休老人，穿着Polo衫大汗淋漓，把稀疏的白发从额头上拨开，带着淫邪的微笑接受了她的帮助。她弯腰把千斤顶卡在他的车架下面时，他把手放到了她的臀部。她飞速转身，看到他的另一只手在裤裆里。从那以后，她只停下来为女人帮忙。

胡安放好钢琴回来时，她已经把千斤顶放在卡车的后轴下方了，他拿走她的装胎工具。“你昨晚睡好了吗？”他问，听起来是真的关心。他开始轻松地拧掉卡车后胎上的螺母，这让克拉拉嫉妒。

她点点头。“我很好。”她别开脸去，这样他就不会看到她的脸上开始泛红。她的羞耻感有几分是出于自己无法他妈的换一个胎，又有几分是出于她在卡车里度过下半夜的方式，她也说不清楚。

在明亮的日光下，盐湖的多边形状再次融合成一片无缝的平面。格莱戈绕钢琴一圈，正像他早前向她提议的那样，钢琴仰面倒在搬运毯上，键盘盖朝天打开，像张开的嘴。她不担心它的安全问题：他们一直很小心地放置它，比她前一晚对待格莱戈的方式小心多了。他从各种角度拍摄，然后趴到钢琴前面拍。她从这个距离看不到他的脸，但他动作里的快乐让她好奇，他趴在钢琴边时在想什么。想他的母亲还是她？如果他母亲和她父亲活着，结了婚，那她和格莱戈就会是继兄妹。她麻木地思考这个概念。

等他终于站起来时，衣服都蒙上了浅色的泥灰。她低头看自己皱巴巴的前襟，巴不得赶快洗个澡。她在包里找到三片阿司匹林，用塑料罐里的水送下去。

几分钟后，格莱戈抬起手来，用手指做出旋转的手势，克拉拉对胡安说："我想他应该拍完了"，然后声音降低一个八度，进入一种忧郁状态。她困惑，断了手，身上又疼又脏，眼看别人都在实现某种目的，不管是出自本能，还是外界施加。

胡安和贝托已经换好两个轮胎，走出去要把钢琴搬回来。她跟在他们后面漫无目的地走，心想至少可以帮格莱戈拿器材。当她无言地伸出好手时，他把三脚架交给她，然后吻她。她没怎么亲吻他，反而望向他的后方，以防搬运工们在看。他们没有，她松了口气。

35

意外之后，格莱戈几乎十天没离开过沙发，他拒绝了自己卧室的隐私空间，就为了盯着他的母亲。他父亲每次穿过房间，格莱戈都会瞪他，但不说话。卡佳已经开始睡在格莱戈的床上，期待着自己能离开米哈伊的那一天，与布鲁斯开始新生活，以及与她的博兰斯勒再次重聚。

她把午餐托盘端给格莱戈，放在桌子上。他茫然地盯着电视，一名新闻评论员正从一场致命房屋火灾的现场发回报道。“格里沙，你看这个干吗？太压抑了。”她拿起遥控器，但在摄像机摇摄被烧空房屋的全景时，她犹豫了片刻。“确认两人死亡”，那个女人在说，“财产全损。”

“太可怕了。”卡佳一边说，一边把电视关上。应付自己的悲伤已经够难的了，她没法再考虑别人的事。她想起布鲁斯，想知道他前一晚有没有信守诺言，求爱丽丝离婚，爱丽丝又有什么反应，以及他们什么时候会告诉女儿？卡佳看着充电座上的电话。他肯定会很快打给她的，不是今天就是明天。

到了周一，她还是没有他的消息。她不想打到他家里去，她从没那么做过——于是她试着拨打他的大学办公室电话。电话铃一直在响，然后转入语音信箱——是自动录音，甚至都不是他自己的声音——然后她记起来，他当时应该在上课。她没有留言。

周二，她拨了他家的号码。如果是爱丽丝接的，她就挂电话；如果是克拉拉接的，她就要求跟她父亲讲话。但没人接电话。

周三早晨，她已经全面崩溃。他们已经六天没说过话。他们无法在别墅见面，因为卡佳拒绝离开儿子，但布鲁斯打过电话来说他爱她，已经安排好克拉拉去别人家过夜，他正在推进计划。从那以后他为什么就不打来了？或许他病了。她还是需要见到他，才能让自己安心，于是她决定开车去他家。如果他的车在，他妻子的车不在，或许她会有足够的勇气去按门铃。又或许她只会开车路过看看，她就是这么绝望。万一他改变主意了怎么办？万一他提了，但爱丽丝说服他留下，哪怕只是为了女儿，那怎么办？上一次爱丽丝发现他俩的事时就是这样。

卡佳开上他家的街道，心开始咚咚地跳，希望自己即将扑进他张开的怀抱里。我太担心了，她会说。对不起，对不起，他会说，我得了流感，但一切顺利，我告诉爱丽丝了，我们很快就会在一起。失去布鲁斯这件事想都不能想。她爱他，而且需要他。她无法想象跟米哈伊继续维持婚姻，但她也不相信可以凭自己的力量离开他。

当她看到本该是他家房子的地方只剩一片烧毁的废墟时，她猛吸一口气，慢慢地停下来。那里只有变黑的残骸，内部和草地上都是成堆无法辨认的瓦砾，印着“禁止跨越”的亮黄色胶带把整片混乱圈了起来。她的恐慌变成释然：她走错街道了。是的，她迷迷糊糊地没有注意。这一定是新闻上那场可怕的火灾。多么难以承受的悲伤。

卡佳继续往街区开，在转角处拐弯，一边查看街道的路牌。不，不，不。他住在23号街啊，不是吗？或许她记错地址了。她绕街区一圈，希望这一片看起来不要眼熟。她没走错。她的心跳冲上太阳穴，她要窒息了。

她重新开到他家的房子后，一把推开车门，跑向焦土的边缘。不——不——不。她喊他的名字，但发不出声音。新闻说致命的住宅火灾，两人死亡，财产全损。她的头脑一片空白。她跨过黄色胶带，进入曾经是客厅的那片残骸。她记得客厅面朝街道，日光洒进落地窗户。

布鲁斯死了？不可能啊。他不可能死了的。她无法让自己相信爱人不在了，于是她去想她的钢琴。应该就在她站的这个地方的。对吧？房子很小，这是他唯一可以放琴的地方。

“布鲁斯！”她大声叫喊，声音却卡在她的喉咙后方，听起来像被人扼住了。“布鲁斯！”

她一下跌跪在烧毁房间的中央，背叛的阳光照在她的头颈上。她的手在粉尘的灰烬里乱扒，把它拨开，想挖掘证据。下面一定有些什么。布鲁斯和爱丽丝在哪里？他的尸体呢？她疯狂地用手去乱抠灰渣，敲碎消防车喷的水干掉后结的一层层硬壳，下面还是暖的，一些地方仍然潮湿，其他地方极度干燥。“布鲁斯！”她绝望地挖土寻找时，灰烬蒙上她的衣服，飘起来蒙上她的胳膊、脸和头发，找到任何东西都可以——牙齿，琴键——任何东西。

“喂！”

卡佳猛地一抬头。

“布鲁斯？”

“女士，住手。你不该在那里的。”一名警官朝她走来，另一名警官尾随其后。

她四肢着地在爬，仍在筛查，一边捡起摸到的任何硬物，想识别出有意义的东西。布鲁斯。

女警官在她几米以外的地方蹲下来。“夫人，停下。我需要你停下来。这样不安全。你不能在这里。”

卡佳抬头看她，但无法理解她在说什么。她开始觉察到胸口很剧烈地收紧，似乎超出痛苦，变成别的东西——某种知觉的缺失。

“你需要我打给谁吗？”

他在哪里？他的尸体在哪里？她抓起一把灰烬低头去看。那是他吗？就剩那个了吗？那名警官站起来，抓住卡佳的胳膊。“来吧，我们带你离开这里。”

但卡佳往下赖得更沉，开始一把把地往自己的口袋里装灰，尽可能地多抓一些，然后另一位警官也介入了，抓住她的另一条胳膊，把她架起来。

然后她停止了反抗。

“不要给她上手铐，”女警官说，“我只想在这里陪她坐一下。”

卡佳任由自己被带上人行道，摁到路边坐下，背对着布鲁斯的家。警官在跟她说话，但听起来模糊而无关紧要，对她而言只是遥远的环境音。她目光空洞地坐在那里，在脑海里一遍遍地念他的名字。一阵微风吹来，吹掉她身上的一些灰烬，在她的皮肤上激起鸡皮疙瘩。即使加州的阳光毫不留情地照晒，她依然觉得浑身发冷。

36

开回酒店的缓慢、晃动的三个小时车程里，格莱戈一直在攀谈。他跟她讲他的母亲——她叫卡佳、他的恶魔父亲、他在洛杉矶的童年。他问起她的父母、她的爱好，她年少时的朋友。他很惊讶他们长大的地方只隔几千米。他讲起他的摄影，问她贝克斯菲的生活是什么样的。格莱戈很好奇，也似乎是真心对她的生活细节感兴趣，这让她受宠若惊，但她还是不停想起自己的父母。

母亲在UCLA教了本科生一天的政治学回到家。克拉拉坐在桌边做作业，母亲在厨房里用小收音机听国家公共电台的国家谈话节目，偶尔停下削胡萝卜和土豆的活儿，深吸一口烟，把烟灰弹进水池里。她已经脱掉短西装，但没换鞋——圣莫妮卡的这个8月比往年要暖和，她的丝绸衬衫上能看见腋下的小小汗渍。

爱丽丝关上烤箱的门，定好计时器。“都快6点了。你父亲又晚了，跟平时一样。”她用细窄的鼻子急促地吸了口气说。克拉拉感到愧疚的刺痛，仿佛这是她的错。但那当然不是她的错，她又不知道父亲在哪里。

当父亲那天晚上回家时，她们早就吃过炖菜，剩菜都收起来了，当时克拉拉在洗手间里刷牙，准备睡觉。她听到前门砰的一声打开，她父亲说："哇，现在进门要小心。"

她走出门厅，刚准备大声问好，但看到他和他的两个同事——都是教授，全部人都有气无力、有点脱形的样子——从前门进来，在一架巨大的亮黑色竖式钢琴的重压下气喘吁吁地硬扛。

爱丽丝站在她的办公室和门厅之间的过道上，把老花镜推回头顶。"这是在干吗？"她用百夫长的语气说。

克拉拉僵住了，牙刷还含在嘴里。即使几个男人正往里屋里挤，她还是感觉严重的寂静感犹如泰山压顶。爱丽丝垫了垫肩的肩膀端平，两手抱胸，看起来既生气又害怕。"你要把那架钢琴怎么样，布鲁斯？"

父亲转过身去，带着克拉拉不认识的踌躇表情瞄了爱丽丝一眼。但爱丽丝一定心知肚明，因为在那一瞬间，他们之间发生了一场私密的交流。在那之后的很多年里，克拉拉都试图把那次沉默的对话转译成某种她可以理解的东西。但她只记得母亲屏气太久，身体变得异样僵硬，最后她终于慢慢地、深思熟虑地吐出一口气，似乎不仅吐尽了呼吸，也吐出了她的斗志，仿佛不管前方是场什么样的大战，她已经输了。

"是给克拉拉的。"他说，然后，似乎热情过度了，"提早送她的生日礼物。"

"她的生日远在六周之后。"她用缓慢威胁的语气说。布鲁斯的帮手们拖着小步向前，似乎想躲在狭窄的钢琴背后。

布鲁斯没有与她目光接触。"我说了，是提前送她的生日礼物。"钢琴稍微倾斜，其中一人哼哧了一声。"哦，"她的父亲突然说，"你记得保罗的，对吧？英语系的？"

保罗从钢琴背后探出脑袋。"你好啊，爱丽丝。"他的脸颊通红。

布鲁斯继续说："小本你当然知道。"

"你——好啊。"小本从钢琴后面紧张单调地说。

"你好。"爱丽丝说，她的"你好"听起来更像再见。然后她让到一边，假装克制地斜靠在门口，看着三个腋下也在大量渗出汗渍的男人把一架巨大的钢琴弄进她的门厅。

"你想把它放在哪里？"小本问。

"就这儿，我们在这里放一下。"他们照做，布鲁斯用卷到胳膊肘的袖口抹抹额头。"这东西有一吨重。"他弯了几下手，然后把手腕的背部抵在胯部，两手叉腰，四处张望。"我其实也不知道。要不就放在客厅吧。最像样了。我们可以把大衣橱搬开，把钢琴放过去，要不就放在窗前——不过钢琴蛮高的，会挡住一些阳光。要不放到克拉拉的房间去？我也不知道，那里的空间够吗，亲爱的？"他给爱丽丝一个尴尬的笑容。

"真的吗？"她说，一边歪着脑袋，就像检查克拉拉的作业发现粗心错误时那样，"你真的是在问我吗？"

"好吧，我只是想着，就是，你应该会有主意，因为你经常都有主意。"他们彼此瞪视了很长时间，布鲁斯的朋友都看向别处：墙上的抽象画、木地板的纹理。克拉拉似乎完全没法动弹。

"我认为你不需要我来告诉你往哪里放，布鲁斯。"爱丽丝最后说。然后，她用垫肩撑墙，把自己从门柱旁推开，走进她的办公室。克拉拉的胸口里都能感觉到那声摔门声，像一记重击。

他用一只手捋捋仅剩的发灰红发，揉揉头顶的头皮。"哦，那好吧。"他说，一边对同事们扬扬眉毛，"我猜那就由我来决定吧。"

克拉拉溜回洗手间，小心地关上门，以免弄出声响。她意识到自己的嘴里全是牙膏和口水。她吐掉，把水开到最大，让任何可能听到的人知道她在里面，然后在浴缸边沿坐下。她看着自己的脚，上下运动腿部，绷起脚尖又勾脚尖。她的脚指甲该剪了。她能听到父亲在和朋友们一边低语，一边挪动家具。他最后决定放在客厅里，她很高兴，因为她的房间里没有任何额外的空间。她已经有床、书架、书桌以及祖母的抽屉柜，中央的地毯是仅有的可以躺下来写作业，或者跟她最好的朋友泰贝莎玩桌游的地方，哪有空间放什么钢琴。而且他凭什么以为她想要一架钢琴啊？

她听到爸爸谢过朋友，然后所有人说再见，前门开了又关上。终于，她站起来。她冲了厕所，打开洗手池的水，试图掩饰自己一直在躲藏的事实。她打开门之后，走过门厅，看见父亲正费劲地把笨重的深色钢琴往客厅墙壁推时，她假装惊讶，那里一向是母亲坐的地方，两把翼状椅子和柱脚桌现在缩在房间的中央。

“嗨，爸爸。”她说。

“你好，小甜甜。”他说。

她走过去，把胳膊塞进他的腰间，耳朵靠在他的胸口，聆听了几下他的心跳，直到他后退一步。

“我有东西给你，”他说，低沉的声音故作神秘。他把她转向钢琴。

“哦，”她说，“哇。”

“怎么了，你不喜欢？”

“我还行。但我不会弹。”

“是暂时还不会，”他把一只手扶在她的背上，把她往前推，“去试试。”他自己用手指随便按了几个键。

她走上前去，在近的一端按下一个琴键。“听起来很棒，不是吗？好吧，或许有一点走音，但可以调的。琴箱上的这些圆坑也可以修。”他的手抚过琴箱的顶部，他爱抚受损的木头竟那么温柔，她当时很震撼。“而且我们当然要让你上课啊。嘿，或许我也会试几堂课呢。我完全不会弹，但我愿意学。这不是很好玩吗？”

她点点头，很高兴，但他突然对自己产生兴趣，她感觉有点尴尬。或许是会很好玩，她心想。她没跟爸爸有过多少亲子时间，如果上钢琴课是她唯一的机会，那她愿意。“那妈妈呢？”

他把手缩进裤兜里。“你是什么意思？”

父母之间这种放大的紧张感，如此黏稠，总是来来去去，现在又出现了，就像一张在夜里结出的蜘蛛网。她按下另一个键，这次更用力。听起来也没好到哪里去，只是声音更大。“她似乎很生气。”

“你妈妈只是在暑假结束后要重新适应教学，仅此而已。我俩都是。很多新学生，这么多论文要评分。我们都有点心情不佳，但一切都没事的。你不用担心。”他用手指提起她的下巴微笑，直到眼角泛出细纹。

她凭什么不相信他呢？母亲在新学期开始的几周里总是容易动怒。他也是。很可能就是那么回事。克拉拉又弹了几个键，力度有强有弱，她喜欢它发出的声音。然后她用一根手指拖过整个键盘，制造出从很低到很高的噪声，她的父亲笑了。“已经是艺术大师啦，”他说，“很快你就能为我弹奏斯克里亚宾的降E小调14号序曲了。”

“那是什么？”

“哦，你听过的，我敢肯定。那是诗意、色彩和想象。我没有合适的词来形容它。我明天用音箱给你放一张唱片听。你会喜欢的。”

她谢谢他的礼物，他赶她回房，她在门厅里轻敲母亲办公室的门。没有回应。

那天夜里，父母房间里传来尖锐的话音，她溜出自己的房间去听。有几句刺耳的只言片语足够大声，可以听清——该死的就在我眼皮底下，以为我不知道以及永远不想再看到那个东西回来——后面跟着父亲同样愤怒但音域更低的回答，她也听不见。第二天她在学校的某个时候，钢琴被搬走了。

现在借助所有微妙的新信息再次回忆，她透过关闭的房门听到的那些争吵片段就有了新的意义，但当时她还太小，没法推论出他们的争吵不只是因为钢琴的不期而至。客厅被恢复成长久以来的布局，但家没有愈合。次日晚上在餐桌上，她好奇地问钢琴在哪里，然后注意到母亲把肩膀向后一收，朝父亲挑起一边的眉毛，她父亲放下正在读的那一张报纸，说，“它走音太厉害。我把它搬去一家附近的琴行了，让他们帮你调一下”。

几年以后，她了解到钢琴每次被搬动都会走音，而且是调音师来调琴，而不是反过来。但到现在为止，她从没质疑过父亲的解释，因为他去世以后，她很感激他把琴送走了。她搬去跟姑父一家住了一周左右后，杰克接到一个技师的电话。“你知道一架钢琴的事吗？”杰克挂了电话后问她，她告诉他，那是一份提前送给她的生日礼物。在父母去世的痛苦巨变中，她已经完全忘记它了——她拥有它的时间还不足以让她感觉它属于她，她一开始就没想要它——但当姑父说“那好吧，我们去把它带回来”时，她如释重负地啜泣起来。

当失去了别的一切之后，能有一样曾经属于他们的东西，哪怕只有一天，感觉似乎很不可思议：她的白色柳条家具、她祖母做的黄色的粉白小花床单、史密斯飞船[1]、王牌合唱团[2]和Boyz II Men[3]的海报；她和泰贝莎在夏令营、万圣节和学校里的照片；她最爱的那条最合身的绿色灯芯绒裤子，以及她省下三个月的零用钱买的新毛衣；她当时

1 Aerosmith，也称空中铁匠乐队，来自美国的著名摇滚乐队，在摇滚乐历史上占有重要地位，风格为以布鲁斯为基础的硬摇滚。

2 Ace of base，也称爱司基地，来自瑞典的流行演唱团体，常和ABBA和水叮当乐队并称。其音乐交融雷鬼、迪斯科和欧洲电子音乐，独具特色。

3 大人小孩双拍档，来自美国费城节的奏蓝调演唱团体，曾获得格莱美奖，曲风以新杰克摇摆为主。

在读的书——住在寄养家庭的一个11岁女孩被送去另一个州，跟亲戚一起生活，后来回想起来似乎太有预言意味，以至于她搬去姑姑和姑父家后，几乎很少再读小说；只写了几篇日记的日记本，其中一篇是一次详尽的事件再现：一个名叫杰米的男孩，第一个让她感觉有点眩晕的男孩，在六年级的过道里跟她说"哈喽"；5岁生日时去迪士尼买的米奇老鼠耳朵；四年级艺术展中拿到第三名的猫头鹰图画；她的整个家；她的父母；她的童年。

博兰斯勒是她仅剩的东西。

她按下仪表盘上的按钮，关掉音乐，突然转向格莱戈。"你不会打算把钢琴要回去吧？"

"什么？我为什么要那么做？"

"昨晚就是为了这个那个吗？你诱惑我，让我把钢琴给你？"

"不！当然不是！你为什么会那么想？"

"因为你说过你不想睡我，记得吧？在酒店里的时候。"

"是你先对我说的——而且相当大声，我要补充一下。'你要是以为我会跟你上床，你就做梦吧。'我想每一位客人都听到了。那很尴尬。"

她考虑了一下。"对不起。"

"没事。我真的很高兴你改变了主意。"他伸手过来抚摸她石膏上方的胳膊，"不，我没打算夺走你的钢琴。它现在是你的了。十四年来它一直是你的。"

"好吧，"她说，"谢谢。"

片刻后，他看着她微笑。"不过你要知道，有可能有一天我们全部会在一起。你、我、还有钢琴。"

"哦？"

他看起来很受伤。“等一下。那是一夜情吗？”

她凝视挡风玻璃外面——不是避开他的目光，但也没再看他。“我不知道。我没有好好想过。一切都发生得太快。五天前，你还巴不得要甩掉我。”

“我怎么说呢？你真是个惊喜。”

每段浪漫关系一开始不都是惊喜吗？她回忆起在那间杂货店见到莱恩的时候，她如何被他神秘的善意吸引，然后他答应带她坐一趟私人飞机后抱着一袋农产品离开，她目眩神迷。“我住在加州。你住在纽约。”

“两个能通电话、短信和飞机的州。你去过纽约吗？”

“我连内华达东边都没去过。”

“从来没有？”

“没有。”旅行在她的一张模糊的未来待做事件清单上，上面还有：学习弹钢琴、读一个大学学位、学习她父亲懂得的至少一门外语、像母亲一样关注世界政治，还有其他几个看似不可能的目标。

“好吧，我们得解决这个问题。你会爱上纽约的——而且不止那里啊。我们可以去全世界的任何地方。我还从没回过俄罗斯。我们可以去圣彼得堡，我出生的地方，去听那里的交响音乐会。或者罗斯托夫，我母亲在那里长大。或者莫斯科。我们可以在巴黎或阿姆斯特丹逗留一下。阿姆斯特丹真是太棒了。我见过一个男人在隆冬里半裸着身子沿着申克尔河溜直排轮。”她感觉有十几辆车的引擎在胸口加速快转，并不是很好的感觉，便说：“格莱戈。你可以踩一点刹车吗？”

他看了她一眼，明显注意到她正从座位上远移，然后他对前方延展的大路点了点头。“你说得对。不过我很难不被冲昏头脑。你之前问我有没有爱人或伴侣，事实是，我已经很久没有关心过任何人了。我没遇到哪个人能理解对我真正重要的是什么，你明白吗？然后你意外地出现了，我觉得你或许是能理解我的人。你懂我。现在我们在这里，还有钢琴……一切都恰到好处。”

她细看他苍白的侧脸，紧握方向盘的姿势，魔术师的衣服上满是灰尘。自从他们遇见后，他一直只穿黑色，就像在永远戴孝一样。难道艺术家和纽约客都是一身黑吗？她想到她和弟兄们在车厂里穿的结实的海军蓝工装裤，很舒服，又实用。她喜欢制服公司的人来收走一周的一整袋油腻工装裤，她的裤子和他们的全都混在一起，然后干干净净、叠得整整齐齐地送回来。她喜欢在大码和加大码里找到那些小码的，在工作日穿上，她穿进去以后，硬挺的布料就放松下来。就是那种满足的归属感。

“这一切都感觉有点……太突然了。”

“是这样没错，我知道太快了。但我喜欢你，克拉拉。我不是要你嫁给我。我只想看到我们之间的关系可以如何继续。你说呢？”

她没有马上回答。他的兴趣让她受宠若惊，他的理由也算逻辑分明。因为父母的关系，他们有一段共同的历史是别人无法理解的。他见过她的父亲，哪怕只有一次，这让她莫名感觉慰藉——格莱戈知道他长什么样子。他与她的过去有亲密联系。而且格莱戈不像莱恩和其他人，他永远不会低估博兰斯勒的重要性。他永远不会提议她把它卖掉，或者放进仓库，或者让它被生活的碎屑填埋：信件、钥匙、夹克和书。其实贝克斯菲有什么能留住她呢？她糟糕的公寓？她的工作？她可以在任何地方的车厂找到工作，哪怕是在纽约，如果他们的关系真的能走到那么远的话。

公路开始变得平坦，格莱戈开始提速。克拉拉查看后视镜，卡车跟在他们后面，但隔着两辆车之间的一层薄灰，她看不到那两个家伙的脸。她把太阳穴靠在窗户上。只有空空的矢车菊色天空。

或许，如果他们真的成了一对，那就像是两个实质上的陌生人包办婚姻，始于实际的结合。爱，如果真的有爱的话，之后才会来。在那其间，她至少还有博兰斯勒。

她转向他时，他与她四目相对，她笑了。

“怎么样？”他一边说，一边满怀希望地挑起眉毛。

她点点头。他也微笑着点头，剩下的车程一直拉着她骨折的那只手。

37

卡佳周六早上起床很早——严格意义上不能说是起床，因为她前一晚根本没睡下。她甚至连尝试都没有。过去的一年是她不得不选的最可怕的一年。失落音乐的声音几乎不断地在黑暗中对她低语。一些日子，她没办法、也不愿下床，她能下床的日子，就漫无目的地虚度时光。她基本不做饭了，因为她不再喜欢任何味道，于是就用美国快餐或者可以外卖到家的东西来填饱丈夫和成年的儿子，比如比萨和中餐。她踉跄地度过四季，就好像在等待什么，但她不知道是什么，直到有一晚，她发现自己开车路过一栋新房，在她爱人死去的地方拔地而起。她想象一对充满希望的年轻夫妇很快就会入住，可能新婚燕尔，如果他们幸运的话，他们或许会在那栋房子里一起共度一生。想到这里，她有了一个主意，反过来也终于带给她一种目标感。她对自己点头表示同意。那没有让她开心，但确实给了她一点盼头。

那个周六早晨，米哈伊开了一个大夜班后5点回家。他以为他一年前对儿子做出的事给了她一个教训，从那以后他基本上不理她。他不知道她的悲痛要深得多，而且不只是因为那次暴行。她看到他的头灯光束斜照过客厅窗户时，走向沙发假装睡着。但她一听到卧室里传来他沉重、张大嘴巴的鼾声时，就回到厨房的餐桌旁，继续手写一整晚在谱的曲子。就在树梢开始发出橙黄色的光，小嘲鸫开始每天的保留曲目时，她决定，这支曲子写完了。

她计划中的早餐做过量了，她知道的，但她觉得自己头脑非常清楚，而且下定决心要做，因为就是今天了。她太久没给格莱戈做过饭，今天早上的菜单她不准备抠门。她记得俄国几十年的食物短缺，饥肠辘辘之后，他们经常只能吃干面包和咖啡来开斋。他们移民到美国之后，卡佳才学会大多数传统食谱，因为在国内，就算商店里能买得到，他们也永远没有足够的钱购买所有原料。她想到自己的母亲，母亲希望在临终之前，能享用一顿美餐，和卡佳将要准备的这一餐一样。她真希望当时能在场问问她。

她从白软芝士饼开始，俄语叫syrniki，顶上是焦糖水果，还有很开胃的blini[1]，加一团酸奶油和一勺红鱼子酱。他们几乎从没吃过鱼子酱，因为太贵。她通常用烟熏三文鱼或其他更便宜的鱼，但今天她不会吝啬。接下来是tvorog，也是一种白软芝士，有蜂蜜和莓果，是儿子小时候最爱的料理之一。当然还有buterbrody，一种开边三明治，用黑面包、黄油、芝士和切片的道格托斯卡亚牌大红肠做的——这是标配早餐，但十分丰盛。最后，她泡了很浓的甜茶，把丰盛大餐摆上餐桌。

“格里沙，”她在他耳边低语，把他的头发从脸上拨开。“我给你做了早餐。”他发出抗议的哼唧声，转身窝在被单里。“现在就来吃吧，不然我得离开了。”

“你去哪里？”他含混不清地回答。他坐起身时，她看着他的侧

1 俄语，“小薄饼”。

影。话说现在早就不应该了，但她看到她的宝贝脸颊上有胡须时仍会惊讶。

“去购物。”她说，谎话卡在喉咙里。她咳了一下把它清掉。“我今天有很多杂事要办。我会离开一阵子。比平常要久，行吗？”

“为什么？”

“嘘——嘘——嘘。我晚点解释。现在，来吃我给你做的东西。”

卡佳坐在他的旁边看他吃，一边鼓励他吃第二份、第三份，但那么丰盛的食物，她自己只吃几口。

“你不饿吗？”他问，“就我一个人吃的话，你为什么要做这么多？”

“我在准备的时候就全尝了一遍。我吃不下了。”她摆弄一撮头发，发现几乎是棕色，然后哼出她新作曲子里的琶音旋律。

“你看起来很紧张。”

“没有，没有。一切都好。”她笑了笑，给自己又倒了些茶。“你想再来点软芝士[1]吗？”她问，一边已经又给他盛了满满一大勺。

“不要了，谢谢。我撑死了。”

她点点头，开始清理桌子。

“妈妈，你没事吧？出什么问题了？”

卡佳回头望了他一眼，然后把注意力转移到碗碟上。她想在自己离开前把所有东西都收拾好。“我告诉过你了，格里沙，”她明快地说，“一切都很好。”多么美式的说法。从她嘴里说出来听着很奇怪。“我在你的房间里给你留了些钱。或许你今天可以去买新胶卷，拍拍照片。或者你想去看电影。想做什么都行。要不跟你父亲去哪里

---

1 原文为俄语，tvorog。

吃饭吧。”

“你晚饭前回不来吗？”

“哦，我只是说以防万一。”她再次清清喉咙。这很艰难，但她心意已决。现在最好别再多想。“这里有充足的食物，对吧？我会全部包起来。剩下的开边三明治可以当晚饭吃。”

她忙活时能感觉到他的眼睛在背后盯着她，但他没再多问。他是个好孩子，她心想，不过他太担心她了。她并不想成为那种要让孩子担心的母亲。他甚至不愿离开家去上大学，他害怕留下她独自一人。他值得有更好的人生。

一切都一尘不染后，她环视房间。房子还和他们刚搬进来时一样洁白，洒满阳光，但现在餐台和墙上有了更多的私人物品。这是个非常好的厨房，但她不会想念它。

“我爱你，Ялюблютебя, сынок[1]。”

“我也爱你，妈妈。”他怀疑地看她，“你确定没事吗？”

“没什么事，”她说，把他拉向自己。“我保证。”然后她拿起自己的挎包，里面放着新乐谱和钱包，没说再见就离开了家门。

她倒出车道时，拒绝体会任何悔恨和悲伤，也不想再三思量。她向北开出城镇，往兰卡斯特开，然后往东北方向开上14号公路，环绕红石峡谷的南缘，再沿着帕那敏山脉的西麓往北开。当她抵达死亡谷国家公园的岔道时，有种兴奋感喷涌而出。她又来到了这里，这次是独自一人，来到这片对她来说仍像冻土的沙漠。

她曾经给布鲁斯看过照片，试图解释它们对她有什么意义。失落的音乐，被遗弃的女孩。当然，在现实生活里，布鲁斯就是把她

---

1 俄语，“爱你，儿子”。

从冰冻的悲伤中解救出来的人，至少他曾经是。等她给他讲自己编的故事时，她已经可以轻易地大笑出来。他听到故事时，建议他们在死亡谷度蜜月，一半是因为会很有趣，一半也是为了驱散悲伤的神话。“我们还是小孩子的时候，父亲带我们去过一次，”他告诉她，“我妹妹伊拉很恐惧那个名字。她以为我们一到那里就会死掉。我还清楚记得，我们爬上过一个名叫‘棺材峰’的景点，那里有点偏僻。所有其他游客都步行去但丁峰，因为那里相当有名，但我爸告诉我们，最佳的视角是从它的侧面看过去。老天爷，那里真美。你往下看，能看到盐湖、狂野的沙漠和峡谷景色，山谷对面就是那些白雪皑皑的山峰，”他摇摇头，“我到现在才回忆起来那里多么的不可思议。”

“我想去！”她高呼道，然后递给他自己从下方几千米的地方抬头仰望的照片。想象一下，他们曾经各自站在那片巨大虚空的对立点，多么奇怪。

他拉起她的手亲吻。“我有个更好的主意。我们去那里举办婚礼吧。棺材峰是个病态的名字，但我打赌没有别人这么做过。那里将会只属于我们。你觉得呢？”

将近3点钟，她来到通往但丁峰的加州190号州道的坡路，爬升陡峭的斜坡时，车嘎吱作响。她对车子一无所知——她朋友艾拉曾经耐心地教她开车，因为米哈伊不在乎她会不会，但她从来都不怎么喜欢。在她停下来加油时，加油站的服务员给她的引擎加满了冷却剂，并坚持要她路上多带些水，以防车子——或者她自己——在公园里过度受热。真的很热，气温将近38摄氏度，但她并不担心。她已经听说公园里的温度会低六七摄氏度。如果她的老本田雅阁在那之前就撂挑子的话，她就自己走完剩下的路。

去汽车停车场的路上有个撤离点，大巴必须在那里掉头，因为剩下的爬坡太陡。她拐进公厕旁的其中一个停车位。她前面的车继续往前开，没有停，后面跟的寥寥几辆也是。显然，布鲁斯的父亲说得对：别人似乎都是去但丁峰的。

她还有1.5千米的路要走，所以没有浪费时间。她从挎包里掏出宝丽来老照片，用亚麻茶巾包起来，还有一个密封信封，正面写着儿子的名字，里面是一封信。她本来打算多写一点，但没能找到合适的字眼。最后她意识到，根本不存在合适的字眼，于是她尽力解释，然后求他原谅。她把相簿、信和钥匙塞到司机座位底下，然后把自己的手袋在乘客座位上倒空——钱包里只有几块钱、一支笔、一支润唇膏、一把发梳，还有十六年前艾拉送她的那副该死的有用墨镜。她的手里握着当天早晨写完的乐谱，她把挎包和钱包都留在座位上，现在两样都空了。感觉那样是对的。就让别人拿走吧。她什么都不再需要。

她沿着小路向东走，翻过一座长满野草的山坡，四处散布着闪亮的晶体和矮小的灌木，然后爬过两座给人假象的顶峰，中间被一道沟壑隔开，最后达到她的目的地。路不是很难走，不过等她到达时，已经累得一身大汗。她休息了片刻，然后小心翼翼地穿过几块松动的石块，来到顶点，站在崎岖的南壁高地的边缘。噢，真的很美啊，如此静止而安详。下方的盆地是一片无尽的盐沙，看起来就像个白雪覆盖的山谷。那是她曾经站过的地方，是美国陆地的最低点。在另一边的遥远西方，她能看到惠特尼山，那是美国陆地的最高点。她能从自己的独特位置同时看到最高点和最低点，尤其是在今天，似乎恰到好处。

微风拂过她胳膊上几乎看不到的汗毛，她朝风扬起脸庞。“你好啊，我的爱人。”她的声音被风吹散，但她知道他能听到，“就在一年前的今天，你不得不离开我。”

她闭上眼睛。站在棺材峰的边缘比去扫一个空墓好多了。尽管他们从来没能一起来死亡谷，她知道他会为她而来。他现在就在她的身边，她能听到他的声音，感觉到他风中的拥抱。她睁开眼睛，从他们原本计划的婚礼圣坛凝望天地之间的空旷。如果可能的话，她愿意摘下一片闪烁的小云朵，当作捧花。

“我以前弹琴的时候，”她说，“这里就是音乐想来的地方。高高在上，远远超脱世上的愚蠢，宁静里充满美感。”她哼出一小段旋律，想看看附近的鸟儿会不会起舞，而不是飞翔。“我愿意想象现在你和我的钢琴在一起，对吧？或许你在渡河的时候，一次性上了一千堂钢琴课，现在你在另一边，甚至可以比我弹得更美。”

天空在变幻，光线低落，给山坡镀上金色。他们聊过要在日落时分结婚。她展开新作乐曲的谱子，只有两页纸。

“我把这一生的故事写下来，”她说，又开始哼唱，“由两个部分构成，每个部分都一路渐强，直到结尾。当然，我的博兰斯勒在你那里，所以我只能假装为你弹奏了。但还是请你听听。”她又哼了一段，手指移动，随着音乐从简单演变至复杂，她的表情也在变化，从好奇渐变成悲痛。虽然也有几处欢愉的片刻，但寥寥无几，就像每年只放一次的烟火。中间的停顿之长足以证明那是个分叉路口。

“我要叫它‘Die Reise’”她说，“意思是‘旅程’。当然，我的钢琴是德国造的，所以我觉得选择德语做标题很好，你觉得呢？”

风呼啸而过，她稍微偏头。“对吧？”她点点头。“是啊，那是自然的。我以前怎么会没看到呢？平行的模式非常明显。”她笑出声来，笑声在她悲伤的耳朵听来，和落日一样浓艳缤纷，就像她失去他后万般思念的音乐。“那就是两段生命之旅了，我和钢琴各自的一生。谢谢你，我的爱人。谢谢你帮我确保博兰斯勒的安全，”她再次点点头，“嗯，我也喜欢这个结尾，感觉恰到好处。”

她笑着把两页纸撕成两半。然后叠起来又撕了一次又一次，直到她的生命厚度无法再被撕开。太阳在地平线上徘徊。

“我爱你。”她说。然后她把纸屑抛向空中，风立刻把它们吹散，音符现在分崩离析，失去意义。“我爱你！”她尽量大声地叫喊。“我爱你！”然后她一步踏出石块碎裂的边缘，跟随音乐一道，扑进布鲁斯等待的怀抱。

38

他们开进酒店对面的加油站时已经将近中午。他们下车舒展身体，格莱戈拧开阀门盖时，他说："我饿了。你呢？"

"饿疯了。但我需要先洗个澡。你觉得他们会不会把我们的房间给别人了？"

"只要我们还想要，房间就是我们的，"他说，"哦，不过如果你想搬来跟我住，我不会反对的。"

她笑了。"我20分钟后去餐厅找你，好吗？"她一边说，一边从后面拿她的包。"但我希望我有干净的衣服。"

"这里有，"他说，"拿着。"他从相机包里抽出一件T恤，就像从帽子里变出黑色的兔子。"我总是带一件T恤备用，以防需要换衣服或者要拿来包裹设备。或者借人穿。"他对她眨巴眼睛，"是干净的。"

她小跑穿过马路，尽管路上并没有车，然后急切地冲进房间，终于独自一人了，她出乎意料地感到释然。冲澡也让她欣慰。洗掉皮肤上的黏土灰和干掉的汗渍，头发里的油脂，以及两腿之间的暧昧。她把石膏手举在浴帘外面，站在自己能承受的最烫的水下面，洗的时间远远超过墙上那块劝告的小牌子上建议的两分钟时限。

格莱戈的T恤带着一种不熟悉、不过也不讨厌的气味——金属气息，带有一丝花香洗衣皂的味道。他的公寓是什么味道？他自己做饭、自己洗衣服吗？穿上他的T恤，让湿头发滴湿后背，她感觉这种亲密感来得过早。她仍能记得自己第一次跟莱恩共度一整夜，是他们开始约会一个月以后的事，第二天早晨用他的洗发水和剃须乳的感觉多么奇怪而美妙啊，用他的毛巾擦干身子，穿着他的金州勇士队平角短裤喝咖啡。穿他最爱的内裤这件事，似乎比几个星期的亲密性爱更能标志他们长期同居的开始。脱掉性伴侣的衣服是更加直接的事，就像剥掉一层身份盔甲。裸体可以是中性的，尽管人们确实会在皮肤层面暴露某些东西，这些证据通常超出人的控制范围——这里有痣和雀斑，我这里怕痒，这里有个疤。但人们选择如何遮掩自己的裸体传达出更多信息，不管是用自己的还是别人的衣服。克拉拉低头看着格莱戈过大的T恤，意识到自己穿上它时，就已经做出一个选择。

她穿好衣服，尽力把头发扎成一个马尾辫，然后刷牙。她在镜子前练习微笑，但注意到笑纹一直没有爬上眼睛。或许这东西会传染。她一边叹气，一边踏进外面耀眼的阳光下，走向餐厅，格莱戈在里面等她。

有一对夫妇她已经见过几次，两人都头戴严肃的帽子，身穿马甲背心，背着三脚架，她经过时对她挥手。沙漠里的游客间似乎有一种革命友谊，或许因为除了几处文明的角落，他们根本没有摆脱自然力与孤立感的威胁。她的酒店房间墙壁上有裱框的书页——《死亡谷植物生态学》《沙漠娱乐与求生》《为金而战》——都在强调这个地方的不稳定性。或许表现友好不过是另一种方法，来加大自己活着走出死亡谷的胜算。

她接近露天庭院时，目光正落在葡萄藤山脉上，脑子里想象着200年前的淘金先驱者面对的困难，他们向西远行，穿过山脉，这时她注意到有人站在前台附近。他在几百米开外，手插在口袋里，她不会认错那个宽阔的后背。他的身体不安地弯曲着，表明他对礼品店橱窗里看到的东西没什么兴趣，他只是在消磨时间，在等待着什么。她知道他等的是她。

她认出他后，一阵刺痛的宽慰感涌起，她甚至还没意识到，自己已经拔腿全速穿过沙漠场地，仿佛在冲向一个幻影。“彼得！”她大叫起来。

他转身时，她看到他的脸上混合了惊讶与愉快。她在他面前急停，胳膊抱住他壮实的腰部，脸贴到他的胸口上。他因为她的冲力踉跄了一下，但站稳后也把她拥进怀里，紧紧裹起她，远离外面的世界。即使在看似无限的沙漠里，他也占据了很大一块空间。

“克拉拉。”他说，低沉的声音似乎不是从嘴里发出，而是来自五脏六腑的深处，直接从他的心震颤进她的耳朵里，真实袒露的声音在温暖她的同时也让她紧张不安，这时她才意识到，这一刻是个错误；自从他们共度一夜之后就再没碰过对方，那是有原因的。于是她仓促地脱身。

“你在这里干什么？你怎么知道我在这里的？”

他因为她的脱身而紧张起来，调整回更加柏拉图式的姿态，胳膊空空地耷拉在身体的两侧。“我试过打给你，但一直进入语音信箱。于是我查了死亡谷里住的地方，想打去那里找你，那又不难，因为整个公园里只有两家酒店。但你没在任何一家登记入住，那让我很担心，这么长时间你一直在这里。然后我心想，如果你没有酒店房间的话，到底能在哪里连续待上几天呢？于是我就决定过来看看。我刚好先来到这家试试运气，就看到你的车了……”

“但我们昨天才通过话。我告诉你我没事。”

“我知道，但我们挂了电话后，我忍不住在想这太不像你了，什么计划都没有就那样跑了。你走了快一个星期了。我很担心你。我想过你的车可能坏掉，或者爆胎，你的手又这样之类的……”他为了掩饰自己的尴尬，飞快地扫视她一遍，评估她有没有可能受伤。“怎么样了？你的手？”

她看看手。她早前吃的阿司匹林有帮助，但还是疼。她的脑海闪回到与格莱戈的乱斗，她如何扑向他，把他打倒，用拳头揍他。格莱戈。她想起盐湖、斯克里亚宾和性爱，立刻羞愧起来。“还好吧，我猜。”

“但你没事吧，克拉拉？”

“嗯，当然。我没事。”

“你的钢琴也没事吗？你就是担心它，对吧？”彼得把手插进口袋，向前弓腰，“所以你才留下来？”他声音里的盼望让她畏缩。他直接地看她，眼神里充满恳求和忠诚。他跟格莱戈不一样，格莱戈的表情可以和冻湖的表面一样朦胧难懂，而彼得心里的一切都写在脸上。她几乎无法目睹这种情感的表露，这种克制的挣扎。她低垂目光，从他的脸落向胸口，模仿他的姿势，也把手——尽可能地把石膏摆好——插进自己的前兜。每当他们接触太近时，她就这么做。这是一个制约的举动，以防他们碰到一个不言而喻的点，无法回头。她把好手往口袋里揣得更深，摸到一个她遗忘了的东西。然后她想起来了：安全套的包装袋。她别过脸去，完全无法看他。

“所以你还在这里？”

“是。”她最终说。几米开外有个废料桶，她把证据塞进去。

“你还要待多久？”

“我不知道。”

“我可以跟你一起。我是说，如果你想要人陪的话。”他环视周围低矮质朴的酒店建筑，街对面的杂货店，加油站以及隔壁已经停满的房车营地，但像墓地一样死气沉沉，野营车像墓石般一字排开。“待在这里似乎会很寂寞。”

克拉拉不信任自己将要开口说出的话。她又想到自己刚开始跟莱恩约会时，故作轻松地向彼得提起，当时他们正在拆一辆古董保时捷928的交流发电机。他用粉笔标记交流发电机机箱接缝处开裂的地方，为了准确地拼回去，当时他的注意力似乎在收窄。他努力撬开机箱时，一字螺丝刀滑了下去。“不是认真的，”她告诉他，“很可能都不会撑过周末。”他什么也没说，只是点点头。几个月后她告诉彼得准备搬去跟莱恩同居，是他帮她搬的箱子。

她闭上眼睛，突然对自己的小日子感到厌烦，她睁开眼睛时，格莱戈和搬运工们正穿过停车场走近他们。格莱戈对胡安说了些什么，胡安点点头，跟贝托走进餐厅。她尽可能像彼得那样注视格莱戈：他冷酷地凝视，在理解当时的场景，笨拙的步态。走一步，咚一声，走一步，咚一声，走一步，咚一声。她的胸口里打了一个结。她还没有足够的时间在自己的头脑里厘清跟格莱戈的状况，更别说向彼得证明了。

“此致敬礼。”格莱戈说，目光从彼得转向她，显然在疑惑这家伙是谁。他只是个酒店的客人，还是潜在的竞争对手，抑或二者都是。格莱戈可能是个醋坛子，她一点都不惊讶。

“彼得，这是格莱戈，那位摄影师，”克拉拉转过身去，“格莱戈，这是我朋友彼得。”她往后退，仿佛刚往浸透汽油的引火物上丢下一根火柴，看着他们握手，彼此掂量对方。

“不是男朋友的那个朋友？”格莱戈问。

“什么？”彼得的手垂了下来。

“克拉拉一两天前跟人打电话，但后来很快说那只是个朋友。

不是男朋友。对吧，克拉拉？”他对她眨眼睛。彼得深受挫败地看着她，尽管很肯定格莱戈说的是真的。不，是格莱戈的傲慢语气。克拉拉低下头。

“对。”她说。

“话说回来，彼得，是什么风把你吹来了？”格莱戈说，像个主人一样，在逼自己对一个不速之客表示热忱，“你是来加入我们这个快乐旅行者乐队的吗？来帮我们搬钢琴的？”我们的钢琴。

“我来确认克拉拉没事。”

“哦，她好着呢。没错吧？”他走过去站到她的身后——走一步，咚一声——胳膊搂住她的腰。他轻吻她的脖颈，在她的耳边低语时，眼睛一直盯着彼得。“T恤不错。”然后他松开她，开朗地说，“如果你愿意的话，一起吃午饭吧，彼得。但如果我们要完成我想好的日落拍摄，就得动起来了。这里的光线变化很快。”没人动弹。格莱戈靠过去，又亲吻克拉拉一次，这次是飞快地亲了一下她的脸颊。“你自己定。”他说，尽管她不确定他是在对谁说话，“我在里面等你。”

他们看着他一瘸一拐地走上过道和台阶，然后走进餐厅。彼得已经僵住。

“变化太快的不只是光线，”彼得说。话音非常静默，要不是她就站在他的身边，很可能都不会听见。

她叹了口气，但无助于缓解压力。“我开车过来的时候也没预料到会这样。”

“你没有？”

“没有，当然没有。”

彼得转身面对礼品店的橱窗，研究陈列的石块、水晶和印第安原住民的工艺品，然后把额头抵在玻璃上。“你真的喜欢这个家伙？”

她在有顶走道的矮墙边上坐下，踢了一脚混凝土上的鹅卵石。她回想过去的几天，试图总结出她与格莱戈关系的奇怪且迅速的演变。连她自己都很难理解，他们是怎么这么快从死敌变成恋人的。他们是恋人吗？“我不知道。我不确定。也许吧。”

“昨天打电话的时候，你至少可以提一下你在幽会。就省得我开车跑一趟了。”

“我又没叫你过来。”

他飞快地转身面对她，这是咆哮的肢体体现。“该死的，克拉拉！你为什么要这么做？你为什么上一段关系的屁股还没擦干净，就进入下一段？你知道吗？一直以来我都试图理解你的模式，但你根本没有模式。你甚至没有固定的类型。最后跟你在一起的这些浑蛋唯一的共同之处就是，你其实不在乎他们当中的任何一个。你就是辆车，他们是司机。你他妈甚至不在乎他们要往哪儿开。你就由他们开着你到处走，直到他们想停车了，你就崩溃逃离。”他摇摇头，咬紧牙关，仿佛在忍住一声号叫，“你知道你有什么问题吗？你不想独自一人，但你也不想要有任何意义的恋情。你他妈太害怕真正的亲密感了。你让别人拥有你的身体，但不是你的心。真是操蛋的浪费。”

他从没这么跟她说过话，但让她脸颊发烧、别开脸去的不是这个，而是她震惊与羞愧地知道，他是对的。

“所以这个家伙是真的不一样，还是不过是你的下一个消遣？”

“滚蛋。”她仍背对着他说。

他张开嘴想说什么，但又闭上了。他们之间可以把握的东西太少，只有几丝喘息。

餐厅的门旋转打开，格莱戈把脑袋探进阳光里。“克拉拉，拜托快来吧，”他大喊，“你也是，彼得，要是你打算留下来的话。如果你们不赶快的话，我们会错过拍摄的。”

她举起一根食指。格莱戈抬了一下下巴作为回应，观察了她和彼得一会儿，然后重新消失在餐厅里。

克拉拉转向彼得，他低下头看自己的脚。在干燥的沙漠空气里，他们之间悸动着一种忧伤，那是她从没感觉过的，是她逼迫自己承认的一种终结感。如果她跟着格莱戈离开，走上意料之外的方向，如果他们最后真的在一起了，或许在纽约，或许在别的地方，那不只意味着离开贝克斯菲和车厂的工作。那也意味着离开彼得。

如果她离开了，他们还会保持联系吗？他们还会再见对方吗？她想象自己在遥远的未来，在某个地方的公寓大堂或者门厅里整理信件，发现一封来自卡帕斯急速润滑油车行的节日贺卡。每年11月，安娜让每个人在敞开的车库门口摆姿势拍照，然后把卡片打印出来——有他们签名的——她寄给所有顾客，甚至也寄给几年没来过车行的人。从克拉拉开始在那里工作起，所有拍过的照片里，彼得都保证站在她的身边。下个月或者明年，或者在她余生的每一年里打开那张贺卡，看到她曾经站的地方是空的，会是什么感觉？

“格莱戈与我的童年有直接联系，”她说，“我不指望你理解，但是——”

“别说了。求你。”

她急速地吸了一口气，慢慢地吐出来。她踢开一个小石块说：“你想留下吗？我是说，一起吃午饭？”

他看也不看她地摇头。“应该不会。我要掉头回去了。”他声音里的悲伤很可怕。他站直身子，舒展耷拉的肩膀，直到回到他正常的高度，然后走向他自己的车。他从车尾厢里掏出一个包递给她。

“我估计你没带什么干净衣服，就给你带来几件。裤子，还有店里的几件T恤。里面还有一些曲奇，我妈做的，是你最喜欢吃的。”

她闭上眼睛，点点头。“谢谢你。”她低声说。

“照顾好自己，克拉拉。”

“我会的。”

“克拉拉！”格莱戈又站在门口了，“快来！”

“来了！”她喊道，然后对彼得说，“对不起。”

“不用。这是你的人生。你得做所有让你自己开心的事。”他转身要走，然后停下脚步，“不过真有一点尴尬。我本来以为我是来解救你，带你回家的。”

“家。”这个词在她的脑海里回荡。其实家在哪里？一个存在于她这个生命外缘的应许之地，一个自从父母去世后，她感觉被拒之门外的地方。也许是她一直在拒绝自己。一半的人生里，她都想当然而不假思索地认为，她的钢琴在哪里，哪里就是家。

还没等她想出什么话来说，彼得就已经坐进车里，发动引擎开走了。尘土卷起，模糊了他们之间的空气，等她举手挥别时，他已经没了踪影。

39

钢琴感觉自己被推上很多岩石的土路，穿过野外，翻过一座锯齿形的山峰。风在吹，生硬而苦涩，渗进柱脚上方与琴键基座下面的裂片空间，吹进琴箱的幽深之处，吹得弦板、音锤的挡轨和琴桥都泛起寒意。音板本就已经坠满记住的曲调，又因为干燥而裂开几条细缝，足以造成影响音色的后果。粗钢丝传导寒气，弦轴被绷得厉害，谐调受到危及。音锤上的毛毡被压得十分紧密，当时如果有人弹奏的话，琴声会和风声一样刺耳。

然而，它的内部仍在共振最近的乐曲记忆，那是几个夜晚前，有人在它寂寞的琴键上弹奏的曲子——斯克里亚宾的降E小调14号序曲。还有人能听到吗？它的音锤太久没以那种精力充沛的特定组合方式敲击琴弦了。哦，它那么努力去呈现正确的声音，很感激终于有人要求它再发声一次，却被推撞得严重走音，在超过百年的重量下，已经被压垮。

博兰斯勒携带着它曾经创造的所有音符记忆。每一个和弦，每一个音阶。它紧握每支序曲和奏鸣曲的情绪不放。它吸收每个动作表达的所有悲伤、渴望、喜悦与欢腾，每次触碰的印象，洒落琴键的每一滴泪水。而且它一直带伤，即便时间流逝，它的身上仍有各种刮痕与压痕，以及偶发的一通粗心愤怒地砸打。

它感觉自己仿佛有实际的两倍大，对自己和别人都是个负担。风现在吹在它的身上，它能感觉内部的装置在移位。它呈现的不再是音乐，只有小到听不清的嘎吱声与呻吟。它就像个很老的妇人，一个年迈的无儿无女的老太婆[1]，什么也给不了。

压在它身上的手不是要弹它，而是来推它的。又经过一趟不适颠簸的车程后，它被费劲地搬下手推车，放置在悬崖岌岌可危的边沿。就放在那里，有人在叫嚷，尽量靠边！有人打开它的毛毯，用一块软布擦拭它的乌木琴箱，抹除灰尘和指纹。但黄铜踏板被忽视了。曾经闪亮敏捷的踏板，现在和被拖上绞架的犯人的赤脚一样脏。手放开了，退后站立，甚至没人注意到低音部的底梁没接触任何东西。整整五百斤的重量——加上所有情感与音乐的无形分量——都不完美的平衡在盐滩上方的几千米高空。我知道你怎么能够获得自由。

更多双手扶在它的琴箱上。键盘盖被抬起来，露出琴键，低角度的阳光照射在象牙上，闪闪发亮。来这儿跟我站在一起。有人触碰它的琴键，从低音部到高音部一下划过去，然后按出一个个叮当响的音符，不是音乐。那不是音乐。放我走。片刻的静止。人的身体紧贴它的高音端：一条胳膊搭在顶部，一条腿挨着构架。有人能听到我在演奏吗？它自创的音乐，它自己的旅程记录，在琴箱内部默默地脉动萦绕。

然后出现了移动，快速而明确。是音乐吗？还是光？没有人站在附近，只有冷空气在推挤，声音穿过空旷在高喊。

对不起。

微风从山上拢起一些灰尘，全部甩过来。音乐停止，现在键盘里

---

1 原文为俄语，babushka 。

有了杂物。博兰斯勒摇摆、停顿，然后一阵微风吹得它失去了岌岌可危的平衡角度，摇晃得更加厉害。

飞翔是什么感觉？把一个落满灰尘的乐器老妪留给山峰，坠入伟大的虚空是什么感觉？

就是这种感觉。它的琴盖和键盘盖会从铰链上提起来，乘风远去。琴键会哗啦啦地飞出八度音阶，在运动中散开，所有八十八个琴键都会飘向蓝天。琴弦会从弦轴上松开，在张力放松的同时叹息一声。后撑条和无人过问的踏板会从连杆上松脱，琴桥和框架都会把琴箱分开。构架会离开琴键块体和柱脚，音锤唯一可以再次击打的就是坚硬、咸味的地表。等音板终于坍塌成碎片时，所有积压的音符最终都会被释放。终于，钢琴会再次变成很久以前没有重量的纯粹模样，它当时只是蕴含在大山深处一棵高大云杉里的旋律概念。再见了，再见。

40

格莱戈没再提起彼得。当她独自在餐桌旁坐下时，他说："看来不是男朋友的那个人不跟我们一起了？"她摇摇头，他点头，仅此而已。格莱戈很显然没预计彼得会留下来，已经点过单，而且只买了两份一样的套餐——炸鸡条和伏特加马天尼——现在他催她赶快吃完她那份，然后他们好上路。她吃了几口，然后把她的杯子推到桌子对面给他，她已经没有胃口。他把马天尼一饮而尽，说，"走吧。"

他开得很快，显然试图弥补耽误的时间。他放上一张CD——斯克里亚宾的练习曲、序曲和马祖卡舞曲的精选集——噘起嘴唇仿佛要给她飞吻。"这都是命。"他说。他们路过惨白的沙丘，那里挤满游客和摄影师。"谁能想到一个名叫'死亡谷'的地方会在活人当中这么受欢迎？"他说。克拉拉能看到一个小男孩坐在一个压平的纸板箱上，大笑着滑下一个靠近马路的沙丘，他的父亲则在给他拍照。她好奇会不会有一天，那张照片会替代它本该纪念的原始记忆。

几年前，卡帕斯车行的一个老顾客偶然成为一辆1966年凯旋博纳维尔摩托车的车主，因为他成功标中一个废弃的临时仓库。那个家伙以前从没开过摩托车，但他想开，于是把它带去车厂调试，还说如果他们喜欢的话，欢迎开出去兜风。一架美丽的机器，更换了配件——高压缩活塞和活塞环、焊接曲柄、赛车离合器，又做了抛光。彼得和克拉拉在午休时间开动了它，两人轮换着开。在出城往东的一段笔直的高速公路上，克拉拉开到了时速180千米，彼得抱住她的肋部——轻轻地抱，不是搂紧，他信任她——他们看到一辆警车停在远处的路肩上。肾上腺素多么刺激！她知道就算警察想把他们拦下来，等他上速度时，他们已经开出好几千米了，就在她决定不减速的同一时刻，彼得盖过呼呼风声对她的耳朵喊“继续开”，就像读出了她的心思一样。如果那辆摩托车有翅膀，他们就飞起来了。他们一起前倾，经过警察时边叫边笑。

现在彼得离家多近了？她把脑袋抵在玻璃上，假装打盹，这样就不用跟格莱戈分享心事。

那天晚上，克拉拉恳求不吃晚饭，声称她不舒服。她是真的不舒服——前一晚在盐滩上就没有睡够，总之在颠簸的路上和车里又坐了太长时间——但主要还是她想一个人待着。而且午餐时就很怪，格莱戈帮她点餐，搬运工们后知后觉地看着他们，又尽量不看他们。她不想再重复那个经历，至少目前不想。她让他亲吻晚安后，就直接洗澡睡觉了，这样就完全不用考虑任何事。

第二天的拍摄她也没跟他们一起出门。格莱戈来敲门叫她起床。他把带给她的咖啡和玛芬蛋糕放在床头柜上，然后把她拉回床上。“我还是感觉不太舒服。”她说，回避了所有亲密关系的问题。

“那我们就在这儿躺一会儿吧。”他和衣贴在她的背后，呼吸在她的脖颈上缓慢热烫。过了一会儿，她能感觉到他硬起来了，朝她贴得更近。“感觉好点了吗？”他低声问。

“或许等会儿吧。”她说，僵硬地躺着，就像在装死。

最后，他叹了口气，把自己从床上推起来。“唔，我讨厌把你一个人丢在这里。”

“我没事的。我真需要多休息。”

他绕到她这边的床头吻她。“我晚点回来接你，好吗？我在附近拍几张，然后只剩下最后一张了，是这个系列的最后一个场景。会非常不可思议，但如果你不在就拍不了。你觉得你能帮我做到吗？”

她点点头。

“穿我给你的那件T恤，好吗？我们3点在外面见。”他又来亲吻她。

他离开后，她躺了很长时间。直到他带来给她的咖啡变冷，不再新鲜。

“这场拍摄会很棒的，”格莱戈说，“你记得我说对最后一张照片有更好的想法吧？我不去捕捉我母亲生命的终结，我想捕捉我们生活的开始。”他没等她回应，就催她快去停车场。她似乎已经被添加进格莱戈的未来愿景，甚至都不需要她允许的暗示。

他们沿着死亡谷的东侧往东南方向开，阳光照在克拉拉胳膊的浅色汗毛上，透过玻璃爬上她的膝头。有半小时，格莱戈说个不停，道路蜿蜒盘上群山，穿过点缀着灌木的矮丘，那些灌木都像吃草的肥羊。她从后视镜里看搬运卡车，注意到胡安和贝托都面无表情。

“马上就到了。”他们靠近一个回车道时，格莱戈明朗地说，那里停了几辆露营车和拖车。一个“限入”的标志警告游人，长度超过7.5米的车辆都不能冒险开上登峰的最后几千米。他们一直沿着15°角的斜坡向上开，拐过一个接一个没有直接视线的发夹弯，只有低矮的护栏防止他们坠落山崖，克拉拉能听到卡车在他们后面换到低速挡。

每当开车出行时，她父亲以前会在方向盘上指示他们离目的地还有多远。起始点在9点钟位置，终点在3点钟位置。被问到还有多远时，他会在顶部半圆上指出某个点——那是她的第一堂百分数课——然后她会往后靠进座位里，重新调整自己的预期。格莱戈不停地用两手的大拇指敲打方向盘，很可能敲的是躲藏在他脑袋里的曲调，他没有提供那样的安慰，对她来说这感觉令她心神不宁，仿佛他们是在倒退。

但她跟格莱戈在一起不就是那么回事吗？在退回过去？

“快点啊，快啊。”格莱戈在催车子快点走。在他们接近道路尽头的停车场时，大路劈开的群山向他们展现出一幅光与天空的全景。那里只有两辆车，乘客们沿着停车场的周边闲晃，身上的夹克鼓风拍打着他们，他们一边用手遮挡眼睛，一边把远景尽收眼底。

山顶很冷，至少比酒店低20度，克拉拉俯瞰远景时环抱自己，在单薄的T恤下瑟瑟发抖。胡安和贝托踱步过来，一边伸着懒腰，格莱戈指出贯穿山脉、沿着土路向东南延伸的山脊，通向但丁峰的实际顶峰。“我们把它搬到那里去，就在那个圆丘的顶上。”胡安昂起头，仿佛在计算可能性，格莱戈说，“可以的。放轻松。”

根据信息牌，他们位于海拔1,661米，就在死水潭白色盐沼的正上方，他们周四还在那里。毫无视线阻碍的山脊在四周拔地而起，然后消失在远方。北方是葬礼山，东南方是棺材峰。只有风，还有一对男女在自拍——女的摘下帽子，男的把相机举出去，两人都对着太阳微笑，背朝下方的谷底——其他的一切一片寂静。这地方看起来像是被遗弃了，仿佛可能的一切都已发生，所有的潜力都被现实赶上。

克拉拉看着搬运工们拼命在劲风里扶稳手推车上的钢琴，格莱戈缩在自己的设备上方，顿觉悲从中来。格莱戈拿好自己需要的东西后，也投身风中，一瘸一拐地把胡安和贝托领向顶峰。“克拉拉，你来吗？”他回头高喊，但她只是站着，无法再跟着他走下去。

或许是在这么高的海拔，空气移动得太快，又或许是她的头脑对抗病态安静时的条件反射，但克拉拉觉得自己听到了音乐。她把脑袋偏向声音：是斯克里亚宾的那支曲子，不过慢得像是挽歌，完全不像她以前听过的风格。但声音如此清晰，她发誓是钢琴发出的，仿佛乐器与音乐都在试图告诉她什么。但博兰斯勒是被裹起来的，沉默无声，在同时被连推带拉，攀上很多石块的山口。她想到父亲坐在书房里的样子，手指撑在额头上，听着他的音响。我们会让你上课的，你会学会在自己的脑袋里弹奏音乐。如果他还活着，会离开她的母亲吗？他会去跟卡佳生活，把钢琴也带走吗？她也会生活在那里吗？那格莱戈就是她的哥哥了。她每天会不惧孤单地长大成人吗？

十四年来，她都想知道她的钢琴是从哪里来的——父亲和他的两个朋友把它抬进她的生活，留在里面时，它的身上背负着什么故事。各个钢琴经销商、调音师和老师们都评论它：有多古老，多结实，多么情绪化，几乎不可能保持音准。不管是谁弹奏它，哪怕是一支乐观的曲子，听起来也郁郁寡欢。它对格莱戈的母亲来说，也是郁郁寡欢的吗？要是博兰斯勒曾演奏过的每段音乐都留下余像怎么办？情绪的阴影沉积在琴箱里的某处，留在声板、音锤或琴弦上。就像影集会随着假日、家庭和朋友的记忆增厚——要是钢琴也平添每一任主人与他或她的音乐重量怎么办？

她又想起它坐落在赛马场盐湖，处在漂移石中间的样子，漂移石全都处于定格的启程时刻，干涸的尾迹在它们身后蜿蜒。或许它们如此静止，不是因为听凭冰与风的摆布，或许它们不动是因为它们就是重得走不动了。最终钢琴在自身的重压下开始瓦解之前，它能吸收的重量有没有极限？然后她带着一定程度的内疚与悲伤心想，她自己的不足、不幸与忧愁有几分强加给了它？

在克拉拉之前，它是卡佳的。在卡佳之前呢，是谁的？格莱戈和搬运工们步履艰难地沿着山脊走向但丁峰时，她的脑海里上演着一段漫长的想象史：关于所有主人，或者一连串的主人、弹奏者、老师和调音师，还有造琴师，第一次让它发声的人，雕刻木头、组装内部结构的人。它在这个世上成形、准备奏出命定或宿命的音乐之前，用想象力孕育它、把它种在心里的那个人。她想象他们都是幽灵般的亡魂，都有各自的诉求，被困在乌木琴箱里。她也曾是那样的亡灵。但她不需要一直当幽灵。

格莱戈指着峭壁高喊："就在那儿，尽可能靠边！"

他们把它挪下手推车，拆开包裹，乌木色厚漆的光泽在低垂的光线里就像一圈光环。克拉拉的呼吸卡在喉间，斯克里亚宾的幽灵序曲在她的太阳穴里砰砰作响。她的脑袋和胸口都在跳动。她一直把博兰斯勒当成护身符留在身边，童年时代唯一幸存的纪念物，她父亲给她的最后一份礼物。然而它根本不是一份礼物，它只是为了掩人耳目。

死亡、葬礼、棺材——通通都在信息牌上。而她，一个总是寻找征兆的人，竟然到现在才注意到。她凝视谷底，然后回头去看钢琴，它正在手推车上摇摆，贝托和胡安彼此呼喊口令，要把它稳住。她想象自己同他们一边一起吃力地爬上艰难的山脊，强行推进，一边把博兰斯勒向上推，向上推，向上推，就像西西弗在推巨石，一直在向某样东西推进——感觉可能是幸福或家的东西——最后它又回落下来。她因为害怕失去而饱受折磨太久，直到现在才意识到自己被它束缚得有多厉害。

心里的魔咒解开之后，她大喘一口粗气，拔腿朝格莱戈飞奔而去，在不稳定的小路上以最快的速度奔跑。

他正蹲着，给相机装镜头。"怎么了？"他起身时说，"你看起来这么开心。我很高兴，因为我这张相片里需要你。这张照片将是我们在一起的第一张人像。当然，和钢琴一起。"

“我知道你怎么能够获得自由，”她告诉他，一边咧开嘴喘气，“我们两个都是，我们可以放手的。”

他把手放在她的肩膀上，然后顺着她的胳膊滑下去，与她十指交扣。“你在说什么啊？放手什么？”

“钢琴。”

“克拉拉，我都猜不出你在说什么。我跟你说过，我们现在有个机会重新开始。不过我们得赶快。全都设置好了，我已经定好计时器，但我们只有一点时间把握住这个光线。”他指着钢琴远处另一条山脊上峻峭的地表岩层。“看到那面峭壁没有？我母亲就死在那里。我想拍下我们一起站在钢琴旁边，峭壁在背景里虚化的照片。一次战胜悲剧的胜利。”

克拉拉不在乎她的父亲是不是爱过另一个女人，无关紧要。她甚至对他涌起一股深情，对母亲也是。谁知道他们承受过什么负担呢？她现在责怪他们爱情失败又有什么好处呢？

“不，格莱戈。”她抽开自己的手，但仍看着他的眼睛，“我们失去了父母，这是可怕的悲剧。他们失去了彼此，但我们不需要继续下去。”

“但我想继续。”他看起来很受伤，也很害怕。

“你甚至不了解我。我也不认识你。”

“我们了解得足够多了。”

她对他微笑。他真正希望完成的是什么？他为什么觉得他可以让死亡谷的一切起死回生？她意识到，格莱戈只是钢琴一直拖住她后腿的另一种方式。“我只知道对我来说，这架钢琴就是我的父亲。只不过在几分钟前，我才意识到这一点。对你来说，它是你的母亲。但它谁也不是。它只是一架钢琴。一架又旧又走音、重得要命的悲哀老钢琴，我们爱的动机都错了。”她上前一步，轻轻地把手放在他的脸上。他修过了山羊胡，皮肤光滑凉爽。“那一晚虽然十分美妙，动机也是错的。我不能跟你在一起，格莱戈。我认为我们在一起不会有未来，只会怪异地重演我们父母的过去。”

“克拉拉你太荒谬了，”他打断她，“我们这辈子找到彼此的概率有多大？难道这对你没有任何意义吗？”

“它的意义就是，我们有机会放手一切，”她说着振臂挥过地平线，“我们现在就在你母亲终结生命的地方。在他妈的死亡谷。我们就按你最初的计划做，把它推下山崖。”她大声说出这话，让自己很兴奋，她不得不克制自己冲上去把它撞下绝壁的冲动，最终眼看它掉下去，它的由来与音乐都随着坠落在空中蒸发。大块头的它已经摇摇欲坠，只要她用好手再用力推一把。

“不！我的老天，你脑子进水了吗？”

她想到在远处跳下岩石绝壁的卡佳。她的脚离开地面时，最后一个念头是什么？是哀恸把她带去那里的吗？抑或是希望？她在下落的过程中找到克拉拉的父亲了吗？她的身体坠地之前，他们一起翱翔而去了吗？——比鸟还轻，比一切都轻。

“我不想再当西西弗。”她耸肩微笑。自己的确信感压倒一切，“你也不必。”

“拜托，克拉拉。跟我一起站到这儿来。先让我把这张照片拍完，然后我们再聊接下来的事。”他试图用肩膀把她引到高音端旁边的位置，但她抗拒不从。不过，她确实想最后一次摸摸钢琴，于是朝它走去。他把她的举动误会成了服从，说，“很好。把你的胳膊放到顶上，让你的石膏在画面里突显出来，行吗？我只需要设置一下计时器，然后回来站到你的右边。”

她爱抚琴箱，感受修复过的凹痕，同时留意到数不清的划痕。然后她按下几个琴键，聆听乐音。她贫弱的呼唤，博兰斯勒绝望的回应。然后她的食指拖过几个八度，从低音端开始移向高音端。然后她挑出一个个的音符，在黑白琴键间“之”字形滑过键盘。一点都不悦耳，只是由重到轻的连续机械声。她注意到，斯克里亚宾的序曲已经离去。她的脑海里没有音乐，只有偶尔记得但从来弹不出来的一小段。永远都不会有。她天生就不是那样的。

然后，格莱戈过来，把她压向钢琴。他拉起她的好手捏了一下。“这很完美，”他说，“现在微笑。”她眼看相机上的红灯闪烁得越来越快，随时可能拍摄。“笑！”

“不，”克拉拉说，“我做不到。对不起。”就在相机快门打开关闭的同时，她扭开他紧握的手，走出画框。相机没能像格莱戈希望的那样捕捉到她的模样。她会是一团模糊，一块移动中的漂移石。“去拿你的相机。”她告诉他。

“什么？”

“把它从三脚架上拆下来。”她回头望向搬运工。他们站得足够近，随时可以冲上来，把她从钢琴旁拉开。但他们只是站着，对发生的事情饶有兴趣。或许这是她的想象，但胡安看起来像是在笑。

“为什么？你要干什么？”然而他还是照她说的做了，她把这看成同谋的征兆。

她已经厌倦穿别人的衣服，守护别人的历史，被别人的幽灵占据。她不是第一个拥有这架博兰斯勒的人，不过她确实想成为最后一个。“准备好了吗？”她问。

“没有，等等，克拉拉。准备什么？”

她亲吻自己骨折的手来回答他，然后把手放在琴箱的侧面，朝向大多数重量所在的背面。“再见。”她低语。然后，她用尽所有的力气，一推。

博兰斯勒比她预期的更容易翻倒。它似乎滑移过脚下的碎石，甚至在与悬崖失去接触，开始坠落之前还蹦得更高了一点，难以置信。她看着它暂时悬停，然后被重力召唤回家，她同时想象所有人——卡佳、她的父母、姑父和姑姑，甚至格莱戈——都在释放她。博兰斯勒无法发出乐音，但它还在对她呼唤：再见了，再见。

钢琴坠落时，格莱戈在她的旁边一次次按下相机快门，直到它落地弹起之后，在拍摄木头碎片、金属内部结构和象牙琴键四下飞溅，最后下落，直到钢琴最后完完全全地四分五裂，在几百米的下方散落地静止躺下。

然后一切重归寂静。格莱戈目瞪口呆地盯着犯罪现场，似乎持续了几分钟。然后他转向克拉拉。两人都没说话，但他们彼此对视了很长时间。她走上前去，踮起脚尖，温柔地亲吻他的脸颊。他点点头，然后转身再次俯视他们下方钢琴部件的痕迹。

克拉拉逐渐从他身边后退，也退离悬崖的边缘，每一步都带来更大的释然，让她高八度地轻松起来。或许就是那样吧：意识到自己不想要什么，就是了解自己想要什么的开始。

“我要走了。我可以搭便车回酒店。”她告诉搬运工，同时仍在向后退。她已经不记得上一次感觉如此充满希望与勇气是什么时候了。她可以驾驶自己这部车，想去哪里就去哪里。她会问一下自拍的那一对情侣，或者其他游客。沙漠里的人很友好。她朝贝托挥手，然后是胡安，胡安抬了一下下巴，给了她一个坏笑。

“祝你好运，格莱戈。”她说。但就算他听到了，也没有任何表示，“我希望你能找到自己想要的东西。”

她转身开始跑过空地，毫不费力，就像是在月球上蹦蹦跳跳。然后她停下来，从口袋里掏出手机。还是没有信号服务，但最终会有的。她想象他接起她的电话，已经原谅了她，说出她的名字——克拉拉？——他满怀希望，却将信将疑。她想到他的柠檬蛋黄鸡汤和车行，想到安娜几周后就要拍的圣诞节照片，她要挨着彼得站。她想到他们骑摩托车飙车，他的胳膊搂着她的腰，不知道她的前方有什么，也不关心身后是什么，但他不害怕跌倒。

Die Reise

21
25
mp
28
f
31

致谢

我对很多人深表感激，他们在这本小说的创作过程中贡献了自己的专长、洞见、支持、鼓励和热情。

我刚开始寻找钢琴制作行业的大师时，《原声及数码钢琴买家》的发行人拉里·梵向我引荐了海尔加·卡西莫夫，她是洛杉矶一位非常有魅力的博兰斯勒交易商。朱利叶斯·博兰斯勒和“无与伦比的黄金音色”的事就是她教我的，她还帮我想象卡佳在试图带着心爱的钢琴移民美国时，可能遭遇的麻烦。我对朱利叶斯·博兰斯勒钢琴有限公司的克里斯蒂娜·理查兹感谢不尽，不仅对我关于博兰斯勒钢琴制造的很多问题都给予了丰富、细致的关注，并提供洞见，而且还慷慨地检查了我迟到的草稿，以确保准确。与书中这方面相关的一切失误都是我一个人的错。英国牛津郡泰勒琴行的乔·泰勒，我要感谢你“给”我这一架钢琴。感谢马切伊·布罗基尔和麦克·艾罗对钢琴保养的指导。我很感激布莱恩·戴维斯和亲爱的朋友安德鲁·林哈德耐心回答我关于古典乐和钢琴演奏总体的问题。十分感谢康纳·斯科特，他在Die Reise的作曲中完美把握了我追求的语气。

对我挚爱的姐妹（sestrichka[1]）——伊琳娜·奥洛娃，我对她的创意与贯穿这本书的俄语翻译献上无尽的爱与感谢。感谢弗拉基米尔·塔巴克曼分享作为俄罗斯犹太人在苏联和美国生活的信息。我欠圣彼得堡艾夫曼芭蕾舞团的杰曼·古列夫一笔人情债，他帮我想象卡佳的钢琴怎么才能从俄国走私出去。对泽夫·耶洛斯拉夫斯基和艾拉·弗鲁姆金，二位本身就是人民公仆和被拒绝移民申请的人（refuseniks[2]），我衷心感谢他们对苏联移民问题的见解。

我很感激约翰急速润滑油车行的彼得·乔卡洛斯与他已故的母亲安娜·乔卡洛斯，他们直接启发了对应的虚构人物，以及贝莱尔轮胎汽车店的基斯·格罗德，感谢他们对汽车维修及专业术语的耐心指导。

要谢谢摄影师克莱顿·奥斯汀，他的《锤与弦》系列给了我死亡谷国家公园背景设置的灵感，也要谢谢我的摄影师朋友安迪·比格斯，他帮我想象出格莱戈横穿死亡谷国家公园的路线，以及他会捕捉的画面。我写完第一稿后，参加了约翰·巴多福和斯塔茨·普林斯的死亡谷四日摄影工作坊。在他们的专业协助下，我在格莱戈和克拉拉拍过的同样位置拍摄了一架小型钢琴，这让我得以对故事做出重要调整。巴里·麦凯跟我讲过驾驶1966年的凯旋博纳维尔摩托车的事，我加进来作为克拉拉的愉快回忆了。谢谢你们。

我能清楚记得这本书的想法诞生的那一刻：在跟一个读书俱乐部聊完我的小说《11个故事》之后，我无意中听到梅瑞迪斯· 坎纳德在跟一个朋友说，她终于为7岁生日时父亲送她的钢琴找到一个接收人，当我得知他几个月后就过世了，在接下来的几十年里，她一直试图找到一种有意义的方式来处理这架钢琴时，我非常着迷。谢谢你，

---

1 俄语。

2 俄语。

梅瑞迪斯，允许我探索那个想法，才有了这本小说。

我对朋友们及早期的读者感激不尽：荷莉·温布利、夏默·肖、爱洛瑞·帕特、卡梅隆·丹森·哈蒙德、特蕾莎·帕洛戴斯、萨布丽娜·布莱农、卡洛琳·里奇。尤其是：查理·巴克斯特、托比·弗尼、萨拉·布拉特、路易斯·马尔堡、露西·钱伯斯、艾玛·凯特·蔡、海德·蒙托亚、W.佩里·豪尔、海蒂·柯丽德、米歇尔·格拉迪斯、李·安·格莱姆斯、咪咪·万斯以及珍妮弗·罗斯纳，谢谢他们的广泛反馈。每一页都充满你们的慷慨。十分感谢亚历山大·齐、爱丽丝·麦克德蒙和2016锡屋夏季工作坊中我的小组成员，以及2016年的塞沃尼作家会议，感谢他们的评论及鼓励。

我非常幸运能有杰赛卡·萨尔基做我的经纪人，有她在编辑上的洞见与不懈支持。她和她的汉尼根·萨尔基·盖斯勒图书代理团队（HSG）——尤其是艾伦·高夫和苏美雅·罗伯斯——都太棒了。我对我的编辑加里·菲斯克乔谦卑的感激之情溢于言表，他为这个项目带来极大的热情。和他一起工作很荣幸也很愉快。

我对我的姐姐萨拉·霍夫曼的爱和友谊感激不尽，我每次陷入困境，她都提醒我：唯一的出路就是挨过去。对我的父母——辛迪·斯莱特和约翰·斯莱特，拉里·普伦和布兰达·普伦——感谢你们的爱与支持，做我的头号粉丝。萨莎和乔舒亚是我生命中的明光。最后，我把感激之情与无尽的爱献给我的丈夫哈里斯，谢谢你一直在我身边。